汪曾祺全集

主 编／季红真

汪曾祺
全集 ⑪

诗歌、杂著 卷

诗歌、杂著卷主编／徐 强

人民文学出版社

80年代末 在家中

1948 年　与夫人施松卿在北京

50 年代后期　与中国民间文艺研究会
的同事合影，左五为汪曾祺

目 录

诗 歌 卷

新 诗

杂 著 卷

诗歌卷说明

　　本卷收入作者自 1941 年创作的新、旧体诗歌共计 265 首,除独立发表的诗作外,散文、书信、小说中的诗歌也一并收录。部分诗歌在题注中交代了必要的创作背景及由编者所拟诗题情况;除注①外,皆为作者原注。

人民文学出版社编辑部

新　　诗

1941 年

自　画　像①

——给一切不认识我的和一个认识我的。

我一手拿支笔，
一手捏一把刀，
把镇定与大胆集成了焦点，
命令万种颜色皈依我的意向，
一口气吹散满室尘土，
教画布为我的眼睛心寒：

用绿色画成头发，再带点鹅儿黄，
好到故乡小溪的雾里摇摇，
听许多欲言又止的梦话，
也许有几丝被季候染白了的，
摇摇欲坠，坠落波心，
更随流水流到天涯！
用浅红描两瓣修眉，
待开出恬静的馨香，
谁需要，我送给她，
随她爱簪在鬓边，
爱别在襟头，
到残谢的时候，
随意抛了也好。

还有嘴唇呢，
那当然是淡淡的天青，
（谁知道那有甚么用，）
春日里，风飘着
带有蝶粉的头巾，
如果白云下有寂寞吹拂，我愿意厮伴着黄昏。
休要让霜雪铺满了空地，
还得涂上点背景，
我抹遍所有的颜色，
织成了孩子的窗帘。
然后放下画笔，
抽口烟，看烟圈儿散入带雨的蓝天。

彗星辛辛苦苦地绕过一个大圈子。
太阳替自己造成了午夜。

拍地抛去烟蒂头，花，花，花，
刮去了布上那片繁华，
散成碎屑，
飞舞在我的周身。
只留得一双眼睛，
涂过上千种颜色，
又大，又黑，盯着我，教我直寒噤。
也许，也许，
总有一个时候吧，
会凝成星星明灭的金光。

悬挂在甚么地方呢？
让风吹在天上吧。

附在萍藻的叶背，

在记忆之外闪着幽光？

但是，亲爱的，我担心，

天上也有冰河纪！

为纪念我的生日而作

三十年二月十六日晚草成。

注　释

① 　本篇原载 1941 年 9 月 17 日香港《大公报·文艺》第一一八四期。

昆明小街景①

盲老人的竹杖，
毛驴儿的瘸腿，
量得尽么？
是一段荒唐的历史啊，唉，
这长街闹嚷得多么寂寞：

走过了，又走过了，
多少多少日子……

收旧货的叫唤
推开太史府深掩的门，
那面椭圆的镜子
多像老祖母的眼睛。
泡湿了的木柴
嘲笑着老挑夫的肩膀
吱吱地，吱吱地，
卖出了黄连甘草，
也卖出了一叠叠纸钱。
少掌柜打得一手好算盘，
三下五除二
四下五落一……
唢呐儿吹着不同的调子
却一样是呜呜地，

有人走着,拖一大串泥草鞋

也活像牵着条哈叭狗儿,嘻,

你瞧瓦松长得那么肥绿了,

才几天?

卖馄饨的敲着白日更,

吾神驾云去也……

　　　　　乘风归去,

天门里有金色的花,

那直上云雾的十八盘哩,

喔,谁扔下一只烂橘子,

瘦狗儿夹起尾巴箭一般——哈哈,

怎么? 新松菇?

空车子比千把斤石头还重,

老黄牛依旧得拖着,没辙。

邪门儿,邪门儿,

可不是吗!

"夕阳无限好

只是近黄昏"

瞧小三儿的帽顶多红!

归去也,凉了,哎,伙计,开水!

注　释

① 本篇原载 1941 年 3 月 3 日香港《大公报·文艺》第一〇四三期,又载 1941
年 4 月 21 日桂林《大公报·文艺》第十五期,文字略有改动。

有血的被单[①]

　　昨天得潜弟来信:说,四月中吐了三天血,其实,应当说是呕血:整块紫黑的血自喉间涌出。……他还太年青,他想做许多事,不应被衰弱磨折,他应该强健起来呵。祝福。

年青人有年老人
卡在网孔上的咳嗽,
如鱼,跃起,又落到
印花布上看淡了的
油污。磁质的月光
摇落窗外盛开的
玫瑰深黑的瓣子,你的心
是空了旅客的海船。

不必痛哭你的强拗
如一个农夫哭他
走失了六月的耕牛。
想家的时候,你是
被秋千从云里带下来的
孩子,我知道。静静!
学一个白发的医生
告诉别人吧:我病了。……

五月九日

注　释

　①　本篇原载 1941 年 7 月 30 日香港《大公报·文艺》第一一四九期。

小 茶 馆^①

小茶馆用了新字号，
顾客□□它的招牌，
掌柜的点头的姿势，
是一本厚流水帐簿。

喝茶的凭着自己的腿
带他们到坐惯的座上；

有人说故事像说着自己。
有人说着自己像说故事。
有人甚么也不说，抽抽烟，
看着自己碗里颜色淡了，
又看别人碗里泛起新绿。

有人不是为喝茶来的
是小茶馆里有新装饰：

卖唱的嗓子
不估价笑容。
看相的望不见自己
被人看熟了的脸。
采参的眼中颜色
真像是一座秋山。

石板路记下了，那
驮马的蹄子的滑蹶，
炉中的残炭里去了
温热，褪下艳紫深红，
掌柜的打扫一地瓜子壳
把泡过的叶子烘干。

对联上的金字
游离在茶烟里，
小茶馆该已不是
第一回新张了吧。
有人设想掌柜的
每回怎么迟疑着
贴出了停业启事，
怎样扶头握着笔
想向自己说什么。

注　释

① 本篇原载 1941 年 5 月 26 日桂林《大公报》。原稿漫漶处以"□"代替。

被诬害者①

——赠劳瑞丽：你有没有这样的经验：我们小时常常捉蚱蜢玩，(尤其是年青的)当捏住它的胸部时，它会吐出赭色的咒骂。也有时我们便会释放了它的么？

脏女孩子，多没听见过自己的姓，
镇日向垃圾堆上捡拾锈的残花，
而多油的笑声煮熟了愚蠢。

学学冈果的主人吧，
看亡国绿树鹧鸪天，
遗忘了已经会说的"为甚么"顶好。②

失眠夜的羊脂烛
有濡湿着情欲的眼睛呢，既然
得来波特莱尔的传染啊，

大叫最长的头发样的一声③
惊醒一群睡死的人，然后，
你不妨蒙着头舐你的笑。

注　释

① 本篇原载 1941 年 6 月 9 日《贵州日报》"革命军诗刊"第二期。

② A.纪德在《冈果旅行》上说非洲土人大部不会说"为甚么"及其相类词句，

而且连懂也不懂。

③ 劳瑞丽有最长的头发。

消　息[1]

——童话的解说之一

亲爱的，你别这样，
别用含泪的眼睛对我，
我不愿意从静水里
看久已沉积的悲哀，
你看我如叙述一篇论文，
删去一般不必要的符号，
告诉你，我老了……
如江南轻轻的有了秋天，

二月天在一朵淡白的杜鹃花上谢落了，
又飘向何方。我还未看清自己的颜色。

只是，我是个老人，
而你，你依旧年青，

我能想起第一回
在我的嘴里有衰老的名字，
又甚么时候遗忘了诧异，
我也能在青灯前
为你说每一根白发的故事，
可是，我不能，
因为你有黑而大的眼睛。

当我辞退了形容词，
忙碌于解剖一具历史的标本

是的，我也年青过，
那是你记得的，
我浪费了又尊敬了的。
而现在，我遥望它微笑。

玻璃瓦下的砖缝里种一颗燕麦，
不经摇曳便熟了，
一穗萎弱的年华
挂几片瘵死的希望，
交付一把不说故事的竹帚
更向自己学会了原谅。

我年青过，
那多半是因为你。
但是衰老是无情的，
因为人们以无情对衰老。
我仍将干了的花朵还你，
再为你破例的说我自己。

在那边，在那边，……
哦，你别这样。

慢慢的，慢慢的……
我还能在心里
找出一点风化的温柔，
如破烂的调色板上

有变了色的颜色。
忘了你,也忘了我,
听我说一个笑话:

一个年青人
依照自己的意思,
(虽然仍得感谢上帝。)
在深黑的纸上画过自己,
一次,又一次,
说着崇高,说着美丽,
为一切好看的声音
校正了定义,
像一只北极的萤虫,
在嘶鸣的水上
记下了素洁。

为怕翻搅的浓腻的彩色,
给灵魂涂一层香油,
(永远柔润的滋液)
透明外有幽幻的虹光了,
可是,"防火水中"——
生于玉泉的香草也烂了根叶,
看严冰也开出了紫焰呢,亲爱的……

你看过一滴深蓝
在清水里幻想
大理石的天空,
又怎样淡了记忆,

你看见过那胡桃
怎样结成了硬壳，
为自己摘下之后
在壳肉之间
有多么奇异的空隙，

你看见过么，亲爱的，
一只秋蝇用昏晕的复眼
在黏湿的白热灯前
画成了迂回的航线，

破落的世第的女墙里
常常排开辉煌的夜宴，
折脚的螃蟹拼命挤出
镡口陈年的酒花，
落了香色的树木
绿照了不卷帘的窗子，

我老了，但我为我的疲倦
工作，而我的疲倦为我的
休息，所有的诳话
说得自己相信了
便成了别人崇服的真理。
我学会宗教家可敬的卑劣。

我老了，你听我的声音，
平静得太可怕么，
你还很年青，不要
教眼角的神经太酸痛，

走,我们到幽邃的林子里
去散步,虽然你来的时候
已经经过艰苦的跋涉,
你,朝山的行客,亲爱的,
连失望也不要带走。

像从前一样,
我伸给你一只手臂,
这是你的头巾,
这是你的斗篷,
像一个病愈的人
我再递给一根手杖。

我再也不会对无恒有恒,
你再来看我,当你
失去了所有的镜子的时候,
你来看我心上衰老的须根。

这是从日记里,从偶然留下的信札里,从读书时的眉批里,从一些没有名字的字片里集起来的破碎的句子,算是一个平凡人的文献,给一些常常问我为甚么不修剪头发的人,并谢谢他们。

卅年,昆明雨季的开始时候。

注 释

① 本篇原载 1941 年 6 月 12 日昆明《中央日报·文艺》。

昆明的春天①

——不必朗诵的诗，给来自故都的人们

打开明瓦窗，

看我的烟在一道阳光里幻想。

（那卖蒸饭的白汽啵。）

够多美，朋友又说了，

若是在北平啊，

北平的尘土比这儿多，

游鱼梦想着桃花瓣儿呢，

在家里呆不住喉，

三毛钱，颐和园去了，

自行车，自行车，自行车，

真个是车如流水马如龙，

嘛嘛，马如龙，

有人赤脚穿木屐，过街心，

哪儿没有春光，您哪，

看烤饵块的脱下破皮袄，

（客气点好吧。）

尽翻着，尽翻着，

翻得直教人痒痒，

说真的，我真爱靴刀儿划起的冰花儿，

小粉蝶儿，纱头巾，

飞，飞，

　喝，看天染蓝了我的眼睛，

该不会有警报吧,今儿。

注 释

① 　本篇原载 1941 年 6 月 18 日香港《大公报·文艺》第一一一九期。

蒲　桃①

一个长途上的轻荷
试赠虐待青春的人
第一个看到的有命定的不幸了

　蒲桃熟的时候
　唇的味漂泊在
　秋天的边城，
　一朵白云溶散了，
　是有人在唱一支古谣么？
　你知道么？异国的蒲桃干里
　湮有多少新鲜的回忆？

　我不知道性急的酒徒
　如何怀想宿年的封窖。
　而我的蒲桃，我的蒲桃
　成熟得过早了，你说过。

　成熟的初夏流溢着，
　当你的眼睛如金甲虫
　飞落在酿成的夜的香花上，
　你不知道，我有一个
　不愿告诉自己的秘密。

我想送你一串蒲桃，

（一串紫色的？一串白色的？）

你从来没有不经心的向我

要过,怕你要说一声谢谢。

我将悄悄的结在你一条

常不注意的衣带上,

直到你归去时也许

竟还不知道呢,也许,

也许到风干了,

风干了枝叶和鬈须,

你会想起

有那么一回。

有那么一回么,

你到我的蒲桃园

荒落了之后

雪封了园前曲径的日子

再来问我吧,

那时我将说,

唔,也许有吧。

五月尾破灭拟作

注　释

① 本篇原载 1941 年 7 月 4 日昆明《中央日报·文艺》第六十五期,署名"蓁岐"。

封　泥①

——童话的解说之二

姐姐带着钥匙吧，
最长的季节来了，
去看看我们的园子，
虽然我记得
最初一次离开的时候
并未一动虚掩的园门，
可是有风呢，
动的风和静的风。

甚么也别带
连记忆和遗忘，
姐姊，我正要那块
石碑上的字也
教目光摩平了，
我们的园子最好
连荒芜也没有。

秋天常是又高又大的
它将在一切旧址上
平铺了明蓝的荫：

溶静静满园空间与时间，

把幻想压成一叠水成岩，
让它作不伤舟客的暗礁，
怀想也像蒲公英的轻絮，
在睫毛飘忽的天涯
在一个空白里，散开了，
不给影子以重量。

这是最深的一点，
从开端来的，又
引向最后去。
是淡的，还是淡的，
并且也不必计算
那个总和，姊姊，
我们说，即使苦，
即使苦，……

冷水上流着的
是无主的梦么，
不去理那些铭记的
日月，用最大的
勇气与恒心
去嬲吧，姊姊，
更温和一点，
你知道这园子的邻近
有许多用希望栽花的。

不要漏出一点消息，
可是，我怕我是个
多话的孩子，姊姊，

我说着牧羊人的
谎话,好不好,我说:
　　我们园里的树上
　　开满淡白的蝴蝶,
　　(还有红的,还有金的,
　　还有颜色以外的!)
　　青的虔诚的梦
　　有水红色的嫩根,
　　我们的柳丝是,是,
　　流着醉的睇视的
　　柔发,流着许多
　　甜的热度
我说得不美丽时
我们的园子会帮助我。

我有更多的祝福,施给
自己过的,该施给别人了,现在。
我们教那些
等待的去追求,
教那些沉默的
去唱歌,教薄待
青春的去学学
秋天以前的风。

我们以别人的欢乐
来娱悦自己吧,姊姊。

怎么,姊姊不说话了,
看露水湿了你的趾尖。

很凉呢,尤其是秋天。

回去了,轻轻的,

让虚掩的门仍旧

虚掩着,陌生的

孩子不会来的,

他们从未见过

一座不锁门的园子,

轻轻的走,并告诉自己

我们没有又来过一次。

六月十八日天雨

注 释

① 本篇原载 1941 年 8 月 16 日昆明《中央日报·文艺》。

文　明　街^①

先生，你从来没有看见过一条河吗？——莫洛亚

到文明街去吧？
　　　到文明街去！
流浪汉　单身汉
用业余游历家的眼睛
一颗不设防的心
（撤退了的荒街或者被占领了又）
去看自己的晚晌。

在城市的中心
在乡村的边缘
在许多向心与离心的
圆弧交切的一点上
文明街铺开了，依照着
人的假想，又给假想
以迂回的路线。

这里是一个定期风暴的
根据与发源，像一个
苍白的酒徒又被
春酒灌溉了神经
稀薄的感情（激起）浪花。

过饱和的碳酸翻搅着，
四方的空气又向这里流换。
每天晚上，灯光
把黑阴压积在
柜台底下，
桌子底下，
木箱底下，
和残忍的脚步底下
（老鼠洞里有丰收的季节了。）
文明街在有人看星的地方，
——有水，有树，有蛤蟆叫的地方，
升起了烧炽的，
透明的梦。

一盏灯比一盏灯更亮，
一块招牌比一块招牌更胡闹，
一个窗子比一个窗子更能
汲出眼睛的惊呼，
压倒了别人，
又压倒了自己，
通过沮丧的喜悦后面
幌动着预言家惨碧的呓语。
而古老的铺子
（满饰着残象的）
古老得更新奇了。
建设着破坏，
荒唐的统计数表
不断的产生
未立名称的职业。

有人笑了，
噙着两眼虹色的泪。
紫色的虹
酱色的虹
苍绿色的虹
深灰色的虹
闪烁着懔抖着的
虹的水灾啊！
过分诚实的脸
（训练了一生的）
太多的苦衷与术语，
每个人装点着自己
与别人的身份。
手握住袋内
轻微的本钱——失望，眼睛钉在
有生殖能力的满足，
噎下了欢呼
藏起了狼狈
（政治家的修养啊）
狂□□：
（你为甚么不慷慨一点）
顾客与商人
草拟着
新世纪的道德。
火烧着三月
分泌着油脂的松林的
大的声音
寂灭了，

一盏盏光与影子
放弃了自己的封□,暂时
有一个互不侵犯的和平。

埋在古典时代的废墟的蛇,
寂寞使主妇在客散的
筵前咬着手指的时空。

一对毫不动心的狗
并着肩由巡警的
生活的边上踩过了。

浮肿的河,街,贫空的
职业荡妇一样的睡死了,
慈善的清道夫
红着红的眼睛
洗涤她浑身
兽性与无耻的重伤。
而一辆牛车
载满沉重的木石
又吱吱的碾过来了。

好一趟辽远的旅行啊!
喝,这算得了甚么。
归去,窗前有一本
历史地图打开了
随你愿意画几条线。

注　释

①　本篇原载 1941 年 11 月 16 日昆明《中央日报·文艺》第九十五期,署名"汪若园"。原稿漫漶处以"□"代替。

落 叶 松①

　　树叶子落在下个斑斓的谎，
　　在浓夏树荫瞒过的旧处。
　　谁曾命永远的绿谷作主，
　　又殷勤延纳早秋的晚凉。

　　要鳞瓣藏好秘密的馨香：
　　严阖着眼皮，风吹着白露。
　　如庙宇湮圮于落成之初，
　　无一人礼拜昨天的法相。

　　倦了鹰的翅野鸽的红爪。
　　一天，被静冷烧枯的枝柄，
　　如修道女扔下斜插的花，
　　落下了松实累累如蜂巢，
　　藏入层层自设的谎，作听
　　深谷里有巨石风化成沙。

昆虫书简之二
十月四日拟作。
十一月十日抄六稿。

注 释

① 本篇原载 1941 年 11 月 24 日昆明《中央日报·文艺》第一百零一期"十四
　行特辑"，署名"汪若园"。1942 年作者以同题重写这首诗，文字有较大改
　动，参见《二秋辑·落叶松》。

1942 年

二　秋　辑①

私　章

生如一条河，梦是一片水。
俯首于我半身恍惚的倒影。
窗帘上花朵木然萎谢了，
我像一张胶片摄两个风景。

落　叶　松

虫鸣声如轻雾，斑斓的谎，
从容飘落又向浓荫旧处。
活该是豪华的青山作主，
一挥手延纳早秋的晚凉。

尽谟拜自己，庄严的法相，
愿宝殿湮圮于落成之初。
不睁的眼睛，雨夜的珠露，
不变的是你不散的馨香。

离绝绿染的紫啄的红爪，

鳞瓣上辉煌的黑色如火，
管春风又煽动下年的花。

终也落下，没有蜜的蜂巢，
而，积雪已抚育谎的坚果。
山头石烂，涧水流过轻沙。

注　释

① 本篇原载 1942 年 11 月 13 日昆明《生活导报》第一期。

旧　　诗^①

当月光浸透了小草的红根
一只粉蝶飞起自己的影子
夜栖息在我的肩上它已经
冻冷了自己又颤抖着薄翼

两排杨树栽成了道道小河
蒲公英散开了淡白的织絮
衰老的夜一天劳碌的星辰
昂着头你不怕晒黑了眼睛

注　释

① 　本篇原载 1942 年 12 月 8 日桂林《大公报·文艺》,署名"曾祺"。

试译白居易《井底引银瓶》①

井底拉起银瓶，
银瓶将上时绳子断了。
石上磨着玉簪，
玉簪将成时折成两半了。
瓶沉、簪断，无法可想啊，
正像我跟你分别就在眼前了。

想从前在家做女儿时候，
人说我举动间比谁都美，
弯弯的长眉远山一样秀媚，
蝉翼般的两鬓在耳边轻垂。
我随着同伴在后园欢笑，
这时候不知道你啊是谁。

我倚着短墙攀弄青梅枝桠，
你在垂柳旁骑着一匹白马，
我看见你远远地朝着我望，
知道你的心为爱情而忧伤。
我因此和你把真情吐露，
你发誓指着南山的松柏树。
你松柏树样的心肠使我感激，

暗合了双鬟我跟着你去。②

到你家住了五六年，
你父亲常有些难堪言语，
说聘来的是妻奔来的是妾，
见不得先人祭不得祖。
终于我觉得你家没法再住，
可是出了门我没有地方可去！
难道我家里没有父母？
我偷偷出来后都不通消息，
又悲又羞我想回也回不去！

为了你一天的爱情，
葬送我整整一生。
痴情的姑娘啊你们小心，
千万莫把爱情轻轻给人！

注　释

① 本篇原载《说说唱唱》1954 年第二期，署名"曾其"。
② 双鬟是少女或婢女的妆束。这句诗的意思大概是说改了少女的妆束，变成
　了妇人的妆束，嫁给所钟情的人而去。

1957 年

早　　春^①（习作）

彩　　旗

当风的彩旗，
像一片被缚住的波浪。

杏　　花

杏花翻着碎碎的瓣子……
仿佛有人拿了一桶花瓣撒在树上。

早　　春

（新绿是朦胧的，飘浮在树杪，
完全不像是叶子……）

远树的绿色的呼吸。

黄　　昏

青灰色的黄昏，

下班的时候。

暗绿的道旁的柏树，

银红的骑车女郎的帽子，

橘黄色的电车灯。

忽然路灯亮了，

　　（像是轻轻地拍了拍手……）

空气里扩散着早春的湿润。

火　车

火车开过来了。

鲜洁，明亮，刷洗得清清爽爽，好像闻得到车厢里甘凉的空气。

这是餐车，窗纱整齐地挽着，每个窗口放着一盆鲜花。

火车是空的。火车正在调进车站，去接纳去往各地的旅客。

火车开过去了，突突突突，突突突突……

火车喷出来的汽是灰蓝色的，蓝得那样深，简直走不过一个人去；但是，很快，在它经过你的面前的时候，它映出早已是眼睛看不出来的夕阳的余光，变成极其柔和的浅红色；终于撕成一片一片白色的碎片，正像正常的蒸汽的颜色，翻卷着，疾速地消灭在高空。于是，天色暗下来了。

注　释

① 本篇原载《诗刊》1957 年 6 月号；初收《汪曾祺自选集》，漓江出版社，1987 年 10 月。

1972 年

瞎虻^①

牛虻,"虻"当读 méng,读做"牛忙"是错的。我的故乡叫它
"牛蜢蜢",是因为它的鸣声很低,与调值的上声相近。北方或谓
之"瞎虻","虻"读阴平。这东西的眼神是真不好,老是瞎碰乱撞。
有时竟会笔直地撞到人脸上来。至于头触玻璃窗,更是司空见惯,
不是诬赖它。雄牛虻吸植物汁液,雌牛虻刺吸人畜血,都不是好东
西。讽刺它们一下,是可以的。

　　瞎虻笔直地飞向花丛,
　　却不料——咚! 碰得脑袋生疼。
　　"唔?"它摸摸额角,鼓鼓眼睛,
　　"这是,这是怎么回事情?"

　　好天气,真带劲,香扑扑,热哄哄,
　　"再来,再来!",打个转,鼓鼓劲,
　　"一二,你看咱瞎虻飞得多冲!"——咚!
　　"嗯? 这空气咋这么硬,这么平?"

　　捉摸不透是什么原因,
　　瞎虻可傻了眼了:
　　"我往日多么聪明,
　　今儿可成老赶了!"

接连几次向玻璃猛冲

累得它腰酸腿软了。

越想越觉得气不平，

短短的触角更短了。

一九七二年十月写

十一月十六日改

注　释

① 本篇据 1972 年 11 月 16 日致朱德熙信编入；初收《汪曾祺全集》第八卷，北京师范大学出版社，1998 年 8 月。

水　马　儿[①]

　　水马,当我还是孩子的时候,我的故乡的孩子叫它"海里蹦"。一名水黾。《本草纲目·虫部四》引陈藏器曰:"水黾群游水上,水涸即飞,长寸许,四脚。"韩琦《凉榭池上二阕》:"游鳞惊触绿荷香,水马成群股脚长"。善状其外形特征。苏东坡《二虫诗》称之为"水马儿",大概是四川的乡音了,今从之。苏东坡对它的习性观察得很精到,令人惊喜佩服。诗里还提到一种昆虫"鹞滥堆",不知是何物。东坡诗录如下:

　　　　"君不见水马儿,
　　　　步步逆流水。
　　　　大江东去日千里。
　　　　此虫趯趯长在此。
　　　　君不见鹞滥堆,
　　　　决起随冲风,
　　　　随风一去宿何许?
　　　　逆风还落蓬蒿中。
　　　　二虫愚智皆莫测,
　　　　江边一笑无人识。"

　　　　雨后的小水沟多么平静,
　　　　水底下倒映着天光云影。
　　　　平静的沟中水可并不停留,
　　　　你着那水马儿在缓缓移动。

水马儿有一种天生的本领，
能够在水面上立足存身。
浑身铁黑，四脚伶仃，
不飞不舞，也没有声音。

它们全都是逆水栖息，
没一个倒站横行。
好半天一动不动，
听流水把它们带过了一程。

听流水把它们带过了一程，
量一量过不了七寸八寸，
可它们已觉得漂得太远，
就赶紧向上游连蹦几蹦。

天上的白云变红云，
晌午过了到黄昏，
你看看这一群水马儿，
依然是停留在原地不动。

你们这是干什么？
漂一程，蹦几蹦，既不退，又不进。
单调的反复有什么乐趣可言，
为什么白送走一天的光阴？

水马儿之一答曰："你管得着吗？
这是我们水马儿的习俗秉性！"

说话间又漂过短短一程，

它赶忙向原地连蹦几蹦。

一九七二年十一月十六日

注　释

① 本篇据 1972 年 11 月 16 日致朱德熙信编入；初收《汪曾祺全集》第八卷，北京师范大学出版社，1998 年 8 月。

1986 年

旅　　途 ① (七首)

有一个长头发的青年

有一个长头发的青年，
他要离开草原。
他觉得草原太单调，
他越走越远。
他越走越远，
穿一件白色的衬衫。

有一个长头发的青年，
他要离开草原。
他觉得草原太寂寞，
他越走越远。
他越走越远，
穿一件蓝色的衬衫。

有一个长头发的青年，
他要离开草原。
他蓦然回头一望，
草原一望无边。

他站着一动不动，
穿一件火红的衬衫。

三月十七日梦中作，醒来写定

赛　里　木

野苹果花开得像雪，
赛里木湖多么蓝哟！

塔松里飞出了白云，
赛里木湖多么蓝哟！

牛羊在绿山上吃草，
赛里木湖多么蓝哟！

赛里木湖多么蓝哟，
你好吗？赛里木，赛里木②！

吐鲁番的联想

异国守城的士兵，
一箭射穿了玄奘的水袋。
于是有了坎儿井。

有人在戈壁滩上，
捡到岑参的一纸马料账③。
什么时候咱们逛一逛纽约的唐人街。

安西都护一天比一天老了，

他的酒量一天比一天小了。
飞机上载的是无核葡萄干。

广州的孩子没见过下雪，
吐鲁番的孩子没见过下雨。
广州、吐鲁番都有邮局。

巴特尔要离开家乡

大雁飞在天上，
影子留在地上。
巴特尔要离开家乡，
心里充满了忧伤。

巴特尔躺在圈儿河旁④，
闻着草原的清香。
圈儿河流了一前晌，
还没有流出家乡。

玉渊潭正月

汽车开过湖边，
带起一群落叶。
落叶追着汽车，
一直追得很远。
终于没有劲了，
又纷纷地停下了。

"你神气什么，

还嘀嘀地叫!"
"甭理它,咱们讲故事:
秋天,
早晨的露水……"

坝　上

风梳着莜麦沙沙地响,
山药花翻滚着雪浪。
走半天看不到一个人,
这就是俺们的坝上。

歌　声

他很少回他的家乡,
他的家乡是四川绵阳。
他每年收到家乡寄来的包裹,
包裹里寄的是干辣椒,豆瓣酱。

他用四川话和我们交谈,
藏话说得很流畅。
他写的歌子很好听,
藏族的歌手都爱唱。

听说他已经死了,
我不禁想起他挺老实的模样。
收音机里有时还播他写的歌子,
歌声还是那样悠扬,那样明朗。

纪念一位入藏三十年的作曲家

① 本组诗原载《中国作家》1986 年第四期,原为八首,其中一首旧体诗《泊万县》另收入本卷"旧体诗"类,《玉渊潭正月》以《落叶》为题,见于散文《草木虫鱼鸟兽》,文字有改动;以《旅途》为题,初收《汪曾祺自选集》,漓江出版社,1987 年 10 月。

② 赛里木湖在新疆,离伊犁不远。"赛里木"是突厥语,意为平安。旅人到了赛里木湖,都要俯首说一声:"赛里木!"

③ 岑参马料账现藏乌鲁木齐新疆博物馆。

④ 呼伦贝尔草原有一条河,叫圈儿河。圈儿河很奇怪,它不是径直地流去,而是不停地转着圈。牧民说,这河舍不得离开草原。

1991 年

题　画①

一

万朵茶花似火
徘徊着
顾望着自己的影子
孤独
乖巧的
黑凤

二

黑黑的龙潭
有太阳,有云
有雨,有星星

"大眼睛,
猫头鹰!"

三

定定地看着人
又倏然垂下了睫毛
像一只敛翅的鸟
泄密的眼睛

注　释

① 　本篇原载《女声》1991 年第七期。

1993 年

我的家乡在高邮①

我的家乡在高邮，
风吹湖水浪悠悠。
岸上栽的是垂杨柳，
树下卧的是黑水牛。

我的家乡在高邮，
春是春来秋是秋。
八月十五连枝藕，
九月初九闷芋头。

我的家乡在高邮，
女伢子的眼睛乌溜溜。
不是人物长得秀，
怎会出一个风流才子秦少游？

我的家乡在高邮，
花团锦绣在前头。
百样的花儿都不丑，
单要一朵五月端阳通红灼亮的红石榴！

（一九九三年十月中旬）

注　释

① 本篇系江苏电视台 1994 年播出的电视片《梦故乡》的主题歌歌词,原载《鬒社珠光——高邮市文联十年成果集》,高邮市文联编印,1996 年 4 月;后编入组诗《我的家乡在高邮——故乡诗吟》,初收《汪曾祺全集》第八卷,北京师范大学出版社,1998 年 8 月。

未编年

夏　　天[①]（散文诗）

早　　晨

露水。

露水湿了草叶，湿了马齿苋。

一只螳螂在牵牛花上散步。精致的淡绿的薄纱的贴身轻装。

金针花开了。

真凉快。

井

凉意从井里丝丝地冒上来。

花

茉莉。素馨。珠兰。数珠兰清雅。

淡　竹　叶

淡竹叶略似竹叶，半藏在草丛中，不高，开淡淡的天蓝色的小如指甲的简单的花。

蝈蝈和纺织娘

蝈蝈把天气叫得更燥热了。我们用番瓜花喂蝈蝈,用很辣的辣椒喂它。它就叫得更吵人了。

扁豆架的叶丛中有一只纺织娘,不知它是怎样飞来的。一到晚上,它就纺纱,沙沙沙⋯⋯

萤 火 虫

萤火虫一亮一亮的,忽上,忽下。

注 释

① 本组诗原载《中国作家》1998 年第一期;初收《汪曾祺全集》第八卷,北京师范大学出版社,1998 年 8 月。

秋　冬^①

爬　山　虎

沿街的爬山虎红了，
北京的秋意浓了。

爬山虎的叶子掉光了，
昨晚上下过一场霜了。

黄　栌

香山的黄栌喝得烂醉。

下　雪

雪花想下又不想下，
犹犹豫豫。

你们商量商量
自己拿个主意。

对面人家的房顶白了：
雪花拿定了主意了：下。

雪　后

大吊车停留在空中，

一动不动。

听不到指挥运料的哨音。

异常的安静。

热　汤　面

擀面条的声音，

切白菜的声音，

下雪天的声音。

这种天气，怎么出去买菜？

卖菜的也不出摊。

楼上楼下，

好几家，

今天都吃热汤面。

"牛牛！牛牛！

到副食店去买两块臭豆腐！"

注　释

①　本组诗原载《中国作家》1998 年第一期；初收《汪曾祺全集》第八卷，北京
　　师范大学出版社，1998 年 8 月。

啄 木 鸟[①]

啄木鸟追逐着雌鸟，
红胸脯发出无声的喊叫，
它们一翅飞出树林，
落在湖边的柳梢。
不知从哪里钻出一个孩子，
一声大叫。
啄木鸟吃了一惊，
他身边已经没有雌鸟。
不一会树林里传出啄木的声音，
他已经忘记了刚才的烦恼。

注 释

① 本篇见于散文《草木虫鱼鸟兽》,参见散文卷。

梦①

给我一枝梦中的笔，

我会写出几首挺不错的诗。

可惜醒来全都忘了，

我算是白活了这一趟了。

注　释

①　本篇见于小说《梦》，参见小说卷。

鄂温克狩猎队员之歌^①

从那浓绿浓绿的大兴安岭，
飘出了一阵阵轻脆的铃声。
在那万木参天的密林里，
鄂温克的驯鹿群在安详地游动。

我们是鄂温克的狩猎队员，
熟悉山里的每一条路径。
一阵阵枪响回荡在天边，
载回了丰收的犴肉和鹿茸。

从那金黄金黄的大兴安岭，
从那白雪皑皑的大兴安岭，
从那万木参天的密林里，
飘出了一阵阵轻脆的铃声。

一阵阵枪响回荡在天边，
载回了珍贵的灰鼠和飞龙。
我们是鄂温克的狩猎队员，
熟悉山里的每一条路径。

从那暮色苍茫的大兴安岭，
听不到一阵阵轻脆的铃声，
从那万木参天的密林里，

听不到一阵阵响亮的枪声。

勤劳勇敢的鄂温克，
这一夜你们在哪里活动？
踏着草叶上晶莹的露水，
狩猎队押来了入境的黑熊。

我们是鄂温克的狩猎队，
我们是无敌的英雄民兵。
守卫着祖国北方的边境，
守卫着亲爱的大兴安岭。

从那浓绿浓绿的大兴安岭，
飘出了一阵阵轻脆的铃声。
在那万木参天的密林里，
鄂温克狩猎队员在机警地游动。

注　释

① 本篇据手迹编入。

桦 皮 船[1]

（男女声二重唱）

重：剥下洁白的桦树皮，
　　煮三遍，晾三遍。
　　放倒坚韧的樟子松，
　　砍长条，削薄板。
　　做成猎民的桦皮船，
　　多轻巧，多灵便。

　　啊——
　　划动桨叶如展翅，
　　白鹤一样的桦皮船。
　　激流河里任翱翔，
　　哲理鱼一样的桦皮船。
　　两岸青山齐后退，
　　燕子一样的桦皮船。

女：你又要划船去夜猎，
　　去打鹿，去打犴？
　　激流河水平槽了，
　　水多急，浪花翻。
　　今晚天气很不好，
　　云沼沼，雾漫漫。

重：啊——

　　划动桨叶如展翅，

　　白鹤一样的桦皮船。

　　激流河里任翱翔，

　　哲理鱼一样的桦皮船。

　　两岸青山齐后退，

　　燕子一样的桦皮船。

男：我不是划船去夜猎，

　　不打鹿，不打犴。

　　刚才护林员来报告，

　　密林里，冒青烟。

　　有一个越境特务进了山，

　　看情况，没走远。

重：划动桨叶如展翅，

　　白鹤一样的桦皮船。

　　激流河里任翱翔，

　　哲理鱼一样的桦皮船。

　　两岸青山齐后退，

　　燕子一样的桦皮船。

女：你要到下游蹲泡子，

　　啃干肉，嚼生烟。

　　等到特务来喝水，

　　鹿皮绳，把他栓。

　　那我跟你去就伴，

　　你打枪，我划船。

重:划动桨叶如展翅，

　白鹤一样的桦皮船。

　激流河里任翱翔，

　哲理鱼一样的桦皮船。

　两岸青山齐后退，

　燕子一样的桦皮船。

男:这趟任务很危险，

女:越艰险,越向前。

男:孩子交给谁照看？

女:托儿所,阿姨管。

男:你原来早就有打算，

女:那当然。

男:快上船！

重:划动桨叶如展翅，

　白鹤一样的桦皮船。

　激流河里任翱翔，

　哲理鱼一样的桦皮船。

　两岸青山齐后退，

　燕子一样的桦皮船。

注　释

① 本篇据手迹编入。

旧体诗、长短句

画马铃薯图谱感怀①

三十年前了了时,曾拟许身作画师。

何期出塞修芋谱,搔发临畦和胭脂。

注 释

① 本篇见于《新发现汪曾祺佚文一束·思想汇报》,原载《新文学史料》2017
年第四期。1960 年 8 月间,作者被派到沽源马铃薯研究站,画《中国马铃
薯图谱》。诗题系编者所拟。

1980 年

六十岁生日散步玉渊潭①

冻云欲湿上元灯,漠漠春阴柳未青。

行过玉渊潭畔路,去年残叶太分明。

注　释

① 本篇见于散文《七十书怀》,参见散文卷;初收《汪曾祺书画集》,汪朗、汪
明、汪朝编,2000 年 2 月。诗题据作者 1996 年自书手迹。

1981 年

昆明莲花池小店坐雨①

莲花池外少行人,野店苔痕一寸深。
浊酒一杯天过午,木香花湿雨沉沉。

(一九八一年九月二十九日)

注 释

① 本篇见于散文《昆明的雨》《花》,参见散文卷。诗题系编者所拟。另有手
迹前三句作:"垂羽村鸡栖坐稳,日长苔色上墙根。野店无人一杯酒。"

送传捷外甥参军①

东海日升红杲杲,水兵搏浪起身早。
昂首浩歌飘然去,茫茫大陆一小岛。

一九八一年十月

注　释

① 本篇原载《甓社珠光——高邮市文联十年成果集》,高邮市文联编印,1996
年 4 月;后编入组诗《我的家乡在高邮——故乡诗吟》,初收《汪曾祺全集》
第八卷,北京师范大学出版社,1998 年 8 月。传捷,汪曾祺妹妹汪丽纹
之子。

陵纹小妹存玩[1]

故乡存骨肉,有妹在安徽。

所适殊非偶,课儿心未灰。

力耕怜弱质,怀远问寒梅。

何日归欤赋,天崖暖气吹。

大哥哥 曾祺

注　释

[1] 本篇原载《甓社珠光——高邮市文联十年成果集》,高邮市文联编印,1996
年4月;后编入组诗《我的家乡在高邮——故乡诗吟》,初收《汪曾祺全集》
第八卷,北京师范大学出版社,1998年8月。汪陵纹,汪曾祺同父异母
小妹。

寿小姑爹八十^①

扁舟一棹入江湖,一笑灯前认故吾。
报国有心豪气在,未甘伏枥饱干刍。

胸中百丈黄河浪,眼底巫山一段云。
犹余老缶当年笔,归画淮南万木春。

抵掌剧谈天下事,挥毫闲书老少年。
高龄八十健如此,熠熠珠光照夕烟。

小姑爹八十岁矣而精神矍铄豪迈健谈命作诗赋三绝为之寿　孙　汪曾祺敬草

注　释

① 本篇见于陈其昌《崔锡麟和侄孙汪曾祺》,原载《走近汪曾祺》,汪曾祺文学
馆编印,2003 年 8 月。"小姑爹"指崔锡麟(1902—1987),汪曾祺祖父之
妹婿。

敬呈道仁夫子^①

我爱张夫子,辛勤育后生。

汲源来大夏,播火到小城。

新文开道路,博学不求名。

白头甘淡泊,灼灼老人星。

八一年十一月 受业 汪曾祺

注 释

① 本篇原载《甓社珠光——高邮市文联十年成果集》,高邮市文联编印,1996
年4月;后编入组诗《我的家乡在高邮——故乡诗吟》,初收《汪曾祺全集》
第八卷,北京师范大学出版社,1998年8月。道仁,张道仁,作者幼稚园老
师王文英的丈夫。

敬呈文英老师①

“小羊儿乖乖,把门儿开开”,

歌声犹在,耳畔徘徊。

念平生美育,从此培栽。

我今亦老矣,白髭盈腮。

但师恩母爱,岂能忘怀。

愿吾师康健,长寿无灾。

五小幼稚园第一班学生 汪曾祺

(一九八一年十一月)

注　释

① 本篇原载《羼社珠光——高邮市文联十年成果集》,高邮市文联编印,1996
年 4 月;又见于散文《师恩母爱》,文字略有改动,参见散文卷。后编入组
诗《我的家乡在高邮——故乡诗吟》,初收《汪曾祺全集》第八卷,北京师范
大学出版社,1998 年 8 月。文英老师,即王文英(1906—1987),作者幼稚
园时期的老师。

阴 城[1]

莽莽阴城何代名,夜深鬼火恐人行。

故老传云古战场,儿童拾得旧韩瓶。

功名一世余荒冢,野土千年怨不平。

近闻拓地开工厂,从此阴城夜有灯。

奉金鳌 指正 一九八一年十一月

注　释

[1] 本篇原载《甓社珠光——高邮市文联十年成果集》,高邮市文联编印,1996
年4月;后编入组诗《我的家乡在高邮——故乡诗吟》,初收《汪曾祺全集》
第八卷,北京师范大学出版社,1998年8月。

文　游　台①（忆昔春游何处好）

忆昔春游何处好，年年都上文游台。

树梢帆影轻轻过，台下豆花漫漫开。

秦邮碑帖怀铅拓，异代乡贤识姓来。

杰阁今犹存旧址，流风余韵未曾衰。

注　释

① 本篇据赠郭祖江手迹编入。

新　河①

晨兴寻旧邮,散步看新河。

艍舶垂金菊,机船载粪过。

水边开菊圃,岸上晒萝卜。

小鱼堪饭饱,积雨未伤禾。

　　　　　一九八一年十一月八日　新河散步写与汝祐

注　释

① 本篇原载《甓社珠光——高邮市文联十年成果集》,高邮市文联编印,1996
　年4月;后编入组诗《我的家乡在高邮——故乡诗吟》,初收《汪曾祺全集》
　第八卷,北京师范大学出版社,1998年8月。杨汝祐,1938年生,汪曾祺的
　舅表弟,时供职于高邮自来水厂。

同　学[1]

同学少年发已苍,四方犹记共明窗。

红栏紫竹小亭子,绿柳黄牛隔岸庄。

村梢烟悬东门塔,野花雪放玫瑰香。

散学课余何处好,跳河比赛爬城墙。

熙元属　一九八一年十一月十八日

注　释

① 本篇原载《麋社珠光——高邮市文联十年成果集》,高邮市文联编印,1996
年4月;后编入组诗《我的家乡在高邮——故乡诗吟》,初收《汪曾祺全集》
第八卷,北京师范大学出版社,1998年8月。

应小爷命书^①

汪家宗族未凋零,奕奕犹存旧巷名。
独羡小爷真淡泊,临河闲读南华经。

注 释

① 本篇原载《甓社珠光——高邮市文联十年成果集》,高邮市文联编印,1996
年4月;后编入组诗《我的家乡在高邮——故乡诗吟》,初收《汪曾祺全集》
第八卷,北京师范大学出版社,1998年8月。小爷系曙光中学退休教师汪
连生。

赠汪曾荣[①]

开口谈宗族,五服情谊深。

寄身在市井,端是有心人。

(一九八一年十月)

注 释

① 本篇据手迹编入。汪曾荣,汪曾祺的同宗弟弟。

贺孙殿娣新婚[①]

夜深烛影长,花气百合香。

珠湖三十六,处处宿鸳鸯。

注　释

① 本篇见于苏北《汪曾祺的两首佚诗》,原载 2013 年 4 月 30 日《大公报》。
孙殿娣,汪曾祺表弟的内弟。

1982 年

季匋民自题《红莲花》图^①

红花莲子白花藕,果贩叶三是我师。
惭愧画家少见识,为君破例著胭脂。

注　释

① 　本篇见于小说《鉴赏家》,参见小说卷。诗题系编者所拟。

川 行 杂 诗 ①（五首）

题 记

    今年四月,应作协四川分会及四川人民出版社之邀,往游四川;经川西、川南、川中、川东诸地。车中默数游踪,得若干首。聊记见闻而已,意不在诗。

新都桂湖杨升庵祠

    杨慎升庵,新都人,状元及第,以议大礼流云南,死,以赭衣葬。桂湖其少年读书处也,今建升庵祠。

        老树婆娑弄旧枝,桂湖何代建新祠?
        一种风流人尚说,状元词曲罪臣诗。

新 屋

    新都、广汉、邛崃改变农村体制,农民富足,盖新屋者甚多,多为新式二层楼。新楼已成,旧草屋未拆,新旧对比画出一幅八十年代中国农村大转折的图画。

        改体兼营工副农,买砖户户盖新屋。
        且留旧屋看三年,好画人间歌与哭。

眉山三苏祠

三苏祠本苏氏宅,以宅为祠,东坡文云,"家有五亩之园",今略广,占地约八亩。祠中有井,云是苏氏旧物,今犹清凉可汲,东坡离家时,乡民植丹荔一株,欲待其归来共食。东坡远谪,日啖岭南荔枝三百枚,竟未及与乡人一尝其乡中佳果也。旧植丹荔已死,今所见者系明代补栽,亦枯萎,正在抢救。

当日家园有五亩,至今文字重三苏。

红栏旧井犹堪汲,丹荔重栽第几株?

过郭沫若同志旧宅

宅在沙湾场。瓦屋五进,颇低小。后有小园,隔墙可望绥山。园有绥山馆,是郭氏私塾,郭老幼年读书于此。"风笛""猿声",郭老少年别母诗中词句。

风笛猿声里,峨眉国士乡。

绥山香不足,投笔叫羲皇。

北温泉夜步

又傍春江作夜行,征尘洗尽一身轻。

叶密树高好月色,竹闲风静让泉声。

一处杜鹃啼不歇,何来桔柚散浓馨。

明朝又下渝州去,此是川游第几程?

注　释

① 本组诗原载《四川文学》1982 年第七期;初收《汪曾祺全集》第八卷,北京师范大学出版社,1998 年 8 月。其中《新都桂湖杨升庵祠》一首,又见于散

文《杜甫草堂·三苏祠·升庵祠》《四川杂忆》《北京的秋花》《杨慎在保山》,文字略有改动,参见散文卷。该诗在《杜甫草堂·三苏祠·升庵祠》中作:"桂湖老样弄新姿,湖上升庵旧有祠。一种风流谁得似?状元词曲罪臣诗。"《四川杂忆》《杨慎在保山》中除首句中"老样"作"老桂"外,其余与《杜甫草堂·三苏祠·升庵祠》同;在《北京的秋花》中,首句作"桂湖老桂发新枝",其余与另三篇散文中所引相同。

诗 四 首①

　　今年四月,应作协四川分会及四川人民出版社之邀,往游四川;经川西、川南、川中、川东诸地。车中默数游踪,得若干首。聊记见闻而已,意不在诗。

初入峨眉道中所见

乱石丛中泉择路,悬崖脚底豆开花。
红衣孺子牵黄犊,白发翁婆卖春茶。

自清音阁至洪椿坪

路依山为栈,山以树为形。
琴声十二里,泉水出山清。

宿洪椿坪夜雨早发

山中一夜雨,空翠湿人衣。
鸣泉声愈壮,何处子规啼?

媚 态 观 音

媚态观音,静美如好女子。
虽吴生手笔,难画其肌体。

像教度人，原有两种义。

或尚威慑，使人知所畏惧；

或尚感化，使人息其心意。

威猛慑人难，柔软感人易。

迩后佛像造形，

遂多取意于儿童少女。

少女无邪，儿童无虑，

即此便是佛意。我于是告天下人：

与其拜佛，不如膜拜少女！

注　释

① 本组诗原载《海棠》1982 年第三期；后编入《川行杂诗》，初收《汪曾祺全集》第八卷，北京师范大学出版社，1998 年 8 月。

哀　皇　城^①

柳眠花重雨丝丝，劫后成都似旧时。
独有皇城今不见，刘张霸业使人思。

注　释

① 本篇见于散文《四川杂忆》，参见散文卷。诗题据 1982 年 5 月 19 日致朱德
熙信，参见书信卷，皇城即成都；"刘张"，指"文革"期间掌握四川实权的省
革委会副主任刘结挺、张西挺夫妇。

成 都 小 吃^①

十载成都无小吃，年丰次第尽重开。

麻辣酸甜滋味别，不醉无归好汉来。（皆餐馆名）

注 释

① 本篇见于 1982 年 5 月 19 日致朱德熙信，参见书信卷。

离　　堆[①]

都江堰有离堆，
乐山有离堆，
截断连山分江水。
江水安流，
太守不归。
江水萧萧如鼓吹，
秦时明月照峨眉。

注　释

① 本篇见于 1982 年 5 月 19 日致朱德熙信,参见书信卷。

宜宾流杯池①

山谷在川南,流连多意趣。

谁是与宴人,今存流杯处?

石刻化为风,传言难成据。

迁谪亦佳哉,能行万里路。

注 释

① 本篇见于 1982 年 5 月 19 日致朱德熙信,参见书信卷。

天　泉　洞①

泉来天外,天在地底。
千奇百怪,岂有此理。

注　释

① 本篇见于刘大如《大山的呼唤——兴文石海开发纪实》,天马图书出版公司,2010 年 11 月。天泉洞,四川宜宾兴文县著名溶洞景点,在石林镇。

兴 文 石 海^①

群峰如沸涌,石势欲滔天。
造化钟神秀,平生此壮观。

注 释

① 本篇见于刘大如《大山的呼唤——兴文石海开发纪实》,天马图书出版公
司,2010 年 11 月。

泊　万　县①

岸上疏灯如倦眼，中天月色似怀人。
卧听舷边东逝水，江涛先我下夔门。

注　释

① 本篇原载《中国作家》1986 年第四期，又见于 1982 年 5 月 19 日致朱德熙信，文字略有改动；初收《汪曾祺全集》第八卷，北京师范大学出版社，1998 年 8 月。

天池雪水歌①

明月照天山,雪峰淡淡蓝。
春暖雪化水流澌,流入深谷为天池。
天池水如孔雀绿,水中森森万松覆。
有时倒映雪山影,雪山倒影名如玉。
天池雪水下山来,快笑高歌不复回。
下山水如蓝玛瑙,卷沫喷花斗奇巧。
雪水流处长榆树,风吹白杨绿火炬。
雪水流处有人家,白白红红大丽花。
雪水流处小麦熟,新面打馕烤羊肉。
雪水流经山北麓,长宜子孙聚国族。
天池雪水深几许? 储量恰当一年雨。
我从燕山向天山,曾度苍茫戈壁滩。
万里西来终不悔,待饮天池一杯水。

注 释

① 本篇见于散文《天山行色》,参见散文卷。

早发乌苏望天山[①]

苍苍浮紫气，天山真雄伟。
陵谷分阴阳，不假皴擦美。
初阳照积雪，色如胭脂水。

注　释

① 本篇见于散文《天山行色》，参见散文卷。

往霍尔果斯途中望天山[①]

天山在天上,没在白云间。

色与云相似,微露数峰巅。

只从蓝襞褶,遥知这是山。

注　释

① 本篇见于散文《天山行色》,参见散文卷。

雨晴,自伊犁往尼勒克车中望乌孙山①

一痕界破地天间,浅绛依稀暗暗蓝。
夹道白杨无尽绿,殷红数点女郎衫。

注　释

① 本篇见于散文《天山行色》,参见散文卷;又见于张肇思《不尽长河绕县
行》,载《汪曾祺文学馆馆刊》2001 年 10 月 20 日第三期,文字略有改动。

尼 勒 克①

山形依旧乌孙国,公主琵琶尚有声。
至今团聚十三族,不尽长河绕县行。

注 释

① 本篇见于散文《天山行色》,参见散文卷;又见于张肇思《不尽长河绕县
行》,载《汪曾祺文学馆馆刊》2001 年 10 月 20 日第三期。诗题系编者
所拟。

尼勒克赠赵林^①

白杨摇绿，苹果垂红。
六畜繁息，五谷丰登。

注　释

① 本篇见于张肇思《不尽长河绕县行》，载《汪曾祺文学馆馆刊》2001 年 10 月
20 日第三期。赵林，时任奎屯广电局局长。

自题菊花图^①

种菊不安篱,任它恣意长。
昨夜落秋霜,随风自俯仰。

> 一九八二年十一月不是七日就是八日
> 时女儿汪明在旁瞎出主意

注　释

① 本篇据手迹编入;初收《汪曾祺书画集》,汪朗、汪明、汪朝编,2000 年 2 月。
诗题系编者所拟。

游湖南桃花源[①]

一

红桃曾照秦时月,黄菊重开陶令花。
大乱十年成一梦,与君安坐吃擂茶。

二

修竹姗姗节子长,山中高树已经霜。
经霜竹子皆无语,小鸟啾啾为底忙?

三

山下鸡鸣相应答,林间鸟语自高低。
芭蕉叶响知来雨,已觉清流涨小溪。

注　释

① 本组诗见于散文《湘行二记·桃花源记》,参见散文卷;初收《汪曾祺自选集》,漓江出版社,1987 年 10 月,文字略有改动。诗题据 1983 年 2 月作者所作菊花图。

寿沈从文先生八十[①]

犹及回乡听楚声，此身虽在总堪惊。

海内文章谁是我，长河流水浊还清。

玩物从来非丧志，著书老去为抒情。

避寿瞒人贪寂寞，小车只顾走辚辚。

注　释

① 本篇见于弘征《我与汪曾祺的诗缘》，原载 1998 年 12 月 18 日《解放日
报》；初收《永远的汪曾祺》，上海远东出版社，2008 年 5 月。

戏 赠 宗 璞①

壮游谁似冯宗璞,打伞遮阳过太湖。
却看碧波千万顷,北归流入枕边书。

注 释

① 本篇见于宗璞散文《三幅画》,原载《钟山》1988 年第五期。时汪曾祺与女
作家宗璞共同参加《钟山》编辑部主办的太湖笔会。

1983 年

自题画作《偶写家乡楝实》^①

轻花淡紫殿余春,结实离离秋已深。

倒挂西风鸦不食,绿珠一树雪封门。

注　释

① 本篇据手迹编入。画藏高邮汪曾祺故居。

菏 泽 牡 丹①

造化师人意,春秋在畚锸。
曹州天下奇,红粉黄金甲。

注　释

① 本篇见于散文《菏泽游记》,参见散文卷。诗题系编者所拟。

梁　山①

远闻钜野泽,来上宋江山。

马道横今古,寨墙积暮烟。

旧址颇茫渺,遗规尚俨然。

何当觇杏帜,舟渡蓼花滩。

（一九八三年四月二十四日）

注　释

① 本篇见于散文《菏泽游记》,参见散文卷。诗题系编者所拟。

登 大 境 门^①

云涌张家口,风吹大境门。

崇岭围南北,边墙横古今。

战守经千载,丸泥塞万军。

欲问兴亡意,烽台倚夕曛。

注 释

① 本篇原载《浪花》1983 年第三期;初收《汪曾祺诗联品读》,金实秋编,大众
文艺出版社,2009 年 4 月。

重来张家口，读《浪花》小说有感[1]

我昔为迁客，学稼兼学圃，
往来坝上下，曾历三寒暑。
或绑葡萄条，或锄玉蜀黍，
插秧及背稻，汗下如蒸煮。
偶或弄彩墨，谱画马铃薯，
坐对一丛花，眸子炯如虎。
人或谓饴甘，我不厌荼苦，
身虽在异乡，亲之如故土。
唯恨文采输，佳作寥可数，
思之亦萦梦，浪花何日舞。
今我来旧地，披读才三五。
矍然喜且惊，篇半珠光吐。
如怀良苗新，已觉雏凤鸾，
崛起期有日，太息肠可抯。
谁是育苗人，作此春风雨。

一九八三年六月廿一日 走笔于张家口

注 释

① 本篇原载《浪花》1983 年第三期；初收《汪曾祺诗联品读》，金实秋编，大众
文艺出版社，2009 年 4 月。

重来张家口①

北国山河壮，西窗客思深。

重来迁谪地，转能觉相亲。

一九八三年六月廿二日

注　释

① 本篇原载《汪曾祺诗联品读》，金实秋编，大众文艺出版社，2009 年 4 月。

重过沙岭子[①]

二十三年弹指过,悠悠临水过洋河。

风吹杨树加拿大,雾湿葡萄波尔多。

白发故人还相识,谁家稚子学唱歌。

曾历沧桑增感慨,相期更上一层坡。

离开此地已二十三年矣!晤诸旧识,深以为快。

一九八三年六月廿三日

注　释

① 　本篇原载《汪曾祺诗联品读》,金实秋编,大众文艺出版社,2009 年 4 月。

题冬日菊花^①

新沏清茶饭后烟,自搔短发负晴暄。
枝头残菊开还好,留得秋光过小年。

注　释

① 本篇见于《〈晚饭花集〉自序》,又见于散文《自得其乐》,参见谈艺卷、散文
卷。诗题系编者所拟。

徐州放鹤亭口占①

放鹤亭犹在,鹤飞何处山。
山下多来者,常怀苏子瞻。

(一九八三年十一月底)

注　释

① 本篇据手迹编入。

花 果 山①

刻舟胶柱真多事，传说何妨姑妄言。
满纸荒唐《西游记》，人间幻境花果山。

注　释

① 本篇见于散文《人间幻境花果山》，参见散文卷。诗题系编者所拟。

1984 年

一九八三年除夕子时戏作[1]

六十三年辞我去，飘然消逝入苍微。
此夜欣逢双甲子，何曾惆怅一丁儿。
秋花不似春花落，黄鸟时兼白鸟飞。
敢与诸君争席地，从今泻酒戒深杯。

注　释

[1]　本篇作于 1984 年 2 月 1 日，次日（春节）自题于菊花图上，后曾多次题画、抄示好友，略有改动，第二句又作"随风飘逝入苍霏"；初收《汪曾祺书画集》，汪朗、汪明、汪朝编，2000 年 2 月。

题《长篇小说报》①

久闻燕赵士，慷慨能悲歌。

花山花熠熠，硕果满青柯。

应花山出版社长篇小说报属

注　释

① 　本篇原载《长篇小说报》1984 年 7 月第一期封二。

桑　植①

咏　贺　龙

龙飞桑植乡，欲为天下雨。

鳞甲遭摧折，哀哉遽如弥。

咏　贺　湘

贺门多女杰，质比雪霜洁。

血飞桑鹤山，澧水浪千叠。

（一九八四年八月）

注　释

① 这两首据手迹编入。诗题系编者所拟。

好　事　近[①]

佳期近也呵,正值芒种时节。绕屋扶疏绿树,恰上弦新月。

彼此风华正茂时,两情相欢悦。同捡图书满架,不羡双飞蝶。

应王欢 爱萍 属书　一九八五年

注　释

① 本篇据手迹编入。王欢,北京大学口腔医院医生,多次为作者治牙。

1986 年

为宗璞画牡丹并题[1]

人间存一角,聊放侧枝花。
临风亦自得,不共赤城霞。

注　释

[1]　本篇见于宗璞散文《三幅画》,原载《钟山》1988 年第五期,又见散文《自得
其乐》,文字略有改动,参见散文卷。诗题系编者所拟。

北岳文艺出版社通俗文学讨论会
在常德召开,即席口占①

北岳谈文到南岳,巴人也可唱阳春。

渔父屈原相视笑,两昆仑是一昆仑。

(一九八六年五月二十六日)

注　释

① 本篇见于散文《索溪峪》,参见散文卷。诗题系编者所拟。

题 黄 龙 洞^①

索溪峪自索溪峪,何必津津说桂林。
谁与风光评甲乙,黄龙石笋正生孙。

(一九八六年五月二十九日)

注 释

① 本篇见于散文《索溪峪》,参见散文卷。诗题系编者所拟。

宝　峰　湖①

一鉴深藏锁翠微，移来三峡四周围。
游船驶入青山影，惊起鸳鸯对对飞。

（一九八六年五月三十日）

注　释

① 本篇见于散文《索溪峪》，参见散文卷。诗题系编者所拟。

贺家乡文联成立①

风流千古说文游,烟柳隋堤一望收。

座上秦郎今在否,与卿同泛甓湖舟。

(一九八六年六月)

注　释

① 本篇原载《甓社珠光——高邮市文联十年成果集》,高邮市文联编印,1996
年 4 月;后编入组诗《我的家乡在高邮——故乡诗吟》,初收《汪曾祺全集》
第八卷,北京师范大学出版社,1998 年 8 月。

自题水仙图①

玉作精神水作魂，一年春尽一年春。
写罢搔头无处寄，令人却忆赵王孙。

（一九八六年八月）

注　释

① 本篇原载《中国当代作家书画作品集》，海峡文艺出版社，1994 年 2 月。

书贺《作家》创刊三十年[1]

清影珊珊小叶杨，繁花簇簇紫丁香。

卅年风雨春犹在，待看长春春更长。

长春昔日路边皆植小叶杨树，丁香花甚多，今犹如此否？

一九八六年七月 北京

注 释

[1] 本篇原载《作家》1986 年第十期；初收《汪曾祺全集》第八卷，北京师范大学出版社，1998 年 8 月。

题《大众小说》,兼怀赵树理同志①

惯吃家常饭,长留鸡蛋书。

上党余风在,先驱德不孤。

树理同志曾希望他的书能在集市上卖,农民可以拿鸡蛋来换,谓之鸡蛋书。

一九八六年八月

注 释

① 本篇原载《大众小说》1987 年第 1 期(创刊号)。

毓珉治印歌^①

少年刻印换酒钱,润例高悬五华山。

非秦非汉非今古,放笔挥刀气如虎。

四十年来劳案牍,钢刀生锈铜生绿。

十年大乱幸苟全,谁复商量到管弦?

即今宇内承平日,当年豪气未能遏。

浪游迹遍江湖海,偶逢佳石倾囊买。

少年积习未能消,老眼酒酣再奏刀。

晚岁渐于诗律细,摹古时时出新意。

亦秦亦汉亦文何,方寸青田大天地。

大巧若拙见精神,自古金石能寿人。

毓珉治印,自成一家,奔放蕴藉间有之。承画二方,均甚佳,戏作短歌为谢。

一九八六年十月

注 释

① 本篇原载《汪曾祺书画集》,汪朗、汪明、汪朝编,2000 年 2 月;初收《汪曾祺
诗联品读》,金实秋编,大众文艺出版社,2009 年 4 月。毓珉,指杨毓珉
(1919—1998),汪曾祺西南联大同学,在《芦荡火种》《沙家浜》《杜鹃山》
创作过程中多次与汪曾祺合作,曾任《戏剧电影报》主编。

贺政道校友六十寿辰兼宇称
不守恒定律发现三十年[①]

三十年前三十岁,回头定不负滇池。

学承牛爱陈新意,梦绕巴黔忆故枝。

先墓犹存香雪海,儿孙解读宋唐诗。

即今宇内承平日,正待先生借箸时。

西南联大校友会贺 汪曾祺缀句并书 一九八六年十月 北京

注 释

① 本篇原载《汪曾祺全集》第八卷,北京师范大学出版社,1998 年 8 月。李政
道,西南联大校友,美籍华人物理学家,1957 年诺贝尔物理学奖获得者。
1986 年 11 月 25 日是其 60 岁生日。

赠 许 荫 章^①

相交少年时，上课曾同桌。

君未出闾里，我则似萍泊。

君已为良医，我从事写作。

如今俱老矣，所幸犹矍铄。

何时一樽酒，与君细斟酌。

注 释

① 本篇见于许长生《我与汪曾祺》，原载《高邮文史资料》第十七期，高邮市政
协文史和学习委员会编，2001 年 12 月。许荫章（许长生），汪曾祺在高邮
县立五小高年级时的同学，后从医。

1987 年

贺路翎重写小说①

劫灰深处拨寒灰,谁信人间二度梅。
拨尽寒灰翻不说,枝头窈窕迎春晖。

（一九八七年一月十四日）

注　释

① 本篇见于散文《贺路翎重写小说》,参见散文卷。诗题系编者所拟。路翎
（1923—1994）,"七月"派作家。1955 年受"胡风案"牵连,身心遭严重摧
残。1979 年重返文坛,小说《钢琴学生》(载《人民文学》1987 年第一、二期
合刊),被认为是"恢复了艺术感觉"的作品。

元　宵①

一事胜人堪自笑,年年生日上元灯。
春回地暖融新雪,老去文思忆旧情。
欲动人心无小补,不图海外博虚名。
清时独坐饶滋味,幽草河边渐渐生。

注　释

① 本篇原载 1987 年 2 月 8 日《光明日报》"东风"副刊;初收《汪曾祺全集》第
八卷,北京师范大学出版社,1998 年 8 月。

六十七岁生日自寿①

尚有三年方七十,看花犹喜眼双明。

劳生且读闲居赋,少小曾谙陋室铭。

弄笔偶成书四卷,浪游数得路千程。

至今仍作儿时梦,自在飞腾遍体轻。

(一九八七年二月十二日)

注　释

① 本篇原载《汪曾祺书画集》,汪朗、汪明、汪朝编,2000年2月。

泼 水 归 来[①]

泼水归来日未曛,散抛锥栗入深林。

铓锣象鼓声犹在,缅桂梢头晾筒裙。

(一九八七年四月十二日)

注 释

① 本篇见于散文《滇游新记·泼水节印象》,参见散文卷;又收《汪曾祺诗联
品读》,金实秋编,大众文艺出版社,2009 年 4 月。

赠 韩 映 山①

冀北淀中水，滇南山上花。
研作一池墨，好图万里家。

（一九八七年四月）

注　释

① 本篇据手迹编入。诗题系编者所拟。受赠人可能系同为中国作协访滇代
表团成员的河北"荷花淀"派代表韩映山（1933—1998）。

题　　赠①（本为燕赵客）

本为燕赵客，惯食凉州瓜。
朔风吹白草，高卧听鸣沙。

（一九八七年四月）

注　释

① 本篇据手迹编入。诗题系编者所拟。受赠人不详，似为某河北籍甘肃
人士。

题腾冲和顺图书馆①

海外千程路,楼中万卷书。

哲士何尝萎,余风在里间。

(一九八七年四月十八日)

注　释

① 本篇据手迹编入。诗题系编者所拟。和顺图书馆建于1928年,是著名的乡村图书馆,也是腾冲文化景点,内有诸多文化名人题字。

广 西 杂 诗^①

桂　　林（一）

山皆奇特如盆景，水尽温柔似女郎。
山水真堪天下甲，桂林小住不思乡。

桂　　林（二）

谁人叠出桂林山，和尚石涛酒后禅。
大绿浓青都泼尽，更余淡墨作云烟。

桂　　林（三）

漓江水似碧琉璃，两岸连山处处奇。
如此风光谁道得，桂林虽好不吟诗。

桂　　林（四）

不到广西画石涛，东涂西抹总皮毛。
并非和尚画山水，乃是云山画石涛。

桂　　林(五)

描摹清景入新词,烟雨漓江欲霁时。
待寄所思无一字,桂林宜画不宜诗。

南　　宁(一)

遍地花开香豆蔻,沿街树种蜜菠萝。
邕州人物何清雅,日啖荔枝三百颗。

南　　宁(二)

芭蕉叶大荔枝红,香惹晨岚向晚风。
绿树窗前多不识,去来只惜太匆匆。

一九八七年六月

桂林·南宁·北京

注　释

①　本组诗原载《广西文学》1987 年第九期,其中《桂林(二)》又见于津子围
《更余淡墨出烟岚——忆汪曾祺先生》,载 1997 年 6 月 21 日《大连日报》,
文字略有改动;初收《汪曾祺全集》第八卷,北京师范大学出版社,1998 年
8 月。

题　　赠[①]（山水甲天下）

山水甲天下,文章近若何?

会看挥椽笔,淋漓朱墨多。

（一九八七年六月）

注　释

① 本篇据手迹编入。诗题系编者所拟。

广 西^①

何年始开土,至今余铜鼓。

炎方草木深,万物易孳乳。

柳州文字奇,壮族娴歌舞。

流风岂消歇,十月花先吐。

(一九八七年六月)

注 释

① 本篇据手迹编入。诗题系编者所拟。

邕　江^①

桥上看邕江，园中识豆蔻。
北客到南疆，馨香盈两袖。

（一九八七年六月）

注　释

① 本篇据手迹编入。诗题系编者所拟。

贺保罗·安格尔七十九岁生日[①]

安寓堪安寓[②],秋来万树红，

此间何人住？天地一诗翁。

此翁真健者，鹤发面如童。

才思犹俊逸，步态不龙钟。

心闲如静水，无事亦匆匆：

弯腰拾山果，投食食浣熊。

大笑时拍案，小饮自从容。

何物同君寿？南山顶上松。

注　释

① 本篇见于 1987 年 10 月 12 日致施松卿信，初收《汪曾祺全集》第八卷，北京师范大学出版社，1998 年 8 月。保罗·安格尔（Paul Engle，1908—1991），美国诗人，美籍华裔女作家聂华苓的丈夫，爱荷华大学国际写作计划的创办者。

② 他家的门上钉了一块铜牌，刻字两行，上面一行是 Engle，下面是中文的"安寓"。

题四川兴文竹海图[1]

竹林如大海，弥望皆苍然。
枝繁隔鸟语，叶密藏炊烟。
人输玉兰片，仍用青竹担。
儿童生嚼笋，滋味似蔗甘。

注 释

[1] 本篇原载《汪曾祺书画集》，汪朗、汪明、汪朝编，2000 年 2 月；初收《汪曾祺诗联品读》，金实秋编，大众文艺出版社，2009 年 4 月。

田 园 庄[1]

东北望,西北望,四望何空旷。莽苍苍,古战场,遥想铁铠飞镗,重营叠嶂。今俱往,韩昌六郎。但平芜尽处,柳梢青,春荡漾,杳杳见扶桑。

应田园庄属 一九八八年三月

注 释

[1] 本篇据手迹编入。田园庄,北京西北旺田园庄饭店。

寿马少波同志七十^①

红花岁岁炫颜色,青史滔滔唱海桑。

信是明妍天下甲,西厢双至咏西厢。

(一九八八年三月)

注　释

① 本篇见于散文《退役老兵不"退役"》,参见散文卷。马少波(1918—2009),
戏剧家,曾任中国戏曲研究院副院长、中国京剧院副院长等职。

题《云冈》杂志创刊 30 周年[①]

大哉云冈佛，奇绝悬空寺，
平城好水土，执笔多佳士。

注　释

① 　本篇原载 1988 年 4 月 30 日《大同日报》。

自 题 小 像[1]

近事模糊远事真,双眸犹幸未全昏。

衰年变法谈何易,唱罢莲花又一春。

(一九八八年十二月二十五日)

注　释

[1]　本篇原载《三月风》1989 年第一期;后编入《题丁聪画我》,初收《汪曾祺全
　　集》第八卷,北京师范大学出版社,1998 年 8 月。小像,丁聪为作者所画漫
　　画头像。

呈 范 用[①]

忽忆童年春节,兼欲与友人述近况,权当拜年

醒来惊觉纸窗明,雪后精神特地清。
瓦缶一枝天竹果,瓷瓶百沸去年冰。
似曾相识迎宾客,无可奈何罢酒钟。
咬得春盘心里美,题诗作画不称翁。

(一九八九年一月三十日)

注 释

① 本篇见于范用《曾祺诗笺》,原载 1999 年 3 月 27 日《新民晚报》;初收《汪曾祺诗联品读》,金实秋编,大众文艺出版社,2009 年 4 月。诗题系编者所拟。

我为什么写作^①

我事写作，原因无他：

从小到大，数学不佳。

考入大学，成天"泡茶"，^②

读中文系，看书很杂。

偶写诗文，幸蒙刊发。

百无一用，乃成作家。

弄笔半纪^③，今已华发，

成就甚少，无可矜夸。

有何思想？实近儒家。

人道其里，抒情其华。

有何风格？兼容并纳。

不今不古，文俗则雅。

与人无争，性颇通达。

如此而已，实在呒啥。

（一九八九年三月七日）

注　释

① 本篇原载 1989 年 4 月 11 日《新民晚报》；初收《汪曾祺全集》第八卷，北京师范大学出版社，1998 年 8 月。

② 我在西南联大时，每天坐茶馆，当时叫做"泡茶馆"。我看的杂书，多半是在茶馆里看的。我这个作家，实是在茶馆里"泡"出来的。

③ 我 20 岁开始发表作品，到现在差不多有半个世纪了。

赠星云大师①

出家还在家，含笑指琼花。
慈悲千万户，天地一袈裟。

(一九八九年三月三十一日)

注　释

① 本篇见于张培耕《大陆探亲弘法之旅》，原载《佛宗万里记游》，台湾佛光出版社，1992 年；初收《汪曾祺诗联品读》，金实秋编，大众文艺出版社，2009年 4 月。另有手迹第二句作："笑拈波罗花。"释星云，台湾佛光山寺创始人、住持。

秦少游读书台^①

柳花帆影草如茵，遗踪苍茫尚可寻。

遥想凭栏把卷处，吟诗犹是旧乡音。

（一九八九年五月）

注 释

① 本篇原载《甓社珠光——高邮市文联十年成果集》，高邮市文联编印，1996
年4月；后编入组诗《我的家乡在高邮——故乡诗吟》，初收《汪曾祺全集》
第八卷，北京师范大学出版社，1998年8月。

为《珠湖春汛》报告文学集题词^①

珠湖春汛近如何,缩项鳊鱼价几多。

唯愿吾民堪鼓腹,百舟载货出漕河。

注　释

① 本篇原载《珠湖春汛》,高邮市文联编印,1989 年 7 月,又载《甓社珠光——高邮市文联十年成果集》,高邮市文联编印,1996 年 4 月;后编入组诗《我的家乡在高邮——故乡诗吟》,初收《汪曾祺全集》第八卷,北京师范大学出版社,1998 年 8 月。

题漳州八宝印泥厂①

天外霞,石榴花。
古艳流千载,清芬入万家。

(一九八九年十二月)

注　释

①　本篇见于散文《初访福建·漳州》,参见散文卷。

1990 年

七十书怀出律不改^①

悠悠七十犹耽酒,唯觉登山步履迟。

书画萧萧余宿墨,文章淡淡忆儿时。

也写书评也作序,不开风气不为师。

假我十年闲粥饭,未知留得几囊诗。

（一九九〇年二月十日）

注　释

① 本篇见于散文《七十书怀》,参见散文卷。

赠 赵 本 夫[1]

人来人往桃叶渡，风停风起莫愁湖。
相逢屠狗毋相迓，依旧当年赵本夫。

注　释

[1]　本篇见于赵本夫《汪先生》，原载 1997 年 5 月 29 日《扬子晚报》；初收《汪曾祺诗联品读》，金实秋编，大众文艺出版社，2009 年 4 月。赵本夫，作家。

题《百味斋日记》①

轻霜渐觉秋菘熟，细雨微间蒲笋滋。
日日清时皆有味，岂因租吏便无诗。

注　释

① 本篇原载自牧《人生品录——百味斋日记》，山东文艺出版社，1993 年 10 月；初收《汪曾祺诗联品读》，金实秋编，大众文艺出版社，2009 年 4 月。

辛未新正打油[1]

宜入新春未是春,残笺宿墨隔年人。
屠苏已禁浮三白,生菜犹能簇五辛。
望断梅花无信息,看他桃偶长精神。
老夫亦有闲筹算,吃饭天天吃半斤。

注　释

[1]　本篇见于 1991 年 2 月 15 日致范用信,原载《汪曾祺全集》第八卷,北京师
范大学出版社,1998 年 8 月。

七 十 一 岁 [1]

七十一岁弹指耳,苍苍来径已模糊。

深居未厌新感觉,老学闲抄旧读书。

百镒难求罪己诏,一钱不值升官图。

元宵节也休空过,尚有风鸡酒一壶。

注 释

[1] 本篇见于 1991 年 2 月底致范用信,原载《汪曾祺全集》第八卷,北京师范大学出版社,1998 年 8 月。

昆　明[①]

羁旅天南久未还,故乡无此好湖山。
长堤柳色浓如许,觅我游踪五十年。

(一九九一年四月初)

注　释

① 本篇见于散文《觅我游踪五十年》,参见散文卷。诗题据手迹。

犹是云南朝暮云[1]

犹是云南朝暮云,笳吹弦诵有余音。
莲花池畔芊芊草,绿遍天涯几度春。

(一九九一年四月初)

注　释

[1] 本篇见于先燕云《觅我游踪五十年——汪曾祺印象》,原载《那方山水》,云南人民出版社,1994年8月;初收《汪曾祺诗联品读》,金实秋编,大众文艺出版社,2009年4月。诗题系编者所拟。

红　塔　山^①

玉溪好风日，兹土偏宜烟。
宁减十年寿，不忘红塔山。

（一九九一年四月八日）

注　释

① 本篇见于散文《烟赋》，参见散文卷。诗题系编者所拟。红塔山，云南玉溪
烟厂生产的名牌香烟。

戏 赠 高 伟^①

湛湛两泓秋水眼,深深一片护胸毛。
沙滩自有安眠处,不逐滩头上下潮。

（一九九一年四月）

注　释

① 本篇见于李迪《红红的土地高高的山》,原载《十五日夜走滇境》,华龄出版
社,1996 年 7 月。诗题系编者所拟。高伟,时任中国作家协会创联部干
事,与作者一同赴滇参加"红塔山笔会"。

调　林　栋[①]

踏破崎岖似坦途,论交结客满江湖。
唇如少女眼儿媚,固是昂藏一丈夫。

一九九一年六月

注　释

① 本篇据手迹编入。又见于李林栋《诗缘》,载 1992 年 5 月 22 日《北京日报》(内部试刊)。林栋,李林栋,时任《中国企业家》杂志编委,中国作协"红塔山笔会"活动策划人。本篇作于 1991 年 4 月笔会期间。

戏 赠 李 迪 ^①

草帽已成蕉叶破,倭衫犹似菜花黄。

几度泼湿吉祥水,本性轻狂转更狂。

(一九九一年四月)

注　释

① 本篇见于先燕云《觅我游踪五十年——汪曾祺印象》,原载《那方山水》,云
南人民出版社,1994 年 8 月;又载《十五日夜走滇境》,华龄出版社,1996 年
7 月,文字略有改动。初收《汪曾祺诗联品读》,金实秋编,大众文艺出版
社,2009 年 4 月。李迪,时任《商品与质量》周刊总编辑。

致朱德熙[1]

梦中喝得长江水,老去犹为孺子牛。

陌上花开今一度,翩然何日复归休?

注 释

[1] 本篇见于 1991 年 5 月 4 日致朱德熙信,原载何孔敬《长相思——朱德熙其
人》;初收《汪曾祺诗联品读》,金实秋编,大众文艺出版社,2009 年 4 月。
朱德熙(1920—1992),古文字学家、语言学家,作者西南联大同学。

戏柬斤澜[1]

编修罢去一身轻,愁听青词诵道经。
几度随时言好事,从今不再误苍生。
文章也读新潮浪,古董唯藏旧酒瓶。
且吃小葱拌豆腐,看他五鼠闹东京。

注　释

[1]　本篇见于程绍国《林斤澜说》,人民文学出版社,2006 年 12 月;初收《汪曾祺诗联品读》,金实秋编,大众文艺出版社,2009 年 4 月。林斤澜(1923—2009),作家,1986 年 4 月起担任《北京文学》主编,1990 年 6 月卸任。

泰 山 归 来 [1]

我从泰山归,携归一片云。

开匣忽相视,化作雨霖霖。

(一九九一年七月)

注　释

[1] 本篇见于散文《泰山片石》,参见散文卷。诗题系编者所拟。

为张抗抗画牡丹并题①

看朱成碧且由他,大道从来直似斜。
见说洛阳春索寞,牡丹拒绝著繁花。

(一九九一年初秋)

注　释

① 本篇见于散文《自得其乐》,参见散文卷。女作家张抗抗曾作文《牡丹的拒
绝》,由此引发作者作画题诗。

赠张守仁①

独有慧心分品格,不随俗眼看文章。

归来多幸蒙闺宠,削得生梨浸齿凉。

(一九九一年秋)

注　释

① 本篇见于张守仁《最后一位文人作家汪曾祺》,原载《美文》2005 年第五
期;初收《汪曾祺诗联品读》,金实秋编,大众文艺出版社,2009 年 4 月。诗
题系编者所拟。张守仁,时任《十月》副主编。

高 邮 中 学^①

红亭紫竹觅遗踪,此是当年赞化宫。
绛帐风流今胜昔,一堂济济坐春风。

(一九九一年十月)

注　释

① 本篇原载《甓社珠光——高邮市文联十年成果集》,高邮市文联编印,1996
年 4 月;后编入组诗《我的家乡在高邮——故乡诗吟》,初收《汪曾祺全集》
第八卷,北京师范大学出版社,1998 年 8 月。

回乡书赠母校诸同学①

乡音已改发如蓬,梦里频年记故踪。

疏钟隐隐承天寺,杨柳依依赞化宫。

半世未忘来旧雨,一堂今日坐春风。

高邮湖水深如许,待看长天万里鹏。

(一九九一年十月)

注　释

① 本篇原载《甓社珠光——高邮市文联十年成果集》,高邮市文联编印,1996
年4月;后编入组诗《我的家乡在高邮——故乡诗吟》,初收《汪曾祺全集》
第八卷,北京师范大学出版社,1998年8月。母校,指作者初中时曾就读
的高邮中学。

赠 文 联[①]

国士秦郎此故乡,西楼乐府曲中王。

江山代有才人出,不负神珠甓射光。

(一九九一年十月)

注　释

① 本篇原载《甓社珠光——高邮市文联十年成果集》,高邮市文联编印,1996
年 4 月;后编入组诗《我的家乡在高邮——故乡诗吟》,初收《汪曾祺全集》
第八卷,北京师范大学出版社,1998 年 8 月。文联,即高邮市文联。

高邮王氏纪念馆^①

皓首穷经眼欲枯,自甘寂寞探龙珠。

清芬谁继王家学^②,此福高邮世所无。

(一九九一年十月)

注　释

① 本篇与《北海谣》《虎头鲨歌》《为高邮市政协礼堂写六尺宣纸大字》《水乡》《镇国塔偈》《宋城残迹》《文游台》《盂城驿》《王家亭》《佛寺》《忆荷花亭吃茶》共十二首诗,以"回乡杂咏"为题,原载《雨花》1992 年第二期;初收《汪曾祺全集》第八卷,北京师范大学出版社,1998 年 8 月。本篇又载《甓社珠光——高邮市文联十年成果集》,高邮市文联编印,1996 年 4 月,诗题有改动。

② 高邮王念孙、引之父子为乾嘉大儒,精训诂小学,解经不循旧说,多新义。其家在高邮称为"独旗杆王家"。纪念馆乃因其旧第少加修葺,朴素无华,存王家风貌,可钦喜也。

北 海 谣①

——题北海大酒店②

家近傅公桥,未闻有北海。

突兀见此屋,远视东塔矮。

开轩揖嘉宾,风月何须买。

翠釜罗鳊白,金盘进紫蟹。

酒酣挂帆去,珠湖云叆叆。

(一九九一年十月)

注 释

① 参见本卷《高邮王氏纪念馆》注①。

② 北海大酒店在傅公桥。我上初中时,来去均从桥上过,未闻有所谓北海也。
傅公桥本为郊坰,今高邮向东拓展,北海已为市中心矣。

虎 头 鲨 歌^①

苏州嘉鱼号塘鳢，苏人言之颜色喜。

塘鳢果是何物耶？却是高邮虎头鲨。

此物高邮视之贱，杂鱼焉能登席面！

虎头鲨味固自佳，嫩比河鲀鲜比虾。

最好清汤烹活火，胡椒滴醋紫姜芽。

酒足饭饱真口福，只在寻常百姓家。

（一九九一年十月）

注　释

① 　参见本卷《高邮王氏纪念馆》注①。

为高邮市政协礼堂写六尺宣纸大字①

　　万家井灶,十里垂杨。有耆旧菁英,促膝华堂。茗碗谈笑间,看政通人和,物阜民康。

(一九九一年十月)

注　释
　　①　参见本卷《高邮王氏纪念馆》注①。

赠 符 宗 乾①

喜二十四桥明月,桥下长流,不须骑鹤,便在扬州。

(一九九一年十月七日)

注　释

① 本篇见于朱延庆《汪曾祺在扬州》,原载《三立集(续集)》,大众文艺出版社,2006 年 9 月;初收《汪曾祺诗联品读》,金实秋编,大众文艺出版社,2009 年 4 月。符宗乾,时任扬州市政协主席。

赠 黄 扬[①]

城外栽花城内柳,怕风狂雨骤,万家哀乐,都在心头。

(一九九一年十月七日)

注 释

① 本篇见于朱延庆《汪曾祺在扬州》,原载《三立集(续集)》,大众文艺出版社,2006年9月;初收《汪曾祺诗联品读》,金实秋编,大众文艺出版社,2009年4月。黄扬,时任扬州市政协副主席。

如梦令·赠黄石盘[①]

二十四桥明月,二十三万人口,知否知否,不是旧日扬州。
二分明月,四面杨柳,拼得此生终不悔,长住扬州。

(一九九一年十月七日)

注　释

① 本篇见于朱延庆《汪曾祺在扬州》,原载《三立集(续集)》,大众文艺出版
　 社,2006 年 9 月;初收《汪曾祺诗联品读》,金实秋编,大众文艺出版社,
　 2009 年 4 月。黄石盘,时任扬州市政协秘书长。

咏 文 两 首①

通俗难能在脱俗,佳奇第一是文章。
十年辛苦风吹雨,听取渔樵话短长。

文章或有山林意,余事焉能作画师。
宿墨残笔遣兴耳,更无闲空买胭脂。

(一九九一年十月)

注 释

① 本篇原载《甓社珠光——高邮市文联十年成果集》,高邮市文联编印,1996
年4月;后编入组诗《我的家乡在高邮——故乡诗吟》,初收《汪曾祺全集》
第八卷,北京师范大学出版社,1998年8月。

咏杭州赠正纶同志①

桃柳杭州无恙否，当年风物尚如初。
虎跑泉泡新龙井，楼外楼中带把鱼。

正纶同志嘱

（一九九一年秋）

注　释

① 本篇原载 2013 年 4 月 8 日《钱江晚报》。诗题系编者所拟。徐正纶，时任
浙江文艺出版社编辑，系《晚翠文谈》责任编辑。

九　漈　歌①

漈水来天上,依山为九叠。

源流一脉通,风景各异域。

或如匹练垂,万古流日夕。

或分如燕尾,左右各一撇。

或轻如雾穀,随风自摇曳。

或泻入深潭,潭水湛然碧。

或落石坝上,淘然喷玉屑。

或藏岩隙中,窅如云中月。

信哉永嘉美,九漈皆奇绝。

(一九九一年十一月二十日)

注　释

① 本篇见于散文《初识楠溪江·九级瀑》,参见散文卷。九漈瀑布,在永嘉楠
溪江大若岩风景区。

水 仙 洞 歌①

往寻水仙洞,却在山之巅。

想是仙人慕虚静,幽居不欲近人寰。

朝出白云漫浩浩,暮归星月已皎然。

不识仙人真面目,只闻轻唱秋水篇。

(一九九一年十一月二十日)

注 释

① 本篇见于散文《初识楠溪江·永恒的船桅》,参见散文卷。水仙洞,在永嘉
楠溪江石桅岩风景区。

石 桅 铭^①

石桅停泊,历千万载。
阅几沧桑,青颜不改。

(一九九一年十一月)

注 释

① 本篇见于散文《初识楠溪江·永恒的船桅》,参见散文卷;又见于刘心武
《石桅待发》、鲁虹《游走"浙南天柱"》,文字有改动,作:"石桅泊何时,卓
立千万载。壁尽几沧桑,青颜怎不改。"(刘心武引文中"青颜"作"青春",
当为误植。)石桅,永嘉楠溪江一风景点。

赞苍坡村^①

村古民朴,天然不俗。
秀外慧中,渔樵耕读。

(一九九一年十一月)

注　释

① 本篇见于散文《初识楠溪江·传家耕读古村庄》,参见散文卷。苍坡村,永
嘉楠溪江畔一古村,为民俗旅游景点。

楠溪之水清①

楠溪之水清，欲濯我无缨。

虽则我无缨，亦不负尔清。

手持碧玉杓，分江入夜瓶。

三年开瓶看，化作青水晶。

（一九九一年十一月二十日）

注　释

① 本篇见于散文《初识楠溪江·清清楠溪水》，参见散文卷。

送黑孩东渡^①

燕市长歌酒未消，拂衣已渡海东潮。
何时亦有思归意，春雨楼头尺八箫。

（一九九一年冬）

注　释

① 本篇据手迹编入。黑孩，女，作家，现旅居日本。

为黑孩画紫藤图并题[1]

开到紫藤春去远,黑孩犹自在天涯。

纸窗木壁平安否,寄我桥边上野花。

(一九九一年冬)

注　释

① 本篇据手迹编入。

1992 年

书画自娱①

我有一好处，平生不整人。

写作颇勤快，人间送小温。

或时有佳兴，伸纸画青春。

草花随目见，鱼鸟略似真。

唯求俗可耐，宁计故为新。

只可自愉悦，不可持赠君。

君其真喜欢，携归尽一樽。

（一九九二年一月）

注 释

① 本篇原载《中国作家》1992 年第二期封二；又见于散文《书画自娱》《〈草花集〉自序》，参见散文卷、谈艺卷，文字略有改动。"伸纸画青春"一句，《书画自娱》引文作"伸纸作芳春"。《〈草花集〉自序》引文作"伸纸画暮春"，且无"唯求俗可耐，宁计故为新"两句。"只可自愉悦，不可持赠君"两句，两次自引均作"只可自怡悦，不堪持赠君。""君其真喜欢"一句，两次自引皆作"君若亦欢喜。"

岁 交 春①

不觉七旬过二矣,何期幸遇岁交春。

鸡豚早办须兼味,生菜偏宜簇五辛。

薄禄何如饼在手,浮名得似酒盈樽?

寻常一饱增惭愧,待看沿河柳色新。

(一九九二年一月初)

注　释

① 本篇见于散文《岁交春》,参见散文卷;又见于范用《曾祺诗笺》,载 1999 年
3 月 27 日《新民晚报》。

水　乡①

少年橐笔走天涯,赢得人称小说家。

怪底篇篇都是水②,只因家住在高沙③。

注　释

① 参见本卷《高邮王氏纪念馆》注①。

② 法国安妮·居里安女士翻译了我的几篇小说,她发现我的小说里大都
有水。

③ 高邮旧亦称高沙。

镇 国 塔 偈[①②]

海水照壁倾不圮[③]，高邮城西镇国寺。

至今留得方砖塔，塔影河心流不去[④]。

注　释

① 参见本卷《高邮王氏纪念馆》注①。

② 镇国寺塔是方塔，南方少见。塔建于唐代，上半截毁于雷火，明清重修。

③ 镇国寺门前旧有照壁，是一整块的紫红砂石，上刻海水。多年向前倾斜，但不倒。后毁。

④ 镇国寺塔本在西门内。运河拓宽时为保存此塔，特意留出塔周围的土地，乃成一圆圆的小岛，在河中央。

宋城残迹^①

城头吹角一天秋,声落长河送客舟。

留得宋城墙一段^②,教人想见旧高邮。

注 释

① 参见本卷《高邮王氏纪念馆》注①。

② 高邮城南有旧城墙一段,传是宋城。或有疑义,因为有些城砖是明清形制。近因水灾,危及墙址,乃分段检修,发现印有"高邮军城砖"字样的砖头,笔画清晰。高邮在北宋为高邮军,是则残墙为宋城无疑。高邮军在宋代为交通枢要,宋人诗文屡及。

文　游　台^{①②}（年年都上文游台）

年年都上文游台，忆昔春游心尚孩。

台下柳烟经甲子^③，此翁精力未全衰。

注　释

① 参见本卷《高邮王氏纪念馆》注①。

② 文游台在泰山（一座土山）上，建于宋，是苏东坡、秦少游、王定国等人文酒觞咏之处。台有楼阁，不类宋制，似后修。敌伪时重修，甚恶俗。近又修，稍存旧制。

③ 我读小学时，每年春游，都上文游台。台之西，本为一片烟柳。凭栏西眺，可见运河帆影，从柳梢轻轻移过。今台西多建工厂、宿舍，眼界不能空阔矣。

盂 城 驿①②

盂城驿建在何年？廨宇遗规尚宛然。

遥想幡旗飘日夜，南船北马何喧喧。

注　释

① 参见本卷《高邮王氏纪念馆》注①。

② 高邮城外高内低，如盂。秦少游有诗云："吾乡如覆盂"。盂城驿在高邮城南。据云，这是全国尚存的最完整的驿站之一。我去看过，是相当大的一片房子，有驿丞住的地方、投驿吏卒的宿舍、喂马的地方、关犯人的监狱……一应俱全。从建筑看似为明建清修。我以为这是高邮真正最具历史文物价值的景点之一。但以高邮一县之力，目前很难复其旧观。

王　家　亭①②

王家亭外晚荷香,犹记明窗映夕阳。

觞咏城东佳胜处,只今飞蝶草荒荒。

注　释

① 参见本卷《高邮王氏纪念馆》注①。

② 王家亭为蝶园遗物,在东城根,我读初中时常往。所谓亭子者实为长方形
的大厅,隔窗可见厅内炕榻几椅,厅前池塘野荷零乱,似已无人管理。后
毁。蝶园本是高邮名园,今存其名而已。

佛　　寺①

吴生亲笔久朦胧②,古刹声消夜半钟③。

欲问高邮余几寺④,不妨留照夕阳红。

注　释

① 参见本卷《高邮王氏纪念馆》注①。

② 天王寺旧有吴道子绘观音,后竟不知下落。

③ 承天寺夜半撞钟,小说《幽冥钟》写此。

④ 高邮城区旧有八大寺,均毁。今只保留少数庵堂。此次回乡,曾往看南城一庵,承住持长老接待。长老颇爱读小说,对我说:"你所写的小和尚的事是真的。我们年轻时都有过这样的事,只是不敢说。"小说《受戒》能得老和尚印可,殊感欣慰。

忆荷花亭吃茶[①][②]

骄阳不到柳丝长,鸭唼浮萍水气香。

旋摘莲蓬花下藕,浮生消得一天凉。

注　释

① 参见本卷《高邮王氏纪念馆》注①。

② 荷花亭在公园东北角,在一小岛上。四面皆水,有小桥可通。环岛皆植高
大垂柳,日影不到。亭中有茶馆,卖极好龙井茶。是夏日纳凉去处。今公
园布局已变,荷花亭不知尚存在否。

题盂城邮花^①

以邮名地者,其唯我高邮。

秦王亭何在,子婴水悠悠。

降至盂城驿,车马乱行舟。

邮人爱邮事,同气乃相求。

玩物非丧志,方寸集千秋。

注　释

① 本篇原载高邮市集邮协会会刊《盂城邮花》1992 年第三期,又载《甓社珠
　光——高邮市文联十年成果集》,高邮市文联编印,1996 年 4 月;后编入组
　诗《我的家乡在高邮——故乡诗吟》,初收《汪曾祺全集》第八卷,北京师范
　大学出版社,1998 年 8 月。

题赠《太原日报》"双塔"副刊[①]

彩塑晋祠传万古,散文谁过傅青主。
江山代有才人出,会看春芳满绿渚。

(一九九二年三月)

注　释

① 本篇见于燕治国《蒲黄榆畔藏文仙——访汪曾祺》,原载 1992 年 3 月 30 日
《太原日报》;初收《汪曾祺诗联品读》,金实秋编,大众文艺出版社,2009
年 4 月。

读 史 杂 咏^①（五首）

（一）

鼙鼓声声动汉园，书生掷笔赴烽烟。

何期何逊竟垂老，留得人间画梦篇。

（二）

孤旅斜阳西直门，禅心寂寂似童心。

人间消失莫须有，谁识清诗满竹林。

（三）

窗子外边窗子外，兰花烟味亦关情。

沙龙病卧犹高咏，鼓瑟湘灵曲未终。

（四）

岂惯京华十丈尘，寒星不察楚人心。

一刀切断长河水，却向残红认绣针。

(五)

蛱蝶何能拣树栖,千秋谁恕钱谦益。
赵州和尚一杯茶,不是人人都吃得。

注　释

① 本篇原载《文学自由谈》1992 年第二期;初收《汪曾祺全集》第八卷,北京
师范大学出版社,1998 年 8 月。这五首依次吟咏的是五位现代文人史事:
何其芳、废名、林徽因、沈从文、周作人。

咏鲁智深[1]

五台山上剃光头,一点胡髭也不留。
放火杀人难捃数,忽闻潮信即归休。

注　释

[1]　本篇见于 1992 年 6 月 28 日致范用信,原载《汪曾祺全集》第八卷,北京师
范大学出版社,1998 年 8 月。诗题系编者所拟。

读《水浒传》漫题①（七首）

（一）

街前紫石净无瑕，血染芳魂怨落花。
丽质天生难自弃，岂堪闭户弄琵琶。

（二）

六月初三下大雪，王婆卖得一杯茶。
平生第一修行事，不许高墙碍杏花。

（三）

黑云压境美人死，冤案千年几页纸。
侠义原来是野蛮，武松不是真男子。

（四）

枉教人称豹子头，忍随俗吏打军州。
当年风雪山神庙，弹指频磨丈八矛。

（五）

寿张县里静无哗，游戏何妨乔作衙。

非是是非凭我断，到来不吃一杯茶。

（六）

桃脸佳人一丈青，如何屈杀嫁王英。

宋江有意摧春色，异代千年怨不平。

（七）

凤凰踏碎玉玲珑，发髻穿心一点红。

乞得赦书真浪子，吹箫直出五云中。

注　释

① 本篇原载 1992 年 7 月 6 日《文汇报》，依次题咏《水浒传》中七位人物：潘
金莲、王婆、武松、林冲、李逵、扈三娘、燕青，又见于 1992 年 6 月 28 日致范
用信，无咏武松一首，有咏鲁智深一首；初收《汪曾祺全集》第八卷，北京师
范大学出版社，1998 年 8 月。

绍 兴 沈 园[1]

拂袖依依新植柳,当年谁识红酥手。

临流照见凤头钗,此恨绵绵真不朽。

(一九九二年十月)

注　释

[1]　本篇原载 1993 年 3 月 4 日《中国旅游报》;后编入组诗《随咏》,初收《汪曾祺全集》第八卷,北京师范大学出版社,1998 年 8 月。

题赠浙江茅盾文学院^①

吃得苦中苦，还登楼外楼。

鲁沈文章在，江河万古流。

浙江茅盾文学院，一九九二年十月

注　释

① 　本篇据手迹编入，诗题系编者所拟。

1993 年

赠 黄 宏 地[①]

海蓝山绿草长青,天淡云闲爽气清。
更喜才人多得所,兹游奇绝冠平生。

(1993 年 2 月下旬)

注　释

① 本篇见于徐晗溪《在海南的汪曾祺》,原载 2020 年 4 月 4 日《海南日报》。
作者在海南参加首届"蓝星笔会"期间为当地作家黄宏地撰书。诗题系编
者所拟。

江湖满地一纯儒[①]

绿纱窗外树扶疏,长夏蝉鸣课楷书。

指点桐城申义法,江湖满地一纯儒。

　　小学毕业之暑假,我曾在三姑父孙石君家从韦鹤琴先生学。先生日授桐城派古文一篇,督临"多宝塔"一纸。我至今作文写字,实得力于先生之指授。忆我从学之时,弹指六十年矣,先生之声容态度,闲闲雅雅,犹在耳目。

癸酉之春受业 汪曾祺谨记

(一九九三年春)

注　释

① 本篇原载《甓社珠光——高邮市文联十年成果集》,高邮市文联编印,1996年4月;后编入组诗《我的家乡在高邮——故乡诗吟》,初收《汪曾祺全集》第八卷,北京师范大学出版社,1998年8月。纯儒,即高邮名儒韦子廉(1892—1943),号鹤琴。为纪念他逝世五十周年,高邮市政协盂城诗社拟编文集,汪曾祺应邀题签并作此诗。

年年岁岁一床书^①

年年岁岁一床书,弄笔晴窗且自娱。

更有一般堪笑处,六平方米作郇厨。

注　释

① 　本篇见于散文《文章余事》,参见散文卷。

朱小平《画侠杜月涛》序诗[①]

我识杜月涛,高逾一米八。

首发如飞蓬,浓须乱双颊。

本是农家子,耕种无伏腊。

却慕诗书画,所亲在笔札。

单车行万里,随身只一箧。

听鸟入深林,描树到版纳。

归来展素纸,凝神目不眨。

笔落惊风雨,又似山洪发。

水墨色俱下,勾抹扫相杂。

却又收拾细,淋漓不邋遢。

或染孩儿面,[②]可钤缶翁押。

或垂数穗藤,真是青藤法。

粗豪兼娟秀,臣书不是刷。[③]

精进二十年,可为寰中甲。

画师名亦佳,何必称画侠。

(一九九三年十月四日)

注 释

① 本篇原载朱小平《画侠杜月涛》,新华出版社,1993 年 11 月,为该书序;又载 1994 年 1 月 26 日《北京晚报》,诗题、注释略有改动。朱小平,作家。杜月涛,画家。

② 孩儿面,牡丹名,出菏泽。

③ 米芾自称"臣书刷字"。

《西山客话》诗①（十一首）

西　山

命车入市，瞬目可至，
安步徐行，亦是乐事。

八　大　处

驱车出京城，还见京城影。
举头八大处，手揽十二景。

平 地 山 居

结庐在人境，性本爱丘山。
隔户闻鸡犬，何似在人间。

五 朝 帝 都

金瓦红墙紫禁城，五朝宫阙尚峥嵘。
万方乐奏千条柳，丽日和风唱太平。

文 化 古 城

九城栉比列华屋,处处书香与画轴。
卜宅西山山下住,清谈不觉渐离俗。

风 水 宝 地

青山排户入,在山泉水清。
七碗风生腋,饮之寿且宁。

春花秋叶,鸟啭鱼乐

静鸟投林宿,闲鱼出水游。
尘飞不到处,容我小淹留。

皇 帝 行 宫

万机之暇且从容,窄袖轻衣射大弓。
汉武秦皇俱往矣,尚余松韵入霜钟。

古钟和古松（两首）

（一）

长安寺里花木深,松叶尖尖硬似针。
长乐钟声犹未尽,悠悠余韵入禅心。

（二）

四百年前钟,六百年前松。

手抚白皮松,来听古铜钟。

钟声犹似昔,松老不中空。

人生天地间,当似钟与松。

荣名以为宝,勉立肤寸功。

解得其中意,物我皆不穷。

野　　餐

野餐得野趣,山果佐山泉。

人世一杯酒,浮生半日闲。

(一九九三年末)

注　释

① 本组诗见于散文《西山客话》,参见散文卷。其中第一首诗题"西山"系编
者所拟。《平地山居》和《古钟和古松》中第二首编入组诗《随咏》,初收
《汪曾祺全集》第八卷,北京师范大学出版社,1998年8月,诗题有改动。

五绝·游东山岛口占①

沙滩如玉屑,海屿列青螺。
不负佳山水,临风发浩歌。

注 释

① 本篇原载《东山文史资料》增刊《东山岛诗词选》,东山县政协文史资料委
员会编,1999 年 10 月。

题戴敦邦《金陵十二钗与宝玉图》[①]

十二金钗共一图,画师布局费工夫。

花前著个痴公子,讨得闲差候茗壶。

(一九九四年初春)

注 释

① 本篇原载《汪曾祺诗联品读》,金实秋编,大众文艺出版社,2009 年 4 月。
系应中国书画爱好者联谊会会员陈时风之请,为画家戴敦邦所绘《金陵十
二钗与宝玉图》所题。

昆 明 食 事^①

重升肆里陶杯绿^②,饵块摊来炭火红^③。

正义路边养正气^④,小西门外试撩青^⑤。

人间至味干巴菌^⑥,世上馋人大学生。

尚有灰藋堪漫吃^⑦,更循柏叶捉昆虫。

(一九九四年二月十五日)

注 释

① 本篇见于散文《七载云烟》,参见散文卷。诗题系编者所拟。

② 昆明的白酒分市酒和升酒。市酒是普通白酒,升酒大概是用市酒再蒸一次,谓之"玫瑰重升",似乎有点玫瑰香气。昆明酒店都是盛在绿陶的小碗里,一碗可盛二小两。

③ 饵块分两种,都是米面蒸熟了的。一种状如小枕头,可做汤饵块、炒饵块。一种是椭圆的饼,犹如鞋底,在炭火上烤得发泡,一面用竹片涂了芝麻酱、花生酱、甜酱油、油辣子,对合而食之,谓之"烧饵块"。

④ 汽锅鸡以正义路牌楼旁一家最好。这家无字号,只有一块匾,上书大字:"培养正气",昆明人想吃汽锅鸡,就说:"我们今天去培养一下正气。"

⑤ 小西门马家牛肉极好。牛肉是蒸的或煮熟的,不炒菜,分部位,如"冷片"、"汤片"……有的名称很奇怪,如大筋(牛鞭)、"领肝"(牛肚)。最特别的是"撩青"(牛舌,牛的舌头可不是撩青草的么?但非懂行人觉得这很费解)。"撩青"很好吃。

⑥ 昆明菌子种类甚多,如"鸡枞",这是菌中之王。但有一点我至今不明白它为什么只在白蚁窝上长"牛肝菌"(色如牛肝,生时熟后都像牛肝,有小毒,不可多吃,且须加大量的蒜,否则会昏倒。有个女同学吃多了牛肝菌,竟至休克)。"青头菌",菌盖青绿,菌丝白色,味较清雅。味道最为隽永深长,

不可名状的是干巴菌。这东西中吃不中看,颜色紫褐,不成模样,简直像一堆牛屎,里面又夹杂了一些松毛、杂草。可是收拾干净了,撕成蟹腿状的小片,加青辣椒同炒,一箸入口,酒兴顿涨,饭量猛开。这真是人间至味!

⑦ "蕈"字云南读平声。

昆 明 茶 馆^①

水厄囊空亦可赊^②,枯肠三碗嗑葵花^③。
昆明七载成何事? 一半光阴付苦茶。

(一九九四年二月十五日)

注 释

① 本篇见于散文《七载云烟》,参见散文卷。诗题系编者所拟。
② 我们和凤翥街几家茶馆很熟,不但喝茶,吃芙蓉糕可以欠账,甚至可以向老板借钱去看电影。
③ 茶馆常有女孩子来卖炒葵花子,绕桌轻唤:"瓜子瓜,瓜子瓜。"

为京西百望山"文化绿色碑林"作[①]

我昔到北京,松柏皆奇古。

只惜街树稀,无风三尺土。

何处可追凉,闷坐如蒸煮。

开国百废兴,案牍盈公府。

绿化乃急务,不负古城古。

栽种数十年,嘉树渐如堵。

杨叶春入户,柳丝清拂暑。

多谢园林工,树植良辛苦。

一九九四年国庆前夕

注　释

① 本篇据手迹编入。

222

赠 杨 汝 纶①

杨家本望族,功名世泽长。
子孙颇繁盛,君是第几房。
几时辞旧宅,侨寓在他乡。
与君未相识,但可想清光。
葭莩亲非远,后当毋相忘。

(一九九四年十二月)

注　释

① 本篇编入组诗《随咏》,原载《汪曾祺全集》第八卷,北京师范大学出版社,
  1998 年 8 月。杨汝纶,1920 年生,汪曾祺堂叔舅家表弟,长期在四川工作,
  曾任富顺县县长等职。

赠杨鼎川[1]

高坡深井杨家巷，是处君家有老家。
雨洗门前石鼓子，风吹后院木香花。
闲游可到上河埫，厨馔新烹出水虾。
倘有机缘回故里，与君台上吃杯茶。

（一九九四年十二月）

注　释

① 本篇编入组诗《随咏》，原载《汪曾祺全集》第八卷，北京师范大学出版社，1998 年 8 月。杨鼎川，杨汝纶之子，佛山大学中文系教授，时在北京大学进修。

题丁聪画我^①

我年七十四,已是日平西。

何为尚碌碌,不若且徐徐。

酒边泼墨画,茶后打油诗。

偶亦写序跋,为人作嫁衣。

生涯只如此,不叹食无鱼。

亦有蹙眉处,问君何所思。

注　释

① 本篇原载 1995 年 9 月 17 日《文摘报》,又见于《我画你写——文化人肖像集》,丁聪编,1996 年 1 月,文字略有改动;初收《汪曾祺全集》第八卷,北京师范大学出版社,1998 年 8 月。丁聪(1916—2009),漫画家。

1995 年

题丁聪作范用漫画像①

往来多白丁,绕墙排酒瓮。

朋自远方来,顷刻肴馔供。

偶遇阴雨天,翻书温旧梦。

剪剪又贴贴,搬搬又弄弄。

非止为消遣,无用也是用。

注　释

① 本篇原载 1995 年 9 月 17 日《文摘报》,又见于《我画你写——文化人肖像集》,丁聪编,1996 年 1 月;初收《汪曾祺诗联品读》,金实秋编,大众文艺出版社,2009 年 4 月。诗题系编者所拟。范用(1923—2010),出版家,曾任人民出版社副社长兼三联书店总经理。

赠 高 洪 波 [1]

洪波何澹澹,楼高可摘星。
堂堂过白日,静夜觅同心。

(一九九五年六月一日)

注 释

[1] 本篇见于高洪波《星斗其文,赤子其人》,原载 1997 年 6 月 6 日《南方周末》;初收《汪曾祺诗联品读》,金实秋编,大众文艺出版社,2009 年 4 月。

题《裴盛戎影集》①

千秋一净裴盛戎，遗像宛然沐清风。
虎啸龙吟余事耳，难能最是得从容。

（一九九五年九月二日）

注　释

① 本篇见于《难得最是得从容——〈裴盛戎影集〉前言》，参见谈艺卷；初收《汪曾祺诗联品读》，金实秋编，大众文艺出版社，2009 年 4 月。诗题系编者所拟。

贺母校校庆[1]

当年县邮中,本是赞化宫。
城外柳如浪,处处野坟丛。
名师重严教,学子夜灯红。
年年小麦熟,人才郁葱葱。
传薪光潜德,瞩望在后生。

(一九九五年十月)

注　释

① 本篇原载《甓社珠光——高邮市文联十年成果集》,高邮市文联编印,1996
年 4 月,又载《文教资料》1997 年第四期,文字略有改动;后编入组诗《我的
家乡在高邮——故乡诗吟》,初收《汪曾祺全集》第八卷,北京师范大学出
版社,1998 年 8 月。母校,作者初中时就读的高邮中学。

高邮中学校歌[1]

国土秦郎此故乡,湖山钟人杰。

箫吹弦诵九十年,嘉树喜成列。

改革开放乘长风,拓开千秋业。

且须珍重少年时,不负云和月。

注　释

[1]　本篇原载《百年邮中——江苏省高邮中学百年华诞》(2005 年版,内部发行);初收《汪曾祺诗联品读》,金实秋编,大众文艺出版社,2009 年 4 月。

瓯海修堤记^①

峨峨大堤,南天一柱。伊谁之力? 瓯之百户。

温人重商,无往不赴。不靡国力,同心自助。

大堤之兴,速如飞渡。凿石移山,淘土为路。

茵茵草绿,群莺栖树。人鱼同乐,仓廪足富。

峨峨大堤,长安永固。前既彪炳,后当更著。

注 释

① 本篇原载 1997 年 1 月 1 日《温州晚报》"池上楼"第一期。诗前有林斤澜
序:"一九九四年十七号台风袭瓯海,肆虐为百年来所仅见。计死人一百
七十五,坏屋一九五四五间,农田受淹十四万亩。风过,瓯海人无意逃灾外
流,共商修治海堤事。不作修修补补,不作小打小闹;集资彻底修建,一劳
永逸。投入土石三百多万方,技工民工六十多万人次,耗资近亿元。至一
九九五年十月竣工,阅十一个月。顶宽六米,高九米多,长近二十公里的石
头堤,如奇迹出现。温州人皆曰:如此壮举,合当勒石为铭,以勖后来者,众
口同声,曰:"然!"乃为之铭曰:"

小莲子题扇①

三十六湖蒲荇香，侬家旧住在横塘。

移舟已过琵琶闸，万点明灯影乱长。

注　释

① 本篇见于小说《名士和狐仙》，参见小说卷。诗题系编者所拟。

1996 年

题为褚时健画紫藤^①

瓔珞随风一院香，紫云到地日偏长。

倘能许我闲闲坐，不作天南烟草王。

（一九九六年夏）

注　释

① 本篇见于散文《玉烟杂记》，参见散文卷。褚时健，时任云南玉溪红塔烟草
集团董事长、总裁。

偶　　感[1]

大有大的难，群公忌投鼠。

国事竟蜩螗，民声如沸煮。

岂有万全策，难书一笔虎。

只好向后看，差幸袴余五。

非我羡闲适，寸心何可主。

华发已盈颠，几番经猛雨。

尚欲陈残愿，君其恕愚鲁：

创作要自由，政治要民主。

庶几读书人，免遭三遍苦。

亦欲效余力，晨昏积寸楮。

滋味究如何？麻婆烧豆腐。

（一九九六年十一月）

注　释

[1]　本篇原载《时代文学》1997年第一期；初收《汪曾祺全集》第八卷，北京师
范大学出版社，1998年8月。

慰中国作协第五次代表大会诸俊才[①]

生当作人杰,死亦为鬼雄。

一尊湘泉酒,万里楚江风。

(一九九六年十二月)

注 释

① 本篇原载 1997 年 7 月 10 日《湘泉之友》(湘泉集团内刊)。系为赞助中国
作协第五次代表大会的湘泉集团所题。

题《昆明猫》[①]

四十三年一梦中,美人黄土已成空。
龙钟一叟真痴绝,犹吊遗踪问晚风。

注 释

① 本篇见于苏北《呼吸的墨迹——两篇手稿》,原载《灵狐》,人民日报出版
社,2004 年 7 月;又见于苏北《关于〈昆明猫〉》,载《汪曾祺文学馆馆刊》
2008 年 12 月号。《昆明猫》,作者 1996 年画作,画有题款:"昆明猫不吃
鱼,只吃猪肝。曾在一家见一小白猫蜷卧墨绿色软垫上,娇小可爱。女主
人体颀长,斜卧睡榻上,甚美。今犹不忘,距今四十三年矣。""四十三年",
如按从在昆明时期到作跋的 1996 年,实应为 53 年左右,或为作者笔误。
初收《汪曾祺诗联品读》,金实秋编,大众文艺出版社,2009 年 4 月。

再访玉烟不遇褚时健[1]

大刀阔斧十余年,一柱南天岂等闲!
自古英雄多自用,故人何处讯平安?

(一九九七年一月六日)

注　释

[1]　本篇见于散文《玉烟杂记》,参见散文卷。

题云南玉溪烟[1]

客从远方来,衣上云南云。
烟都留三日,举袂嗅余馨。

(一九九七年一月)

注　释

[1]　本篇见于崔篦《云南心　红塔情》,原载《红塔时报》第七四一期。诗题系编
者所拟。

贺《芒种》四十周年^①

芒种好名字,辛勤艺百谷。

佳作时时见,陵树风簌簌。

好雨亦知时,欣逢年不惑。

尊酒细谈文,相期六月六。

注　释

① 本篇原载《芒种》1997 年第一期;初收《汪曾祺全集》第八卷,北京师范大
学出版社,1998 年 8 月。《芒种》,沈阳市文联主办的文学杂志,1957 年 1
月创刊。

石 林 二 景 [①]

牧 童 岩

牧童坐高岩,吹笛唤羊归。

一曲几千载,羊犹不下来。

夫 妻 岩

丈夫治行李,势将远别离。

叮咛千万语,何日是归期?

　　十余年前曾游石林,见诸景皆酷肖,非出附会。今足力又衰,不复能登山矣,怅怅。一九九七年四月,汪曾祺

注　释

　　①　本篇据手迹编入。

江阴漫忆①

忆　旧

君山山上望江楼②,鹅鼻嘴③前黄叶稠。

最是缴墩逢急雨④,梅花入梦水悠悠。

樱　花

昔未识樱树,初识在南菁⑤。

一夜东风至,出户眼增明。

团团如绛雪,簇簇似朝云。

寸池⑥水如染,甬道草更青。

此非中土产,舶载自东瀛。

谁为植此树,校长孙揆均。

一别六十载,皤然白发生。

攀条寻旧梦,三嗅有余馨。

河　鲀

鮰鱼脆鳝味无伦⑦,酒重百花清且醇⑧。

六十年来余一恨,不曾拼死吃河鲀。

（一九九七年四月八日至十日）

注　释

① 本组诗为母校江苏南菁中学建校 115 周年而作,原载《汪曾祺全集》第八卷,北京师范大学出版社,1998 年 8 月。作者 1935 年秋于高邮中学毕业后,考入位于江阴的南菁中学读高中。

② 君山在城北,登望江楼可见隔岸靖江。

③ 鹅鼻嘴礁石突出江岸,形如鹅鼻,甚险要。

④ "缴"即伞,江阴都写作"缴",以地形似伞故。"缴"墩遍植梅花。1937 年春,阖校春游,忽大雨,衣皆尽湿。路滑如油,皆仆跌。

⑤ 我 1936—38 年曾就读南菁中学。南菁历史悠久,创校至今已 115 年。

⑥ 南菁校园有圆池,水极清而甚浅,云只一寸深,名"寸水池"。

⑦ 江阴产鮰鱼,味美而价贱。

⑧ 江阴产百花酒,黄酒之属也。

242

题 赠 李 佳^①

奶奶是才女,孙女定如何?
临风开书卷,对月舞婆娑。

(一九九七年四月末或五月初)

注　释

① 本篇据手迹编入。诗题系编者所拟。时作赴成都、宜宾参加活动。李佳,
汪曾祺堂奶汪华的孙女,居成都。

题赠朝焜、杨扬、真真①

同文能重译，笔下走龙蛇，
一事最堪喜，手擎二月花。

（一九九七年四月末或五月初）

注　释

① 本篇据手迹编入。诗题系编者所拟。时作者赴成都、宜宾参加活动。朝
　焜，即李朝焜，汪曾祺堂姐汪华的儿子，翻译家；其妻杨扬，成都市文联作
　家；真真（李真真）是他们的女儿，时尚幼，后为四川文艺出版社编辑。

未编年

豆　腐[①]

淮南治丹砂，偶然成豆腐。
馨香异兰麝，色白如牛乳。
迄来二千年，流传遍州府。
南北滋味别，老嫩随点卤。
肥鲜宜鱼肉，亦可和菜煮。
陈婆重麻辣，蜂窝沸砂蛊。
食之好颜色，长幼融脏腑。
遂令千万民，丰年腹可鼓。
多谢种豆人，汗滴其下土。

注　释

① 本篇编入组诗《随咏》，原载《汪曾祺全集》第八卷，北京师范大学出版社，
1998 年 8 月。

钧　瓷[1]

钧瓷天下奇,釉彩世无比。

雨湿海棠红,云开天缥碧。

茄皮葡萄紫,冰片鱼籽粒。

孰能为此巧,神工有人力。

注　释

① 本篇原载《诗话钧瓷》,黄河水利出版社,1998 年 9 月。

竹^①

安得如椽笔，纵横写万竿。
岂能成个字，瑟瑟绿云寒。

注　释

① 本篇据手迹编入。诗题系编者所拟。

凌　霄[①]

凌霄不附树，无树也凌霄，
赫赫明如火，与天欲比高。

注　释

① 本篇据手迹编入。诗题系编者所拟。

紫　藤[1]

紫云拂地影参差，何处莺声时一啼。
弹指七十年间事，先生犹是老孩提。

注　释

[1]　本篇据手迹编入。诗题系编者所拟。

题 某 杂 志^①

雅俗庄谐无不可,春花秋月总相关。

为人作嫁多情思,深谢殷勤四十年。

注　释

① 本篇据手迹编入。诗题系编者所拟。

宁喝二斗醋^①

宁喝二斗醋,莫逢三仙姑。

但愿脾胃都还好,能吃麻婆烧豆腐。

注　释

① 本篇据手迹编入。诗题系编者所拟。

无　　题①（北极寒流飞白絮）

北极寒流飞白絮，泰西风雨落残花。
大山明灭地中海，断钉铿鸣亚非拉。
还顾北京无限好，旭日东升照万家。

注　释

① 本篇据手迹编入。

咏 黑 牡 丹①

谁家洗砚池头水,浇出人间异种芽。

嫣红姹紫夸颜色,独立春风墨画花。

注 释

①　本篇据手迹编入。

题 五 粮 液^①

长江江心水,分月归春甏。
五粮适新熟,禾香飘秋梦。
酿之为醇醪,实乃天之供。
至盛幸吴越,朗吟酒德颂。

注 释

① 本篇据手迹编入。

无　　题① (我家住近泰山庙)

我家住近泰山庙,从小疏生淮海词。

白发只今搔更短,不妨且读女郎诗。

注　释

① 本篇据手迹编入。

十　二　红①

故乡过端午,盘列十二红。
今我在燕北,欣尝地角葱。

故乡昔年端午,家家吃菜,皆用红色者。多至十二味,谓之十二红今此风已不可见。

注　释

①　本篇据手迹编入。诗题系编者所拟。

无　　题^①（龙颜一怒万民哀）

龙颜一怒万民哀,楚炬秦灰长绿苔。
谁令天公真抖擞,降威罪己拜人才。

注　释

①　本篇据手迹编入。

无　　题^①（连翘初软第几枝）

连翘初软第几枝,春入烧痕未雨时。
二十四桥明月夜,青虫相对吐轻丝。

注　释

① 本篇据手迹编入。

题松鼠葡萄图①

秋深霜已降,葡萄尽零落。

□□□□□,犹余压架果②

松鼠贪香甜,倒挂求一啄。

语尔小松鼠,勿图眼前乐。

且须采榛栗,堆之洞一角。

大雪压千山,犹可供啮剥。

注　释

① 本篇据手迹编入,疑缺第三句。诗题系编者所拟。

② 葡萄收后,尚有残果,为支架所压,未被发现,谓之"压架果"味尤浓。

杂著卷说明

　　本卷收入作者自上世纪五十年代创作、整理的杂著作品，以及日常文书等，包括小传、题词、书画题跋、民间文学、图书广告、思想汇报等。另附接受他人访谈、对谈的文章。

人民文学出版社编辑部

小传　书封小语

《汪曾祺短篇小说选》所附小传^①

一九二〇年生。江苏高邮人。西南联大中国文学系肄业四年。解放前当过中学教员,历史博物馆职员。解放后长期担任编辑工作,曾编过《北京文艺》、《说说唱唱》、《民间文学》。近二十年在一个剧团搞京剧编剧。

一九四七年曾出过短篇小说集《邂逅集》(文化生活出版社),一九六三年出过一本很薄的小说集《羊舍的夜晚》(少年儿童出版社)。写过一些散文,未结集。

因为职务的需要,除了文学作品,我还写过京剧剧本、民间文学的和戏曲的杂论。学无专长,兴趣又杂,岁月蹉跎,成就甚小。

注　释

① 本篇原载《汪曾祺短篇小说选》,北京出版社,1982 年 2 月。

汪曾祺小传①

　　汪曾祺,江苏高邮人,1920年生。童年和少年时期是在家乡度过的。1939年在昆明入西南联大读中国文学系。毕业后在昆明、上海教过中学,在北京历史博物馆当过职员。1949年在北京参加人民解放军南下工作团,以后在北京市文联、中国民间文艺研究会工作,编过《说说唱唱》《民间文学》。1958年到张家口农村劳动了四年。1962年到北京京剧团(后改为院)担任编剧至今。

　　开始写作颇早,1940年发表第一篇小说。1948年出版过一本小说集《邂逅集》。1963年出过一本薄薄的小说集《羊舍的夜晚》。写小说一直是时作时辍,断断续续的。

　　小时家住城外的一条接近农村的街上,接触的人多是挑夫、手艺人、做小买卖的、店铺里的学徒……我对他们的哀乐比较熟悉。一部分作品是反映他们的生活的。

　　我父亲是个画家。我小时喜欢画画。高中毕业后曾想考美术学院,未果。现在还喜欢看画。偶尔还涂抹两笔遣兴。也许因此我的小说受了一些中国画的影响。

　　我是沈从文先生的学生。到现在还能看出我的某些风格和沈先生有些近似。

　　我在大学读的是中国文学系,但是不大上课,大部分时间倒是读许多外国的翻译作品:契诃夫、阿索林、纪德、海明威……因此我的小说有一点不今不古,不中不西。

　　我最近对自己的要求是回到现实主义,回到民族传统。我所向往的现实主义和民族传统是能够包容一切流派的现实主义和可以吸收西方和东方影响的民族传统。

我比较熟悉旧社会,近年来发表的小说以反映旧社会生活的为多,但是小说中的感情是一个八十年代人的感情。我也愿意多写一点反映当前生活的作品,但是我对当前生活还缺乏自己的独特的观察与思考,还没有熟悉到可以从心所欲、挥洒自如的程度,我需要学习。

注　释

① 本篇写于上世纪八十年代初,见崔道怡《怀念汪曾祺》一文,1997 年 7 月 9 日《北京晚报》。

小传附著作年表①

小　传

　　汪曾祺,江苏高邮人,一九二〇年生。一九三九年在昆明就读于西南联合大学中国文学系,为沈从文先生的及门弟子。约一九四〇年开始发表散文及短篇小说,少作多已不存。大学时期受阿左林及弗金尼·沃尔芙的影响,文字飘逸。以后备尝艰难辛苦,作品现实感渐强,也更致力于吸收中国文学的传统。大学毕业后曾作过中学教员、历史博物馆的职员。一九四九年以后,作了多年文学期刊的编辑。曾编过《北京文艺》、《说说唱唱》、《民间文学》。一九六二年到北京京剧院担任编剧,至今犹未离职。

著　作　年　表

一九四八年出版　《邂逅集》　上海文化生活出版社

一九六三年出版　《羊舍的夜晚》　北京中国少年儿童出版社

一九八二年出版　《汪曾祺短篇小说集》　北京出版社

一九八五年出版　《晚饭花集》　人民文学出版社

即出　《汪曾祺自选集》　漓江出版社

即出　《晚翠文谈》(评论集)　浙江出版社

散文及戏曲剧本　尚未结集

①　本篇附于 1987 年 9 月 7 日致古剑信中,系为准备在台北新地出版社出版
　　的作品集而作。

《塔上随笔》所附小传①

汪曾祺,江苏高邮人,1920年生。幼儿园(过去叫"幼稚园")、小学、初中都在本乡度过。高中读于江阴的南菁中学。高二以后,江阴沦陷,在淮安、盐城转徙"借读"。1939年赴昆明,考入西南联大中文系,读了四年。

1940年开始发表小说、诗和散文诗。1949年曾在上海文化生活出版社出版《邂逅集》。1949年以后10年我没有写什么东西,是一段空白。1962年写了三篇小说。"文化大革命"期间搞了十多年样板戏,没有写散文、小说,又是一段空白。到70年代末、80年代初,忽然又写起小说、散文来。从此一发而不可收,直到现在,还在不断地写着。

江苏文艺出版社将出版我的文集。估算一下,约有120万字。我一生所写的,大概也就是200多万字。

我出版过十几个集子。

注　释

①　本篇原载《塔上随笔》,群众出版社,1993年11月。

《中国当代名人随笔·汪曾祺卷》所附小传①

汪曾祺,江苏高邮人,1920 年生。1939—1943 就读于西南联合大学中国文学系。1940 年开始发表作品。主要写作短篇小说及散文。写作时断时续。作品已结集者约十余部。

年轻时曾受西方现代主义影响。年事渐长,阅世稍深,乃有意识地回到现实主义,回到民族传统。但认为现实主义要是能容纳各种流派的现实主义,民族传统是能吸收一切外来影响的民族传统。

近二三年写小说较少,写散文较多。发现近年散文作者不少是老年人。以为老年人散文一般都是语言干净自然,较少做作;生活阅历较多,感慨较深,寄兴稍远;且读书较多,文章有较多的文化气息,有些老年人的散文可称为学者散文,这是老年散文作家的优势。但觉得有些老人散文比较枯瘦,过于平淡,不滋润,少才华,亦是一病。自己今亦老矣,当引此为戒。

注　释

① 本篇原载《中国当代名人随笔·汪曾祺卷》,陕西人民出版社,1993 年
　　12 月。

《蒲桥集》书封小语①

　　齐白石自称诗第一,字第二,画第三。有人说汪曾祺的散文比小说好,虽非定论,却有道理。

　　此集诸篇,记人事、写风景、谈文化、述掌故,兼及草木虫鱼、瓜果食物,皆有情致。间作小考证,亦可喜。娓娓而淡,态度亲切,不矜持作态。文求雅洁,少雕饰,如行云流水。春初新韭,秋末晚菘,滋味近似。

注　释

　　①　本篇原载《蒲桥集》,作家出版社,1989 年 3 月。

题词

一

指传于薪,不知其尽也;

柴生乎守,有待而然耶?

1945 年,昆明"一二·一"事件后,昆明中国建设中学送挽联以示悼念,作者集庄子句而成。

二

居不求安,食不择味,从来不搞特殊化

进无权欲,退无怨尤,到底是个老党员

1981 年 1 月,挽薛恩厚。

三

金罍密贮封缸酒

玉树双开迟桂花

1981 年 10 月,为汪海珊题。

四

灯火万家巷

笙歌一望江

1981 年 11 月,为汪巧纹题。

五

万里风云来线外

千家春色在手中

1983 年 12 月,于徐州即兴题。

六

一代宗师,千秋绝学

二王余韵,百里书声

1984 年,为高邮王氏纪念馆题。

七

小小说如斗方册页,须以小见大,言近意远,笔精墨妙,以己少少许,胜人多多许。

写贺《小小说选刊》创刊　一九八四年十一月　汪曾祺

载《小小说选刊》1985 年第一期,系《小小说选刊》创刊号顾问贺词。

八

欹枕听雨

开门见山

1986 年 5 月 31 日,为配黄永玉画作《索溪无尽山》题。

九

造化钟神秀

烟云起壮思

1986 年 5 月 31 日,为索溪峪管理处题。

十

苍山画古存花壁

奇句情深忆柳州

1986 年 5 月,赠彭匋。

十一

拾级重登,念崇台杰阁、几番兴废,千载风云归梦里

凭栏四望,问绿野平湖、何日腾飞,万家哀乐到心头

1986 年 9 月,为重修高邮文游台题。

十二

开轩迎碧岭,拾级觌文光。

1987 年 4 月 18 日,为腾冲和顺图书馆题。

十三

苍山负雪,两国残梦

洱海流云,平生壮观

1987 年 4 月 22 日,赠大理文联。

十四

皇权僧钵千年梦

大地山河一担装

1987 年 4 月 30 日,为云南武定正续禅寺题。

十五

莫愁前路无知己

欲摘山花插满瓶

1987 年 4 月题于昆明,见作者访滇期间笔记本,受赠人不详。

十六

眼空冀北野

笔秀滇南云

1987 年 4 月题于昆明,见作者访滇期间笔记本,受赠人可能同为中国作协访滇代表团成员的作家韩映山。

十七

凉风起天末

诗思在水边

1987 年 4 月,赠晓雪。

十八

心情同五柳

足迹遍三迤

1987 年 4 月,赠彭荆风。

十九

眼空五百里

笔纵一千年

1987 年 4 月,为《滇池》题。

二十

南国撷红豆

邕州闻壮歌

1987 年 6 月题于昆明,见作者访滇期间笔记本,受赠人不详。

二十一

桂林洞山水

潮菜色味香

1987 年 6 月,桂林即兴口占。

二十二

铜鼓声声犹在耳

桄榔叶叶不知秋

1987 年 6 月,赠彭匈。

二十三

岭梅十月开千萼

红豆春来发几枝

1987 年 6 月题于昆明,见作者访滇期间笔记本,受赠人不详。

二十四

春风拂拂灞桥柳

落照依依淡水河

1987 年 9 月,赠蒋勋。

二十五

沉潭千尺钓

万古一羊裘

1988 年 5 月,为严子陵钓台题。

二十六

五朝宫阙三千里

一代风华九十年

1989 年 3 月,受赠人不详,当与西南联大相关。

二十七

四围山色临窗秀
一夜溪声入梦清

1989 年 12 月,为武夷山银河饭店题。

二十八

塔涌劫灰后
文雄边嶂南

1990 年 8 月,为云南施甸重修文笔塔题。

二十九

狂呼日珥
静写兰心

1991 年 2 月,赠毕玉堂。

三十

技也进乎道
名者实之宾

1991 年 4 月 8 日,为玉溪烟厂题。

三十一

溪流崇岭上

人在乱云中

1991 年 7 月,为泰山中溪宾馆题。

三十二

风和嫩绿柳

雨润小红箫

1991 年 10 月 7 日,赠扬州市政协。

三十三

风传金羽捷

雨湿小梅红

1991 年 10 月,贺金传捷、萧梅红成婚。

三十四

良苗亦怀新

素心常如故

1991 年 10 月,赠史善成。

三十五

何物最玲珑
李花初拆候

1991 年 10 月,赠李玲。

三十六

明月照积雪
猛雨暗高峰

1991 年 10 月,赠许雪峰。

三十七

大道唯实
小园有秋

1991 年 10 月,赠金实秋。

三十八

文宗上党赵
意满金陵春

1991 年 10 月,赠成正和。

三十九

有雨丛林茂

无私天地宽

1991 年 10 月,赠陈林宽。

四十

春蚕到死何曾死

化作万民身上衣

1991 年 10 月,作者参观高邮丝绸厂时所题。

四十一

春风入户美

富贵逼人来

1991 年 10—11 月间,为陈惠方之弟新居题。

四十二

文章司马

经济卧龙

1991 年 11 月,赠温州某干部。

四十三

开卷有益,什么样的书都不妨找来看看。博览群书,但可以有所侧重,有所偏爱。

原载《中学生阅读》1992 年第三期,为《中学生阅读》题词。

四十四

旧院遗规

川肴正味

1992 年 4 月,为北京恭王府四川饭店题。

四十五

神似东方朔

家傍西柏坡

约 1992 年夏天,赠贾大山。

四十六

爱其所学,关怀后生。贤夫慈父,蔼然仁者。

同学弟　汪曾祺书

约 1992 年 9 月,为朱德熙归葬北京万安公墓题写碑文。

四十七

眼空冀北

笔秀江南

1992 年秋,赠郭秋良。

四十八

人情若野草

诗味似茴香

1992 年 10 月，赠杜文和。

四十九

岂敢班门弄斧

何妨曲水流觞

1992 年 10 月，为浙江绍兴兰亭题。

五十

岂止七碗

不让卢全

1992 年 11 月，为杭州"茶人之家"题。

五十一

学须无岸

海亦有峰

1992 年，赠段海峰。

五十二

先生乃悲剧人物

三国无昭然是非

1992 年,为金实秋《三国名胜楹联》一书题武侯祠。

五十三

往事回思如细雨

旧书重读似春潮

1993 年 2 月 6 日,为七十三岁生日自寿题。

五十四

才名不枉称三绝

扣角何妨到五更

1993 年,赠田原。

五十五

勤负轭 不畏虎 小牛勉之

1993 年 8 月,赠张小牛。

五十六

不即不离

少功道兄正　癸酉汪曾祺

283

1993 年,赠韩少功。

五十七

断送一生唯有
清除万虑无过

1993 年,赠汪海珊。

五十八

辩同盐铁论
文似金错刀

1994 年 3 月,为《金融作家》创刊号题。

五十九

文章略似龚易简
处世当如文宣王

1994 年 3 月,赠龚文宣。

六十

久有凌云志
常怀恋土情

1994 年 6 月,赠女飞行员汪云。

六十一

藏龟未失
遗泽长留

1994 年 6 月,赠《铁云藏龟》作者刘鹗的孙女刘德菜。

六十二

神珠焕彩
水国新猷

1994 年 6 月,赠高邮市委市政府。

六十三

小荷才露尖尖角　待看繁华满绿洲

1994 年 6 月,为江苏省戏剧学校题。

六十四

檀板四十犹不惑　桃李三万不嫌多

1994 年 6 月,为上海戏剧学校建校四十周年题。

六十五

以书兴人　亦是善施

1994 年 10 月 9 日,为某公司题。

六十六

瓦屋寒堆春后雪

蜀中才聚顶头云

1994 年 10 月,为《瓦屋山报》题。

六十七

繁花此日成春祭

云水他乡梦白鸥

1995 年 6 月初,挽电影《沙鸥》导演张暖忻。

六十八

家居绿竹丛中

人在明月光里

1995 年 10 月,赠林靓月。

六十九

子贡文辞如泻水

陶朱舞袖似飘风

1996 年初,赠麦风。

七十

栉风沐雨

含英咀华

1996 年 3 月,为《小说月报》二百期纪念题。

七十一

恩抚有日

功德无涯

九十年代中期,为兴安祖父墓碑题。

七十二

声闻玉水

文绣丹山

1997 年 1 月,为红塔山电视台题。

七十三

故国山河壮

各族俊才多

1997 年 4 月 17 日,为《中国民族博览》杂志题。

七十四

任你读通四库书

不如且饮五粮液

1997 年 4 月底,为五粮液酒厂题。

七十五

身中尚有西湖水
年年花发芙蓉城

1997 年 4 月末或 5 月初,赠李宏。

七十六

十里酒城
无边春色

1997 年 5 月 1 日,为酒文化博览馆题。

七十七

柳拂三江绿
钟鸣万户春

时间不详,贺港澳回归祖国。

七十八

白也诗无敌
兖为天下宗

时间不详,为兖州博物馆题。

七十九

人具远志

烟有醇香

时间不详,为玉溪烟厂题。

八十

秦砖楚韵

希世之珍

汪曾祺观

时间不详,赠自默。

八十一

嗟尔小民,微同蝼蚁。风雨违时,天之所弃。原隰卑下,地之所卑。唯尔蚁民,劳作不已。人具五蕴,尔有悲喜。游目支颐,乃为之记。于意云何,发人深虑。

时间不详,为王明义关于蚂蚁湾小说稿题。

书画题跋

一

一九八三年除夜子时戏作柬后生作家,录与德熙一看,知我老境而不颓唐也。

六十三年辞我去,飘然消逝入苍微。

此夜欣逢双甲子,何曾惆怅一丁儿。

秋花不似春花落,黄鸟时兼白鸟飞。

敢与诸君争席地,从今泻酒戒深杯。

我已将近二年所作小说结为一集,名《晚饭花集》,交人民文学出版社,今年上半年可出版。今年不拟多外出,将啃一块硬骨头,历史小说《汉武帝》。

曾祺敬问德熙、孔敬新春大吉

1984 年 2 月 2 日,为朱德熙作荷花画并题。

二

昆明人家常于门头挂仙人掌一片以辟邪,仙人掌悬空倒挂,尚能存活开花。于此可见仙人掌生命之顽强,亦可见昆明雨季空气之湿润。雨季则有青头菌、牛肝菌,味极鲜美。宁坤属画,须有昆明特点,为作此图。

一九八四年三月廿日,是日大风,不能出户,曾祺记

1984 年 3 月 20 日,为巫宁坤作仙人掌画并题。

三

去年曾到曹州,转眼又长一岁,吾年六十四矣。人生易老,不唤

奈何。

高邮　汪曾祺　八四年三月

1984年3月题画。

四

后园有紫藤一架,无人管理,任其恣意攀盘,而极旺茂。花盛时,仰卧架下,使人醺然有醉意。一九八四年五一偶忆写之。今日作画已近十幅,此为强弩之末矣。

曾祺记

1984年5月1日,为紫藤画题。

五

玉茗堂前朝复暮,伤心谁续牡丹亭。

一九八四年五月五日　曾祺

1984年5月5日,为牡丹画题。

六

金银花藤瘦硬,与紫藤异趣。

八四年六月十七日　曾祺　上午作

1984年6月17日,为金银花画题。

七

故园有金银花一株,自我记事从不开花。小时不知此为何种植物,一年夏,忽开繁花无数,令人惊骇,亦不见其主何灾祥。此后每年开花,但花稍稀少耳。一九八四年六月偶忆往事,捉笔写此。

高邮江曾祺记于北京

1984 年 6 月,为金银花画题。

八

小园尽日谁曾到? 隔壁看花黄四娘。

一九八四年十一月　曾祺

1984 年 11 月,为花鸟画题。

九

解得夕阳无限好　不须惆怅近黄昏

录朱佩弦师句敬祝敬文老师长寿。学生汪曾祺,八五年一月。

1985 年 1 月,为花鸟画题。

十

曹州赵粉传至山西陕西名孩儿面、娃娃面

一九八五年五月　曾祺

1985 年 5 月,为牡丹画题。

十一

一九八五年中秋之夜　以剩纸余色宿墨写此

曾祺六十五岁

1985 年中秋,为花鸟画题。

十二

一九八五年十一月二日晚炖蹄膀未熟作此。寄奉古剑兄一笑。

汪曾祺六十四岁

1985 年 11 月 2 日,为古剑作松鼠图并题。

十三

老来渐少登临兴　不上西山鬼见愁

一九八五年十一月五日午炊将熟　曾祺遣兴

1985 年 11 月 5 日,为花鸟画题。

十四

吾乡有红萝卜、白萝卜,无青萝卜。

八五年十一月廿二日记

1985 年 11 月 22 日,为红萝卜画题。

十五

昆明翠湖图书馆茶花甚富,今犹在否

曾祺写于北京六十五岁

1985 年 11 月,为茶花画题。

十六

昆明近日楼花市康乃馨与青菜等价

一九八五年十一月写于北京

1985 年 11 月为康乃馨画题。

十七

张岱文动称滇茶一本。云南山茶故自佳，全国无匹。我居昆明七年，年年看茶花，不以为异，辜负此花矣。

一九八六年一月　曾祺六十六岁　赠　王欢、爱萍

1986 年 1 月为王欢夫妇作滇茶图并题。

十八

《百丑图》跋

傅君学斌，善画脸谱。近又绘《百丑图》，可谓别出心裁。谱法之后，附有说明。穿关插戴，翔实生动。可作为艺术品看，也是一项重要的戏曲资料。这是很有意义的工作。为缀数语，用志欣喜：人心不同，各如其面。图成百丑，须眉活现。狡诈颟顸，滑稽妩媚。君是何人，以此为鉴。

1986 年 1 月，为傅学斌《百丑图》作跋。

十九

人远天涯　秋风作得嫩寒如许

一九八六年五月曾祺题旧作画

1986 年 5 月题画。

二十

秋色无私到草花

一九八六年九月　曾祺写

294

1986 年 9 月,为秋花图题。

二十一

西山华亭寺滇茶花开如碗大,青头菌、牛肝菌皆蔬中尤物。写慰政道兄海外乡思。

1986 年 10 月,为李政道画云南菌子、茶花并题。

二十二

我于北京种兰,皆不活。友人许君自昆明致兰二种,并授以艺兰之法,亦皆简便。贵州夏蕙,竟于冬令著花。喜赏一月,图此为念。

一九八六年十二月十日 曾祺志

1986 年 12 月 10 日,为兰花图题。

二十三

朱文公云:山谷诗云"对客挥毫秦少游",盖少游只一笔写去,重意重字皆不问,然好处亦自是绝好。蔡正孙诗林广记后集

吾年六十六,书字转规矩,少逞意作姿态,当得少存韵致,不至枯拙如老经生。否耶?

一九八六年十二月十七日,初雪,黄昏酒后,曾祺书

1986 年 12 月 17 日,书《诗林广记》后集一则并跋。

二十四

桑植天子山中有野果,曰舅舅粮,亦名救命粮。

一九八六年十二月 曾祺写前年印象

1986 年 12 月,为舅舅粮画题。

二十五

但得秋光好,何辞白发新。

1986 年岁暮,为秋海棠画题。

二十六

此松鼠乃驯豢者。我的小舅舅结婚时,他的小内弟带来一只松鼠,系以银链,藏在袖筒里。有时爬出吃瓜子、嗫豆腐脑,心甚羡慕之。今忽忽近六十年矣,犹不能忘。

一九八六年　曾祺记

1986 年,为松鼠图题。

二十七

江南可采莲,鱼戏莲叶间。鱼戏莲叶东,鱼戏莲叶西;鱼戏莲叶南,鱼戏莲叶北。

宋徽宗瘦金书与蔡京书实为一体。凡作瘦金书,须高捉笔,不可使毫铺纸上。

一九八六年以长锋狼毫题

1986 年,瘦金体书汉乐府《江南》并跋。

二十八

法布尔昆虫记乃世界散文小说作者必读之书

一九八七年一月四日曾祺记

1987 年 1 月 4 日题画。

二十九

塞外风情　所画乃沙鸡沙柳

<blockquote>一九八七年二月　曾祺　此画甚当　而沙柳维京人画

叶态颜色均逼真且有迎风之势　可存作稿</blockquote>

1987 年 2 月,为沙鸡沙柳画题。

三十

井冈山有山花,极红艳,问老革命周文楷,云是杜鹃花。

<blockquote>一九八七年三月　曾祺忆写</blockquote>

　　今天早上做了一个梦,梦里有一个地名,叫佳集蠡。当地人(梦里的当地人)念成"符集集"。"佳"字怎么能念做"符"呢? 但跟梦中人无道理可讲。"蠡"(上面三个佳,下面木字)是标在一张简明的地图上的。

　　醒来还记得,觉得这可以用在小说里,作为一个古镇的地名。

　　怎么会做了这样一个梦呢? 奇怪!

<blockquote>三月廿五日　上午记</blockquote>

1987 年 3 月 25 日,为杜鹃花图题。

三十一

　　苏询谓杜甫丽人行叙事如万金宝马,注坡蓦涧,如履平地。李锐文思敏捷,快而不乱,托身高崖,俯察厚土,必有可观。大器之成可拭目以待。

<blockquote>一九八七年四月汪曾祺书于昆明</blockquote>

1987 年 4 月为李锐作书法一幅。

三十二

祇今谁识金昌绪,千载苍茫一首诗。

一九八七年正月　吾年六十七岁矣　曾祺漫兴

1987 年题画。

三十三

紫薇花对紫薇郎　此画殊无章法　紫薇本无章法

一九八八年四月　曾祺无纸作画

1988 年 4 月为紫薇画题。

三十四

盈江县委招待所有香樟树　热带兰多种　寄生于枝杈之间　虎头兰乃最常见者

一年之后　汪曾祺忆写于北京

1988 年,为兰花画题。

三十五

神游故国三千里　弦唱春风九十年

一九八九年三月　汪曾祺

1989 年 3 月自书诗句。

三十六

　　吾乡阴城,昔常常有双耳陶壶出土,乡人称之为韩瓶,谓此韩世忠士卒所用水壶。以浸梅花,可以结子。

曾祺八九年十月偶写

1989 年 10 月,为韩瓶梅花图题。

三十七

宜入新春未是春,残笺宿墨隔年人。

1990 年 1 月 15 日,为水仙金鱼图题。

三十八

七十未称翁　　衰颜憏酒红

庚午春节汪曾祺

1990 庚午春节题画。

三十九

槐花小院静无人。

画赠乃谦　庚午五月汪曾祺

1990 年 5 月,为曹乃谦作槐花图并题。

四十

江南雨足,梅多肥润;不似北地梅,只干枝也。

299

1991 年春,为张景山作《红梅图》并题。

四十一

有镜藏眼,无地容鼻。

　　李迪眼有宿疾,滇西日照甚烈,乃常戴墨镜。而其鼻准暴露在外,晒得艳若桃花。或有赞美其鼻者,李迪掩鼻俯首曰:无地自容,无地自容。席间偶作谐语,李迪甚喜,以为是其滇西之行之形象概括,属为书之。

1991 年,书赠李迪联语并跋。

四十二

残荷不为雨声留。

辛未秋深

1991 年秋,为残荷图题。

四十三

　　野鸽张家口谓之鸬鸪　　我在张家口劳动四个年头　　今离口外亦三十年矣

一九九二年三月

1992 年 3 月,为野鸽画题。

四十四

　　榆叶梅开时极火　　三五日即败

一九九二年四月曾祺

300

1992 年 4 月为梅花画题。

四十五

南风薰薰,唯吾德馨。
随笔随意,鼓瑟吹笙。

伟经先生一哂。一九九二年五月 汪曾祺

1992 年 5 月,为黄伟经作写意兰花图并题。

四十六

闻大青山人云:山丹丹开花,每历一年增加一朵。

一九九二年十一月 汪曾祺记

1992 年 11 月,为山丹丹图题。

四十七

蓼花无穗不垂头。
昔在伊犁见伊犁河边长蓼花,甚喜,喜伊犁亦有蓼花,喜伊犁有水也。

我到伊犁在一九八二年,距今十年矣。曾祺记

1992 年,为蓼花图题。

四十八

此画不中不西、不今不古。眼镜不知置于何所,只能沿着感觉摸索为之,以寄宁坤。

1994 年 5 月，为巫宁坤画丁香结并题。

四十九

藤扭枝枝曲，花沉瓣瓣垂。

为贺平作。丙子夏日　汪曾祺

1995 年 6 月，为贺平画藤萝并题。

五十

一花一世界，三藐三菩提。

曾在一小庵中住，小禅房板扉上刻此联，不甚解，偶于旅途遇归元寺长老，叩问之。长老云：三藐三菩提是梵言咒语，不可以华言望文生意。

汪曾祺记

1995 年，为金实秋《佛教名胜楹联》一书（宗教文化出版社，1997 年）题。

五十一

凌霄不附树，独立自凌霄。

丙子清明后二日　汪曾祺

1996 年 4 月 6 日，为凌霄图题。

五十二

海棠无香，不尽然也。

持赠实秋。曾祺，丙子春

1996 年 5 月，为赠金实秋海棠图题。

五十三

唐以前无紫薇,白居易始题识之。今则北京遍植之。花期甚长,亦名百日红。

丙子初秋　曾祺记

1996 年初秋,为紫薇图题。

五十四

永嘉多芙蓉。小河边,茶亭畔,随处皆有。

丙子深秋　汪曾祺

1996 年深秋,为芙蓉图题。

五十五

晓色为扬州名菊,我父亲善画此种。须层层烘染,极费工。我今所作,乃一次染,略罩粉,略得其仿佛耳。

丙子深秋　曾祺记

1996 年深秋,为菊花图题。

五十六

泰山人家喜种绣球。曾在南天门下茶馆见十余盆,以残茶浇之,花作残绿色。

丙子秋　曾祺记

1996 年秋,为泰山绣球图题。

五十七

青藤书屋甚矮小,寒士之居也。作画读书甚不便。青藤贴墙而长,盖是后来补种者。藤下有石砌方池即天池,水甚清。

丙子秋 汪曾祺记

1996年秋,为青藤图题。

五十八

林则徐充军伊犁,后赦归,至河南督治河工。离伊犁时有诗,有句云:"格登山色伊江水,回首依依勒马看。"此画依犁河所见。我到新疆在一九八二年,距今十四年矣。

一九九六年秋 曾祺记

1996年秋,为蓼花图题。依犁河应为伊犁河。

五十九

云南大等喊乌鸦较中原小而体态俊秀。大等喊产柚,极香甜,为滇南名种。我一九八七年三月曾在大等喊歇脚,距今近十年矣。

一九九六年十月 曾祺记

1996年10月,为大等喊图题。

六十

绿菊是高邮培养的新品种,五年前重回高邮故乡,在公园中见一本,花如九寸盘大,极难得。

赠延庆,丙子秋深,我年七十六岁矣。丙子十月 汪曾祺

1996年10月,为赠朱延庆绿菊图题。

六十一

曹州牡丹特重赵粉,传至洛阳为孩儿面,至西安称娃娃脸。

丙子初冬 曾祺记

1996 年初冬,为曹州牡丹图题。

六十二

丁香本庭院中物,长春郊外乃植之路侧,为林荫树,披纷灿灿,香透车窗。

丙子秋作,初冬题记 汪曾祺

1996 年初冬,为丁香图题。

六十三

别伦别尔生说,花里只有菊花有绿色的,不见得。但绿菊确较常见。曾在家乡见绿菊一盆,花如吃面的汤碗大!

一九九六年初冬 汪曾祺记

1996 年初冬,为绿菊图题。

六十四

张家口坝上有芍药山,整个山头都是野生芍药。一九九六年十一月忆写印象。我在坝上是一九六零年,距今十六年矣。

汪曾祺

1996 年 11 月,为芍药图题。"十六年"应为"三十六年"。

六十五

苍山负雪,洱海流云。

曾在大理书此联,字大径尺,酒后,笔颇霸悍。距今已有几年,不复
记省。

丙子冬 曾祺记

1996 年冬,再书"赠大理市文联联"并跋。

六十六

顿觉眼前生意满,须知世上苦人多。

宋儒是人道主义者,未可厚非。

汪曾祺 丙子冬书

1996 年冬,书宋人联语并跋。

六十七

汤显祖有玉茗堂四种,玉茗乃白茶花耳。昆明常见。

丙子冬 曾祺记

1996 年冬,为玉茗花图题。

六十八

云南茶花天下第一,西山华亭寺有宝珠茶一本,开花万朵。

曾祺记

1996 年,为茶花图题。

六十九

君家洗砚池边水,个个花开淡墨痕。
写奉 墨生方家

丙子 汪曾祺

1996 年,为墨梅图题。

七十

翠凤毛翎扎扫帚,闲踏天门扫落花

一九九六年春残画扫花 汪曾祺

1996 年题画。

七十一

探生肖所来,考羲皇究竟。

题《十二生肖石刻图》,撰于一九九六年。

1996 年为《十二生肖石刻图》题。

七十二

此是紫穗槐,非紫藤花也。我被划右派曾到西山种树,所种即紫穗槐。紫穗槐枝叶可作饲料,条可编筐。

一九九六年忆写

1996 年,为紫穗槐图题。

七十三

七十七年前此时此刻我正在生出来

丁丑年正月十五日落酉时　汪曾祺记

1997 年正月十五题画。

七十四

玫瑰香葡萄,果枝长,披披纷纷,而果味甚美。此画用笔似华新罗。

丁丑正月,曾祺。赠文斌同志

1997 年正月,为文斌作葡萄图并题。

七十五

兰不喜肥　溉以汪泉则茂

丁丑初春　曾祺

1997 初春,为兰花画题。

七十六

或云楝实鸟喜食　实不然　楝实苦涩

丁丑春　曾祺画

1997 春为楝实画题。

七十七

青藤书屋,老屋三间,寒士之居也。青藤贴墙盘曲,下有小石池,即天池。丁丑年开春忆写。汪曾祺记。

持赠孙郁,一九九七年三月

1997 年 3 月,为孙郁作青藤图并题。

七十八

青藤书屋尚在,屋矮小,青藤在屋外小院中,依墙盘曲,盖是后来补植。藤下有石砌小池,即天池,水颇清。

曾祺记

1997 年 2 月,为青藤图题。

七十九

朱荷不多见。泉州开元寺有之。弘一法师曾住寺中念佛。

1997 年,为朱荷图题。

八十

大雪下井冈山　距今已年五年　曾祺记　持赠中城　丁丑春

1997 年题画。

八十一

我家废园有大腊梅花数株。每于雪后,摘腊梅朵,以花丝穿缀,配以天竹果一二颗,奉祖母插戴。

年份不详,为岁朝图题。

八十二

苦瓜和尚未尝画苦瓜。冬苋菜即葵,此为古人主要蔬品,滋味香

309

滑,北人多不识。

年份不详,为苦瓜冬苋菜图题。

八十三

口外何所有?山药西葫芦。

年份不详,为山药西葫芦图题。

八十四

曾在张家口沙岭子葡萄园劳动三年。一九八二年再往,葡萄老株俱已伐去矣。

年份不详,为葡萄与猫图题。"一九八二"应为"一九八三"。

八十五

昆明杨梅色如炽炭,名火炭梅,味极甜浓。雨季常有苗族小女孩叫卖,声音娇柔。

年份不详,为昆明杨梅图题。

八十六

画茶花不师陈白阳,几无可师。奈何奈何!

曾祺

年份不详,为茶花图题。

八十七

不是花开淡墨痕,娇红无意斗芳春。

年份不详,为梅花图题。

八十八

电影学院一小院中种葫芦甚多,昨往开会,归来写此。

年份不详,为葫芦图题。

八十九

马铃薯无人画者。我于戴帽下放张家口劳动,曾到坝上画马铃薯图谱一巨册。今原图已不可觅,殊可惜也。

曾祺记

年份不详,为马铃薯图题。

九十

草原之花多不可识　随意写之　是耶非耶

年份不详,题画。

九十一

如酥小雨无私意,秋在穷家小院中

曾祺

年份不详,题画。

九十二

杰作堪称里程碑前辈已成历史　遗文不是绊脚石后生当领风骚

年份不详,书法一幅。

九十三

张家口人谓立春后刮四十八天摆条风　树液入枝干　树枝柔软
树始着芽　春天才到

年份不详,题画。

九十四

葡萄酸不酸,咬破才知道
绿蚱蜢,北京人谓之挂大扁儿,不知何所取意 　　　　　曾祺

年份不详,为王欢作绿蚱蜢画并跋。

九十五

画鱼须有鸟意。画鱼只似鱼,便是笨伯。

　　　　　　　　　　　　　　　　　　　　曾祺记

年份不详,为王欢作鱼乐画并跋。

九十六

扬州黄菊,花大如斗。北地野禽见而却走。

年份不详,为王欢作扬州黄菊画并跋。

九十七

石榴熟正是中秋,此时小鸡已大,可以炸八块矣。二物不同时,此

画不合理。天下事不合理者亦多,岂独画哉!

年份不详,为王欢作石榴雏鸡画并跋。

九十八

自从白石画乌蜂,天下园林添一闹。

曾祺

年份不详,为王欢作乌蜂画并跋。

日常文书

惶　　惑^①

　　整风了。我不知道许多党员同志有何感触。我，对于这件事是觉得很不习惯的。我们在这样的"现状"里已经过了好几年，已经认为凡是存在的都是合理的，从来不许自己的思想跳出一定的范围，因为一跳出范围大概就都是成问题的，而且是危险的。现在忽然一下子站在一个新形势的面前，一切事情都得自己认真地想过，依赖、因循、惰性这一切曾经被认为是美德的东西都被宣告为不道德了，这真是一个从来未有过的严峻的考验。我惶惑。

　　我所惶惑的第一点，是这次整风是全党整风还是整某些党员的风？还是要从制度上改变党的某些做法，还是只是改变某些党员的思想作风？这两者是有联系的。但是，如果只是停留于后者，我觉得是不解决问题的。我毫不怀疑某些社会主义制度的原则（比如民主集中制，工人阶级的领导……），但是某些落后于形势的具体的制度实在是三大主义的必然条件。比如：从报上看，这次民主党派和知识分子提的意见最多的是人事制度。我不知道曾经有过一个什么文件规定过做人事工作的必须是党员，而且只能是党员，而且要有多少年以上的党龄，但是这已经是谁都认为是"当然"的事情。报上说，有几位部长级的同志要看某个科长的材料，做人事工作的同志说："你不能看他的材料，他是党员！"我最初看到这些消息时是完全同意那几位做人事工作的同志的意见的，因为这在事实上是如此的。但是既然有部长提出了，我就想了一想：今天，这是不是还是合理的呢？既然人事工作成了党群之间的隔阂的一个主要的原因；既然评级、评薪、提拔、调遣都操在人事科处的手里,而群众又对于这些提出了很多意见,人事部门几乎成了"怨府",那么,人事工作制度是不是可以而且应当有所改变?人事工作是不是要公开?是不是可以吸收民主党派和无党派群众参与人事工作?……诸如此类,我都想不通。我想:如果这样一些制度有所改变,这跟工人阶级——共产党的领导是不是有所矛盾?

我所惶惑的第二点,正是如何改变某些具体做法而又能保证共产党的领导。许多机关和学校里都批评了"以党代政"的现象,这个批评对于我是一个很新奇的经验。就我所知,这也是"当然"的事,我认为这本身就是社会主义、共产主义制度。说老实话,我这几年一向是一切意见取决于机关的党的负责同志的,而我以为这是拥护党,依靠党。但是,常常"党"和行政领导又并不是在任何时候总是一致的,在这样的时候,我就不知道怎么办了。我不知道哪些事应当只党内不党外,哪些事应该先党内后党外,哪些事应当不分党内党外,哪些事党不管。我不知道党组、党支部在一个机关里起的作用应该怎样,过去是不是做得有点过分,今后是不是要有所改变。我不知道我这些想法是不是正确。

我所惶惑的第三点,是我的许多想法是不是正确,是不是不该这么想。不过,既然我已经这么想了,我就写出来。我还要继续想下去,把我的惶惑变成确定。

我爱我的国家,并且也爱党,否则我就会坐到树下去抽烟,去看天上的云。

注　释

①　本篇原载《新文学史料》2017 年第四期。写于 1957 年约 5、6 月间"大鸣大放"中,发表在单位(民间文学研究会)黑板报上,是他被错划为"右派"的"罪证"之一。

思 想 汇 报^①

赵所长、王所长、李支书：

兹将我最近时期工作和思想情况简单汇报如下：

我七月底离开沙岭子到沽源，稍事整理，即开始绘画马铃薯的花和叶子。迄至现在为止，已画成 60 余幅。其中部分是兼画了花和叶子的，部分的只画了花，小部分是只画了叶子的。我每天早起到田间剪取花、叶，回来即伏案作画。因为山药花到了下午即会闭合或凋落，为了争取多画一二丛，我中午大抵是不休息。除吃午饭外，一直工作到下午七时左右。每天的工作大概有十一二小时。晚上因为没有灯；且即便有灯，灯下颜色不正，不能工作，只好休息。已经画成的各幅，据这里李敏同志和陈先雨同志鉴定，认为尚属真实。我自己知道，我幼年虽对绘画很有兴趣，但从未受过严格训练，用笔用色，都不熟练，要想画得十分准确而有生气是颇困难的。

我来得晚了，大部马铃薯已经过了盛花期。今年天旱，来后未降大雨，花未续开。现在原始材料圃的花已零落殆尽，只能画叶子了。而且叶子不少也枯萎了。总之全部中国品种今年是无法画完了，只好等到明年补画。昨天已经开始收获，再画几天叶子，就要开始画薯块了。

画薯块，到底怎样画法，须待陈先雨同志回来与付令仪同志等商量后决定。老付原来只说画薯块，陈先雨同志说最好等休眠期以后连同芽子一起画。我没有意见，领导上怎么决定我就怎么执行。此事先雨同志回所后必当跟你们商量。希望能有一个明确决定。如需画薯芽，我即作在坝上过冬的准备，否则即当计划在一定时期后，结束工作回所。

我在此地工作的情况，先雨同志当会向你们当面汇报。

我在沽源半个多月,情绪一般是安定平稳的。我对现在所从事的工作的意义是了解的,对于领导上决定让我来做这个工作,能够发挥我的(虽然不是专擅的)特长,来为党、为人民服务,我是十分感激而兴奋的,所以我在工作中一般尚能慎重将事,争取主动,不敢稍微懈怠。

我最近的思想问题,主要仍是个人主义未能克服干净。这主要表现在两个方面:

①是对于何时分配工作,何时能摘帽子,还时时想到。我想到去年也差不多这个时候派我出去画画的,结束工作后曾作过一次鉴定,今年九十月后,离我下来快近两年了,是不是也会作一次鉴定呢。鉴定以后,会不会有什么新的决定呢?我写信给杨香保同志时,曾问他"有无令人兴奋的消息",充分说明了我的这一方面的思想情况。这个问题,在所内时想得还更多一些,到坝上后,因为工作紧张,想到工作的意义,又经我爱人劝说"不要老是想到何时分配工作,现在不是已经在工作了么",现在已经想得较少,或者暂时已经不想它了。

②对于"是不是甘心情愿作一个平凡的人",即作一个普通劳动者的问题,仍未彻底解决。

我对现在的工作是有兴趣的,但觉得究竟不是我的专长。有一晚无灯黑坐,曾信笔写了一首旧诗:"三十年前了了时,曾拟许身作画师,何期出塞修芋谱,搔发临畦和胭脂(三十年前,被人称赞颇为聪明的时候,曾经打算作一个画家,没有想到到塞外来画山药品种志的图,搔着满头白发在山药地旁边来和胭脂)。"我总是希望能够再从事文学工作,不论是搞创作、搞古典或民间文学,或者搞戏曲,那样才能"扬眉吐气"。问题即在于"扬眉吐气",这显然是从个人的名位利害出发,不是从工作需要出发,对于"立功赎罪"距离更远。这是一方面。

另外一方面,是我在从事现在的工作的时候(以前在从事到的工作时也一样),觉得这样已很好。一般的工作,我大概都可以产生兴趣,自信也会勤勉地去作,领导上、群众也不会有多大意见。这样看起来好像是老老实实,安分守己;但实际上是随遇而安,无所用心,不问大事,但求无过,跟党保持一定距离,不能真正产生愉快鼓舞的心情,不能产生奋不顾身的主动性和积极性。我的年龄逐渐大了,今年已经四十岁,我很怕我会成为这样的精神上是低头曲背的人。这是一种没落者的情绪。

以上所说的两方面,实际上是一个东西,即不能"忘我",还是个人主义盘踞在心里作怪。我经常在和我这两种思想作斗争,但是实际没有彻底解决。这将是一个长期的、艰巨的斗争过程,我很希望领导上在我的斗争过程里给予启发和帮助。

如有时间,很希望能来信指示。

敬礼!

汪曾祺　八月十七日

注　释

① 本篇原载《新文学史料》2017 年第四期。1958 年秋,汪曾祺被错划为"右派",下放张家口农业科学研究所劳动改造。1960 年 8 月间,被派到沽源马铃薯研究站,画《中国马铃薯图谱》,本文是汪曾祺写给农研所领导的思想汇报。

报 告^①

　　请准予补发工作证。

　　我的工作证记得是放在家里,但最近翻箱倒柜,一直找不到。我因急用(有一笔较多的稿费待取),需要工作证,特请予补发。

　　我生性马虎,常将证件之类的东西乱塞,今后当引以为戒。

汪曾祺

一九八二年七月二十八日

注　释

　　① 1982 年 7 月 28 日,为补发工作证所写报告。据手迹编入。

推荐词二篇

一①

作品多表现江南水乡生活,满纸泥香水气,很有特点。文笔清秀可读。作者在语言上探索,而且解决了一个吴语地区作家不易解决的问题:即普通话和吴语的融合。据我所知,能使语言为全国读者接受,而又保存吴语的韵味如徐卓人者,尚属少见。故愿介绍她入会。

二②

这是一部严肃的、诚挚的、具有象征意义的作品,对中国的百年历史具有很大的概括性。

这是莫言小说的突破,也是对中国当代文学的一次突破。

书名不等于作品,但是书名也无伤"大雅"。"丰乳"、"肥臀",不应该引起惊愕。

注　释

① 1993年春,为徐卓人加入中国作家协会写的推荐词。本篇见于《从作家到大文化建设——访女作家徐卓人》一文。

② 1995年底,为莫言《丰乳肥臀》参评首届"大家·红河文学奖"所作推荐语,原载《大家》1996年第1期。

鲁班故事三篇^①

赵 州 桥

赵州有两座石桥,一座在城南,一座在城西,城南的大石桥是鲁班修的,城西的小石桥是鲁班的妹妹鲁姜修的。

鲁班和他的妹妹周游天下,到了赵州。远远就看见赵州城黄澄澄的城墙了,走到近处,却见一条白茫茫的洨河拦住去路。河边上挤了很多人,籴谷的,卖草的,运盐的,贩枣的,往作坊里送棉花的,赶庙会卖布的,挑着担子,拉着毛驴,推着车子,一齐吵吵嚷嚷,争着要渡河进城。河水流得很急,只有两只小船摆来摆去,半天也渡不过几个人。有人等得不耐烦,就骂起来了。鲁班看了,就问:"你们怎么不在河上修座桥呢?"问了几个人,都说:"洨河十里宽,洄沙多又深,迎遍天下客,没有巧匠人。"鲁班和鲁姜看看河水地势,就发心给赵州人修两座桥。

鲁姜走到哪里总是听见人夸奖他哥哥多巧多能,心里很不服气,这回要跟鲁班赌赛一下,就说修桥两个人分开来修,一人修一座,看谁先修好。天黑开工,鸡叫天明收工,谁到鸡叫还完不成,就算输了。这么说好了,就分头准备起来。鲁班修城南的一座,鲁姜修城西的一座。

鲁姜到了城西,聚集聚集材料,急急忙忙就动手。才半夜工夫,就把桥修好了。她心想这回一定把哥哥比下去了,倒要看看哥哥这会做到个什么样子,就偷偷跑到城南来。谁知到了那里,河还是河,水还是水,连个桥影子都没有,鲁班也不在河边,不知道跑到哪里去了。她正在纳闷,远远看见南边太行山上下来一个人,赶着一大群绵羊,蹦蹦跳跳往这边来了。走到近处,一看,那人正是她哥哥,他赶的哪里是一群羊啊,赶的是一块一块雪白细润的石头。鲁姜一看这些石头,心里就凉了。这是多好的石头啊,这要造起一座桥来该多结实,多好看啊,拿自己修的桥跟它比,哪比得过啊!她想,一定要有两手盖过他的,念头一转,就急忙回到城西,在桥栏杆上细细地刻起花来。刻了一会,桥栏杆都刻遍了,牛郎织女、丹凤朝阳,还有数不清的奇花异草……鲁姜看看,心里又得意起来。她沉不住气,又跑到城南来看鲁班。鲁班这时把桥也快修完了,只差桥头还有两块石头没有铺好,她一看,着了急,就尖起嗓子学了两声鸡叫。她这一叫,引得村前村后的鸡也都急急忙忙一齐叫唤起来。鲁班听见鸡叫,赶忙把两块石头往下一放,桥也算修成了。

这两座桥,一大一小。鲁班修得大刀阔斧,气势雄壮,叫做大石桥;鲁姜修得精雕细琢,玲珑秀气,叫小石桥。直到现在,赵州一带的姑娘挑枕头绣花鞋的时候,母亲们还说:"去吧!到西门外小石桥栏杆上抄几个好花样来!"

赵州一夜修起了大石桥,修得还说不出有多么结实,多么好看,第二天,这事就轰动了远近各州城府县,连住在蓬莱岛上的八洞神仙也都听到了消息。神仙里张果老是个好事的人,听说有这件事,就牵上他的乌云盖顶的毛驴,驴背上褡裢里,左面装了日头,右边装了月亮;又邀上柴王,推上金瓦银把的独轮车,车上载着四大名山,游游荡荡,就来到了赵州。到了桥边,张果老高声问道:"这桥是谁修的呀?"鲁班正在桥边察看桥栏桥洞,听见有人问,就回答:"这桥是我修的,怎么啦?有什么不好吗?"张果老指指毛驴小车,说:"我们过桥,它吃得住吗?"鲁班一听,哈哈大笑,说:"大骡子大马只管过,还在乎这一头毛驴、一驾车?不妨事,走你的!"张果老、柴王爷微微一笑,推车赶驴上桥。他们才上去,桥就直晃晃,眼看要坍;鲁班一看不好,连忙跑到桥下双手把桥托住,这才把桥保住。桥身桥基经过这一压,不但没有损坏,倒更加牢实了;只是南边桥头被压得向西扭了一丈多远。所以,直到现在,赵州桥上还有七八个驴蹄印子,那是张果老留的;三尺多长一道车沟,那是柴王爷推车压出来的;桥底下还有鲁班的两个手印。早年间卖年画的时候,还有鲁班爷托桥的画卖呢。

张果老过了桥,回头看看鲁班,说:"可惜了你这双眼睛呦!"鲁班觉得有眼不识人,越想越惭愧,便把自己一只眼睛用手挖了,放在桥边,悄悄地走了。后来马玉儿打从赵州桥路过,看见了,就把眼睛拾起来,安在自己额上。鲁班是木匠的祖师爷,所以现在木匠做活,到平准调线的时候也都用一只眼睛。而后人塑马王爷的像,就给塑了个三只眼。

鲁班给赵州人造了大石桥,后代的人感念不忘,直到现在,放牛的孩子还在唱:

赵州石桥什么人修?

什么人骑驴桥头过,压得桥头往西扭?

什么人推车桥上走,车轮子碾了一道沟?

赵州石桥鲁班修;

张果老骑驴桥头过,压得桥头往西扭;

柴王推车桥上走,车轮子碾了一道沟。

平水、徐德表、蒲洪杰、陈增廉　搜集

锔 大 家 伙

从前的老人说,白塔寺的白塔,镇着"海眼",塔要是倒了,整个北京城都要变成一片苦海。

有一年,白塔寺的白塔裂了一道缝,这道缝越来越大,眼看着塔就要倒下来,人们都不敢走近塔前,怕塔倒下来砸住,只在每天早晚远远地站着看,不一会听见人轻轻地说:"又大了! 又大了!"

皇帝知道了这件事,就下令叫人修塔,要在十天之内修好,如果过期修不好,就把修塔的人全杀了。

一天过去了,两天过去了,谁也想不出个修塔的法子,塔上的口子老是裂着。

到第九天下晚,来了一个老头子,这老头子背着一个小箱子,在街上边走边喊:"锔大家伙! 锔大家伙!"

人们问他:"你锔锅吗?"

老头子答:"不锔,专锔大家伙!"

人们说:"你锔瓮吗?"

老头子答:"不锔,专锔大家伙!"

人们说:"你锔缸吗?"

老头子答:"不锔,专锔大家伙!"

这时有个人开玩笑似的指着那裂开的塔说:"那倒是个大家伙,你能锔上吗?"

老头子看了塔一眼,说:"能!"

那人说:"那你就给锔上吧!"

老头子背了小箱子就向白塔走去,人们要拉他也来不及了,又不敢到塔跟前去,怕塔倒了砸住。等了一会,不见有什么动静,天也黑了,大家都散了。

这天夜里风雨交加,大家都很担心。第二天一看,白塔上的裂缝合上了,上面锔上了好些铁箍子,还箍了三个大铁箍。

人们说:"这老头儿是鲁班爷啊!"

恨钟、何金鲸、亦心、金受申　记录

兜头敲他两下

鲁班师傅做了一个木人替他挑木匠家私。木人头上安着法销②。他在前面走,木人在后面跟着,不管到哪里都行。有一次鲁班师傅又到别处去做活,带着木人同去。走到半路上,木人头上的法销松了,走得慢了,赶不上鲁班师傅。鲁班师傅在前面走,越等越不见木人赶来,心里正着急,抬头看见对面来了一个行路的客人,就叫住那人,说:"大哥! 大哥! 拜托你一件事。你往那头走,要是看见一个挑担子的汉子,挑着一担木匠家私,请你把他挑篮里的斧头拿出来兜头敲他两下。"行路的客人说:"他是个人嘛,兜头敲两下还不敲死啦?"鲁班师傅说:"你不要管,他不会死。"这行路客人果然在路上遇见了一个挑木匠家私的人慢吞吞地走着,便照着鲁班师傅的吩咐,拿出斧头兜头敲了两下,只见那人一声也不出,提起腿来飞快地就跑了。不一会,木人就赶上了鲁班师傅。

（云南）

阮启成　搜集

注　释

① 本篇原载《民间文学》1956 年 4 月号,署"曾芪整理",题目为编者所加。
② 器物中联接两部分的零件叫销头或销子。

牛 郎 织 女[①]

　　古时候有个孩子,爹妈都死了,跟着哥哥嫂子过日子。哥哥嫂子待他很不好。叫他吃剩饭,穿破衣裳,夜里在牛棚里睡,牛棚里没有床铺,他就睡在干草上。他每天放牛,那头牛跟他很亲密,用温和的眼睛看着他,有时候还伸出舌头舔舔他的手,怪有意思的。哥哥嫂子见着他总是待理不理的,仿佛他一在眼前,就满身不舒服。两下一比较,他也乐得跟牛一块儿出去,一块儿睡。

　　他没名字,人家见他放牛,就叫他牛郎。

　　牛郎照看那头牛挺周到。一来是牛跟他亲密;二来呢,他想,牛那么勤勤恳恳地干活,不好好照看它,怎么对得起它呢? 他老是挑很好的草地,让牛吃又肥又嫩的青草,吃干草的时候,筛得一点儿土也没有。牛渴了,他就牵着它到小溪的上游,让它喝干净的水。夏天天气热,就在树林里休息;冬天天气冷,就在山坡上晒太阳。他把牛身上刷得干干净净,不让有一点儿草叶土粒。到夏天,一把蒲扇不离手,把成群乱转的牛虻都赶跑了。牛棚也打扫得干干净净。在干干净净的地方住,牛也舒服,自己也舒服。

　　牛郎随口唱几支小曲儿,没人听他的,可牛晃晃脑袋,闭闭眼,好像听得挺有味儿。牛郎心里想什么,嘴里就说出来,没有人听他的,可是牛咧开嘴,笑嘻嘻的,好像明白他的意思。他常常把看见的听见的事告诉牛,有时候跟它商量一些事。牛好像全了解,虽然没说话,可是眉开眼笑的,他也就满意了。自然,有时候他还觉得美中不足,要是牛能说话,把了解的和想说的都一五一十地说出来那该多好呢。

　　一年一年过去,牛郎渐渐长大了。哥哥嫂子想独占父亲留下的家产,把他看成眼中钉。一天,哥哥把牛郎叫到跟前,装做很亲热的样子说:"你如今长大了,也该成家立业了。老人家留下一点儿家产,咱们分了吧。一头牛,一辆车,都归你;别的归我。"

嫂子在旁边,三分像笑七分像发狠,说:"我们挑顶有用的东西给你,你知道吗?你要知道好歹,赶紧离开这儿。"

牛郎听哥哥嫂子这么说,想了想,说:"好,我这就走!"他想哥哥嫂子既然扔开他像泼出去的水,他又何必恋恋不舍呢?那辆车不稀罕,幸亏那头老牛归了他,亲密的伙伴还在一块儿,离开家不离开家有什么关系?

他就牵着老牛,拉着破车,头也不回,一直往前走,走出村子,走过树林,走到山峰重叠的地方。以后,他白天上山打柴,柴装满一车,就让老牛拉着,到市上去换粮食;夜晚就让老牛在车旁休息,自己睡在车上。过些日子,他在山前边盖一间草房,又在草房旁边开一块地,种些庄稼,就算安了家。一天晚上,他走进草房,忽然听见一声:"牛郎!"自从离开村子,他还没听见过这个声音。是谁叫他呢?回头一看,微弱的星光下边,原来是老牛,嘴一张一合的,正在说话。

老牛真会说话了。

牛郎并不觉得怎么奇怪,像是听惯了他说话似的,就转过身子去听。

老牛说的是下边的话:"明天黄昏时候,你得翻过右边那座山。山那边一片树林,树林前边有一个湖,那时候有些仙女正在湖里洗澡。她们的衣裳放在草地上。你要捡起那件粉红色的纱衣,跑到树林里等着,去跟你要衣裳的那个仙女就是你的妻子。这个好机会你可别错过了。"

"知道了。"牛郎高兴地回答。

第二天黄昏,牛郎翻过右边的那座山,穿过树林,走到湖边。湖面映着晚霞的余光,蓝紫色的波纹晃晃荡荡。他听见有女子的笑声,循着声音看,果然有好些个女子在湖里洗澡。他沿着湖边走,没走几步,就看见草地上放着好些衣裳。花花绿绿的,件件都那么漂亮。里头果然有一件粉红色的纱衣,他就拿起来,转身走进树林。

他静静地听着，一会儿，就听见女子们上岸的声音，听见一个说："不早了，咱们赶紧回去吧！咱们偷偷地到人间来，要是老人家知道了，不知道要怎么罚咱们呢！"过了一会儿，又听见一个说："怎么，你们都走啦？难得来一趟，自由自在地洗个澡，也不多玩一会儿。——哎呀！我的衣裳哪儿去了？谁瞧见我的衣裳啦？"

牛郎听到这儿，从树林里走出来，双手托着纱衣，说："姑娘，别着急，你的衣裳在这儿。"

姑娘穿上衣裳，一边梳她的长长的黑发，一边跟牛郎说话。牛郎把自己的情形都一五一十地说了。姑娘听得出了神，又同情他，又爱惜他，就把自己的情形也告诉了他。

原来姑娘是天上王母娘娘的外孙女，织得一手好彩锦，名字叫织女。天天早晨和傍晚，王母娘娘拿她织的彩锦装饰天空，那就是灿烂的云霞。王母娘娘需要的彩锦多，就叫织女成天成夜地织，一会儿也不许休息。织女身子老在机房里，手老在梭子上，劳累不用说，自由没有了，等于关在监狱里，实在难受。她常常想，人人都说天上好，天上好，天上有什么好呢？没有自由，又看不见什么。她总想离开天上，到人间去，哪怕是一天半天呢，也可以见识见识人间的景物。她把这个想头跟别的仙女说了。别的仙女也都说早有这种想法。那天上午，王母娘娘喝千年酿的葡萄酒，多喝了点儿，靠在宝座上直打瞌睡，看样子不见得马上就醒，仙女们见机会难得，就你拉我我拉你地蹓出来，一齐飞到人间。她们飞到湖边，看见湖水清得可爱，就跳下去洗澡，织女关在机房里太久了，能够在湖水里无拘无束地游泳，心里真痛快，想多玩一会儿，没想到就落在后边。

牛郎听完织女的话，就说："姑娘，既然天上没什么好，你就不用回去了。你能干活，我也能干活，咱们两个结了婚，一块儿在人间过一辈子吧。"

织女想了想，说："你说得很对，咱们结婚，一块儿过日子吧。"

他们俩手拉着手，穿过树林，翻过山头，回到草房。牛郎把老牛指给织女看，说它就是我从小到大相依为命的伴儿。织女拍拍老牛的脖子,用腮帮挨挨它的耳朵,算是跟它行见面礼。老牛眉开眼笑地朝她看,仿佛说:"正是这个新娘子。"

从此,牛郎在地里耕种,织女在家里纺织。有时候,织女也帮助牛郎干些地里的活。两个人你勤我俭,不怕劳累,日子过得挺美满。转眼间两三个年头过去,他们生了一个男孩,一个女孩。到孩子能说话的时候,晚上得空,织女就指着星星,给孩子讲些天上的故事。天上虽然富丽堂皇,可是没有自由,她不喜欢。她喜欢人间的生活,跟丈夫一块儿干活,她喜欢;逗着兄妹俩玩,她喜欢;看门前小溪的水活泼地流过去,她喜欢;听晓风晚风轻轻地吹过树林,她喜欢。两个孩子听她这么说,就偎在她怀里,叫一声妈妈,回过头来又叫一声爸爸。她乐极了,可是有时候也发愁。愁什么呢? 她没告诉牛郎。她是怕外祖母知道她在这儿,会来找她。

一天,牛郎去喂牛,那头衰老的牛又说话了,眼眶里满是眼泪。它说:"我不能帮你们下地干活了! 咱们分手了! 我死了,你把我的皮留着。碰见什么紧急事,你就披上我的皮……"老牛没说完就死了。夫妻两个痛哭了一场,留下老牛的皮,把老牛的尸骨埋在草房后边的山坡上。

再说天上,仙女们遛到人间洗澡的事到底让王母娘娘知道了。王母娘娘罚她们,把她们关在黑屋子里。她尤其恨织女,竟敢留在人间不回来,简直是有意败坏她的门风。她发誓要把织女捉回来,哪怕她藏在泰山底下的石缝里、大海中心的珊瑚礁上,也一定要抓回来,给她顶厉害的惩罚。

王母娘娘派了好些天兵天将到人间察访,察访了好久,才知道织女在牛郎家里,跟牛郎做了夫妻。一天,她亲自到牛郎家里,可巧牛郎在地里干活,她就一把抓住织女往外走。织女的男孩见那老太婆怒气冲冲地拉着妈妈走,就跑来拉住妈妈的衣裳。王母娘娘狠狠地将孩子推倒,就带着织女一齐飞起来。织女心里恨极了,望着两个可爱的儿女,一时说不出话来。只喊了一句"快去找爸爸"。

牛郎跟着男孩赶回家,只见梭子放在织了半截的布匹上,灶上的饭正冒热气，女孩坐在门前哭。他决定上天去追，把织女救回来。可是怎么能上天呢？他忽然想起老牛临死说的话，这不正是紧急事吗？他赶紧披上牛皮，找两个筐，一个筐里放一个孩子，挑起来就往外跑。一出屋门，他就飞起来了，耳朵旁边风呼呼地直响。飞了一会儿，望见妻子和老太婆了，他就喊"我来了"，两个孩子也连声叫妈妈。越飞越近，眼看要赶上了，王母娘娘拔下头上的玉簪儿往背后一划，糟了，牛郎的前边忽然出现一条天河。天河很宽，波浪很大，牛郎飞不过去了。

从此以后，牛郎在天河的这边，织女在天河的那边，只能远远地望着，不能住在一块儿了。他们就成了天河两边的牵牛星和织女星。织女受了很厉害的惩罚，可是不肯死心，一定要跟牛郎一块儿过日子。日久天长，王母娘娘也拗不过她，就允许她每年七月七日跟牛郎会一次面。

每年七月七日，成群的喜鹊在天河上边搭一座桥，让牛郎、织女在桥上会面。就因为这件事，所以人们说，每逢那一天，很少看见喜鹊，它们都往天河那儿搭桥去了。还有人说，那一天夜里，要是在葡萄架下边静静地听着，还可以听见牛郎、织女在桥上亲亲密密地说话呢。

搜集时间：1957 年

注　释

① 本篇为作者整理，原载《中国民间故事选粹》，湖南文艺出版社 1986 年版。

释迦牟尼①

太 子 降 生

释迦牟尼是世界三大宗教之一佛教的创始人,中国民间称为如来佛。

释迦牟尼之时代,约在公元前六世纪中叶,距今二千六百年,相当于中国春秋时代,与孔子同时。

"释迦"是族名,"牟尼"是圣者。当时印度,凡有大智慧者,皆得称为"牟尼"。"释迦牟尼"意为释迦族之圣人。

释迦牟尼成佛之前,姓乔答摩,名悉达多。他是古印度北部迦毗罗卫国国王净饭王长子。母亲是拘利族天臂城主善觉大王胞妹摩耶。

净饭王智深德高,勤政爱民。摩耶夫人端庄美丽,性情贤淑。结婚之后,夫妇感情和美,如同花露石蜜。

一日,净饭王偕夫人摩耶在花园闲步,看见母鹿乳子。小鹿仰头拱乳,母鹿眼色温柔。摩耶夫人顾视良久,忽然流泪。王即惊问:以何缘故,而致悲伤。原来摩耶夫人,美而无子。年近四十,膝下犹虚。看见母鹿乳子,不禁触景生情。

尔时摩耶夫人即劝净饭王多纳嫔妾,俾生子嗣,而继王统。净饭王云:即断子嗣,誓不再娶。

一天夜晚,摩耶夫人在花园中入睡,梦见六牙白象,自天而降。象体俊美,如银如雪。款款而来,入于夫人右胁。摩耶夫人醒来,觉得身心格外舒畅。

夫人对王言及。王召卜者。卜者说,是当生子,福荫天人,贵不可言。

不久,摩耶夫人告诉净饭王,自己身已有孕。王极欢喜,命诸婇女,小心伺候夫人。衣必绮丽柔软,食必甘美洁净。

转眼之间,夫人怀孕,已近足月。按照古代印度风俗,须回娘家生产。夫人起程,往天臂城。净饭王敕其从人,于夫人所经行处,洒扫布置,务要严净。

途经蓝毗尼园,夫人喜其幽静,欲小憩。园中有一大树,名无忧树,华色香鲜,枝叶茂盛。摩耶夫人举起右手,想摘一枝。尔时太子即渐渐从夫人右胁生出。摩耶夫人不觉得有何痛苦。

于时树下生出七茎莲花,大如车轮。出世的太子落于莲花上。无人扶持,自行七步,举起右手(一说一手指天,一手指地)而作狮子吼[2]:

> 我于一切天人之中,最尊最胜,无量生死,于今尽矣[3]。此生利益一切天人[4]

言毕,有净水两条,从天空泻下,一水温暖,一水清凉,供太子沐浴。浴后拭身,有天衣一袭,从空飘落,覆盖太子。

太子降生。有种种瑞象。已经燃尽的柴薪复又炽盛;混浊的流水变得清净透明;枯树重新发芽;已经过了季节的花再次开放;平时乱叫不停的禽兽显得格外安静;有病者自然痊愈;凶恶的人一时也生出慈悲心;虐民的暴君也变得贤明了。即使深居僻野的村民,也都见到这些稀有瑞象。无不欢喜赞叹。

悉达多太子生后七天,母亲摩耶夫人就死了。他是由摩耶夫人的妹妹,他的姨母摩诃波阇波提抚育长大的。

太子从七岁时起,净饭王即为他延聘名师课读。当时印度的最高学业是五明和四吠陀。

五明是:

声明(语文学)

工巧明(工艺学)

医方明(医药学)

因明(论理学)

内明(宗教学)

四吠陀是:

梨俱吠陀（养生之法）

傞马吠陀（祭祀祝词）

夜柔吠陀（兵法）

阿闼吠陀（咒术）

十二岁起，太子开始习武。兵戎法式，各种武器，都渐渐娴熟精通。

净饭王欲试国中少年筋力，乃令诸释种中五百童子较量射箭，令射铁鼓⑤。太子悉达多、太子亲弟难陀、堂弟提婆达多也同时参加。难陀、提婆达多皆射穿三鼓。比及太子，射师便授与一弓，太子含笑而问之："以此与我，欲作何事？"射师言："欲令太子射此铁鼓。"太子言："此弓力弱，更觅强者。"诸臣答言："太子祖王有一良弓，今在王库。"太子言："即可将来。"太子满引宝弓，一箭射穿七鼓。于时五百童子，齐声欢呼，山鸣谷应。

净饭王闻知太子既精术算，又娴武艺，传国有人，深为欣幸。

悉达多是印度的美男子。他有三十二"相"，七十种"好"⑥，威仪俱足，慈祥安静，使人见而生敬，如沐春风。他的皮肤是深色的，据诸佛经，或云"金色相，其色微妙胜阎净檀金"，或云"身作紫金色"。据此可以断定，释迦牟尼不属于白色的雅利安人种。

出　家

出家并非自释迦牟尼开始。

当时印度，实行家长制度。凡为家长，有"四住期"，即学生期、住家期、林栖期、游行期。学生期拜师学习。住家期结婚，教育子女，履行家庭及社会责任。等到子女成人，本人亦垂垂渐老，即摒弃世俗生活，到山林间静修，是为林栖期，即通常所说"出家"。林栖期中，如感到大限将至，即动身旅游各地，以终天年，为游行期。亦有未至林栖期，为了穷究人生宇宙哲理而出家者，被称为"修拉摩拿"，俗称"仙人"。凡佛经中所谓"仙人"，都是潜修有悟的智者，与中国的概念不同。

先是，太子初生时，有阿私陀仙人曾为太子看相，预言："有如此相好之身,若在家者,年一十九,为转轮圣王;若出家者,成一切种智,广济天人。然王太子必当学道……"(《释迦谱》)净饭王极为担心,深恐太子早岁出家,为"修拉摩拿"。

净饭王欲以俗世五欲牵系太子,为之建造"三时殿",温凉寒暑,各有异处。其殿皆以七宝庄严。又选择五百妓女,形容端正,不肥不瘦,不长不短,不白不黑,才能巧妙,各兼数技,皆以名宝璎珞其身,轮番宿卫,侍候太子。净饭王为防太子弃家学道,令巧匠设法,使其城门开闭之声闻四十里(出《因果经》)。太子身在宫中,郁郁不乐。

太子十七岁(一说十九岁),净饭王集诸臣共议,太子已经长大,宜为婚娶。太子乃纳天臂城主之女耶输陀罗为妃。

据《十二游行经》说,太子有三夫人。

耶输陀罗生一子,名罗睺罗。

关于太子生子,诸说不同。一般传说,太子以左手指耶输陀罗之腹,耶输陀罗便即受胎。《本说一切有部律破僧事》则云:

> 尔时菩萨在于宫中嬉戏之处,私自念言:我今有三夫人及六万媒女,若不与其为俗乐者,恐诸外人云我不是丈夫,我今当与耶输陀罗共为娱乐。其耶输陀罗因即有娠。

诸说相较,以此较为合理。

太子娶妻生子,依然郁郁不乐。

当时印度社会,分为四个阶级(四种姓):

一、婆罗门　是古印度祭司后裔,具有无上权威,凭藉一部《摩奴法典》,强制其他阶级,必须绝对服从。

二、刹帝利　与婆罗门同为受尊敬王族,其领地内一切财富、土地、人民皆为所有。

三、吠舍　即农工商阶级,终年劳动,无受教育机会,每每忍受婆罗门及刹帝利欺凌压迫。

四、首陀罗　最为低下,婆罗门认为他们生来卑财。《摩奴法典》有如下记载:"初生的人[⑦]就是首陀罗。若他们以骂詈的言语侮辱再生的人,就要断他们的舌头;若他们举出再生人的名或姓来侮辱,就要用烧红的铁针插进他们的口中;若他们不接受婆罗门的指示,则王者可命令用热油灌入他们的耳里或口中。"首陀罗是贱民,凡婆罗门、刹帝利、吠舍都不能与之接触。谓之"不可触者"。

悉达多虽属于刹帝利王族,但对阶级之间的差异如此悬殊,深为不满。其后佛陀倡言"四姓平等",此种思想盖于年轻时已经形成。

太子至王田所,见农夫耕地,翻出昆虫,即有群鸟前来啄食。太子念弱肉强食,彼此残害,无有已时,感叹唏嘘,心生悲悯。

太子愁思郁结,乃启净饭王,欲往城外园林散闷。净饭王即命驭者车匿谨慎驾车,令都城街道皆以香花宝幔装饰,并嘱随行大臣观察太子颜色,一喜一悲,回来都要报告。

太子始出东门,远远看见一人,头白如雪,皮松肌皱,弯腰驼背,拄杖而行,颤颤巍巍,衰弱疲惫,便问车匿:"这人是怎么回事?他是生来如此,还是后来变成这样呢?"

车匿嗫嚅片时,只有照实回答:

"这是一位老人。当他初生时,只是吸饮母乳的婴儿。稍稍长大,渐能食谷,渐能学语,能直立,能行走。比及壮年,为欲望所役,精力逐渐衰竭,如砂渗水;耳失其聪,眼失其明,如同野火,延烧大泽,是名为老。"

太子问:"是他一人会老,还是所有的人都会老呢?"

车匿回答:

"人生在世,概不能免。贫富贵贱,终须老去。我们此刻,也正在一步一步,走向衰老。"

太子听言,如闻雷震,浑身战栗。念一切众生,体魄健壮,力量充盈,只是瞬间梦境。人皆如此,我也必当如此。发声长叹,即命车匿驾车回城。

太子回宫,转更忧愁。后数日,复启净饭王,愿出城游赏。净饭王已知太子前出东门,遇见老者,即嘱改道从南门出。

太子于南门外,见一垂危病人,卧于道侧,骨瘦如柴,腹胀如鼓,肤色萎黄,喘息呻吟,浑身战抖,眼流泪水,便问车匿:"这人为何变成这样?"

车匿答言:"此是病人。"

太子又问:"什么叫病?"

车匿答言:"凡人有病,皆由嗜欲,体内失调,转变成病。"

太子复问:"是他一个人会生病,还是所有的人都会生病呢?"

车匿答言:"人吃五谷,都会生病。"

太子蹙然不乐,无心再往园林,即命回车,还入王宫。独坐冥思,不言不语。

净饭王复劝太子出城散心。太子遂出西门。

太子见一行人众,前有四人,举一床架,上卧一人,面色如蜡,身体僵直,寂然不动,身上覆盖香花。后随男男女女,皆悲啼恸哭。太子问车匿:"此是何人?"

车匿答言:"这是死人。"

"何者为死?"

"此人已无气息,亦无知觉,四肢百节,不能屈曲。此人在世,唯知爱惜钱财,辛苦经营,亦为父母亲戚之所爱念。命终之后,犹如草木,恩情好恶,不复相关,亲友随送,将与永诀。"

"只是此人会死,抑或人皆有死?"

"生是开始,死是结局。为人在世,都不能免。"

太子闻言,心中惨恻,行复自念,亦有一死。怅然有怀,便命回车。

车匿因为太子前出东门南门,都未至园林,即返王宫,为净饭王所责,坚请太子至园林憩息。

太子憩坐林中,见一修行者,著深色衣,手扶锡杖,视地而行,即便起身迎问:

"请问你是什么人?为何衣著与人不同?"

此人答言:

> 我名为沙门,欲求解脱故。
> 爱憎意俱除,诸情调心定。

无著舍吾我,众事一切弃。

乘自守车舆,手执智慧弓。

广设诸方便,欲坏灭魔兵。

愿无火无地,无水无风云。

无日月星辰,无云空疾患。

无老死忧苦,亦无别离恼。

(《佛本行经》卷二)

太子回宫,恳求父王,准其出家。

净饭王言:"即欲出家,亦须到我这样年龄。你今正在年轻,理应继承王位,治理国家,岂可便说出家?"

太子便言:"如能满足四种心愿,则可暂不考虑出家。"

净饭王问:"四愿为何?"

"一愿不病,二愿不老,三愿不死,四愿万物不损不灭。"

净饭王想:如此四愿,何可满足,计唯有煽其色欲,使之沉溺,庶可使其出家之心渐淡,世俗爱恋弥增。乃更增选妓女,涂香膏,施粉黛,著轻縠薄纱,隐露肌肤,妖冶放荡,巧笑伴羞,轻歌曼舞,终日不歇。

悉达多太子不好声色,于王宫中,另辟静室,终日默坐。

斗横参斜,夜已半矣。脚铃手鼓,都已无声息。太子度此时歌舞已歇,出户至园,欲玩月色。时诸舞女,都已熟睡,于月光中,狼藉纵横。脂残粉褪,云鬟散乱。舞衣揉皱,璎珞歪斜。或流涎水,或说梦话。或发鼾声,如胖男子。错齿咬牙,其声龁龁。太子因念,美女如花,只是假象。今此睡态,不堪入目。世间五欲,有何可恋?乃轻唤车匿,嘱其备马,意欲出城。车匿云:"今已半夜,非出城闲游之时,又王宫有卫士,何得出宫?王令城门开闭,声闻四十里,何得出城?"太子不答,只是挥手,令速将宝马犍陟牵来。太子回至寝室,看了耶输陀罗和罗睺罗一眼,即便扳鞍上马。时诸卫士,皆已睡熟,无人知觉。太子至北门,城门自然而开,并无声音。太子纵马奔驰,至于苦行林外。

太子脱其明珠宝冠,交与车匿,令奉父王,又除下璎珞,令奉姨母摩诃波阇波提。又尽去其余庄严饰物,令奉耶输陀罗。即从车匿身上,抽出宝剑,剃净须发。

太子著深色衣,欲入苦行林。车匿以头面著地,敬送太子。太子渐渐进入林中。

车匿号啕,犍陟悲鸣,太子远矣。

不成正觉,不离此座

苦行林中,有跋迦仙人,率领徒众,正在修行。见太子相好殊胜,气宇庄严,暂停苦修,前来问讯。太子一一答礼。跋迦仙人乃问:"少年丰泽光华,入此林中,端为何事?"悉达多答言:"我为寻求真实觉道而来,请问如何方能得到真实觉悟解脱?"

跋迦仙人云:"觉悟解脱,我们从未想过。我们所希望者,唯在能升天界。欲入天界,须积苦行。种种苦行,皆是人间所难想象。今为少年,陈其大略:

'凡修习苦行者,必须远离人烟。所吃食物,极为简易,只取嫩草、树叶、野果充饥。凡用木或石舂过之食物,不得食用。进食之时,不用手抓,或以两足夹之入口,或如蟒蛇伸颈就食。或终日躺在火堆旁边,令身烤得通红。或二六时中,捧冰而立。或浸泡在水中。或倒挂在树上。或跷其一足,以一足着地而立。我们深信,唯有经过种种苦行,方能得到未来安乐。'"

太子思维,诸人苦修,违反自然,实无道理,乃为掬诚开导:

"长者苦修,所希望者,得升天界。即入天界,仍有生死轮回。返至人间,仍入苦海。远离此世间之欢娱,寄望在天界后之快乐,是为'执著'。不将'苦'、'乐'之念彻底抛弃,难达真理世界。如以为用野果树叶充饥,可得福乐,则鸟兽皆已得无上福乐;如以为浸泡水中是正确修行,则鱼虾蟹鳖,可谓第一修行者。人之行为,莫不以心为主宰。修习苦行,徒致烦恼。祈求快乐,心为情缚。不得智慧,只入歧途。道不相同,请与长老别。"太子遂离苦行林,欲往频陀山,寻访阿罗蓝仙人。

跋迦仙人,深深叹息。

却说车匿,回至王宫,将太子璎珞、宝珠、衣服、头发呈交于净饭王之前。净饭王知太子已经出家,当即昏厥。经医生救护,方才苏醒。摩诃波阇波提王后及耶输陀罗王妃,闻讯赶来,仓皇失措,悲恸欲绝。时有二大臣,皆善言辩,愿率王师,追赶太子,劝说太子回心转意。净饭王许以重赏,即令出发。

二大臣率领王师,至苦行林,问之跋迦仙人,知太子已往频陀山,往寻阿罗蓝仙人。大臣即指挥王师,速往阿罗蓝仙人道场。

王师马快,不须多时,赶上太子。二位大臣,下马行礼,恭宣王命:

"悉达多!你求道心愿,我全了解。你想解脱生死苦痛,出于真心。你心仁慈良善,我很嘉许。只是修行求道,何必隐居深山。在家孝顺父母,何尝不是修心。你想救度世人,今有数人,亟须救度,即是你的父亲、你的母后、王妃耶输陀罗和你的爱子罗睺罗,你何独对此亲人不稍稍慈悲眷顾?

"悉达多!你住在深山莽林之中,与毒蛇猛兽为伍,身受风雨雷电冰霜侵袭而无遮蔽,我心如刀割。

"悉达多!真觉大法,是处皆可得到。我已于王宫之中为你安排幽静修行之处。待你回国执政,只十数年,候罗睺罗成人,继承王统,任你出家,岂不稳便?

"悉达多!夕阳余光,能有几时?父亲已经垂老,不能再经悲伤。我翘首企足而待,悉达多,快回来吧!"

二位大臣,既宣王命,恻切陈词:

"至亲者父子,至爱者骨肉。自从太子出走,国中笼罩愁云。大王不思饮食,母后憔悴瘦损,王妃以泪洗面,罗睺罗终日啼哭。为人子、为人夫、为人父者,岂能无动于衷?倘太子回心转意,由臣等扈从回宫,则是国家之幸事,万民之福音。唯太子深思。"

太子端坐,神色安和,说其信念:

"割断恩爱,诚然痛苦。生老病死,更可畏怖。早求解脱,刻不容缓。职是之故,我才出家。"

"生是喜,灭是悲,聚是乐,离是苦。须知'生'乃苦之本源。'生'由痴愚迷惑而来。譬如甲乙二人,各从两地走来,中途暂时相会,不久各奔东西。亲人眷属之离聚,亦犹此耳。何不随缘,任其去留?解得虚假和合之理,则世间更无可悲之事。

"生生死死,死死生生,分分段段,来来去去,非仅人类如此,山川草木,皆是无常之相。

"吐出来的东西,还能再吃下去么?

"从一所着火的房屋中逃出来,还会再投进去么?

"三界如火宅,我已厌弃王宫。因为宫中正有五欲之火炽盛燃烧,我想企求解脱妙境,不能再投火宅。"

太子之言,大臣心折,但以王命在身,仍复再申前意:

"闻太子之言,只是否定'现在',未曾说到'未来'。只见到'因',未见到'果'。对于未来,昔诸先圣,或言其有,或言其无。未来既不可知,何不及时行乐?

"大地的性是坚的,火是热的,水是湿的,风是飘动的。物性自然,过去未来,都不会变动。

"水能灭火,火能把水煮干。一存一亡,互相增减,皆其自性。

"胎儿在母腹中,先有手足,后有身体机构,后有精神知觉,亦皆天成,非由人力。人的力量,实在极其有限。

"凡人做到一不违先祖之教,二要学习摩奴法典,三要奉祀天神,就可名为解脱。舍此之外,更无解脱之道。"

悉达多言:"昔诸先圣,说未来果,一者言有,一者言无,徒增疑惑。先圣所言,迂曲玄远。譬如盲人问道,问于盲人。我唯以自己的清净智慧修行,必能悟出真理。

"日月可堕在地上,雪山可没入大海,我之金刚信念,永劫不变。"

二位大臣见太子坚决,词理俱穷,只得顶礼而退。经过磋商,于王师中选出五人:憍陈如、阿舍婆誓、摩诃跋提、十力迦叶、摩男俱利,留在山林,伴随太子学道。

太子与二大臣分手后,即渡过恒河,经灵鹫山,至于摩揭陀国首都王舍城。

太子相好殊严，风度洒然。一城之人，都驻足而观。

> 人民皆愕然，扰动怀欢喜。
> 熟观菩萨⑧形，眼睛如系著。
> 聚观是菩萨，其心无厌极。
> 宿世功德备，众相悉俱足。
> 犹如妙芙蓉，杂色千种藕。
> 众人往自观，如蜂集莲华，
> ……
> 诸贵姓女人，各驰出其舍。
> 犹如盛云中，晃晃出电光。
> ……
> 抱上婴孩儿，口皆放母乳。
> 熟视观菩萨，忘不还求乳。

（《佛本行经》卷二）

时摩揭陀国国君频婆娑罗王正在宫殿高处俯览城中景色，见市民纷纷聚集，向一沙门围观顶礼，极为诧异，即派侍臣，往探究竟。有顷，侍臣回禀："此沙门是释种后裔，本是迦毗罗卫国净饭王太子，名悉达多。他一心求道，身着敝旧袈裟，沿途步行乞食，然后走向郊外林间，以溪间清水漱口，闭目端坐，以修禅定。"

频婆娑罗王听后，心生敬仰，也很好奇，即命车驾，去往森林。见太子相貌，湛如潭水，乃悄悄走近，低头参拜。太子觉有人来，睁眼微笑答礼。

频婆娑罗王，身坐青石，便与太子诚意攀谈："你是高贵释种后裔，即将继承王位，为何年纪轻轻，即生出家之念？你的广肩长臂，应以七宝装饰。奈何伸手向人，以求一饭之施？我百思不解，望太子明告。

"你是因为父王不肯传国，不能即时继承王位，心生怨怼，一气之下，离家出走的么？果是如此，我愿将我国土，划出一半，由你治理。如果仍不满足,我愿将摩揭陀国全国奉让。也许你不愿平白受人恩惠,则我可拨军队一支,莫不骁勇善战,你可去征服另一国家,即在彼国为王。太子其有意乎?

"人唯兼具法、威、五欲三宝,方有意义。有法无威,人不尊敬。有威无法,易招怨恨。有威有法,而无五欲,空过一生,有何情趣?我见你出家相好,心生恭敬。必欲修行,我愿以国土供养。区区此意,出于至诚,深望太子嘉纳。"

悉达多太子感王诚意,深施一礼,庄严回答:

"不顾自身,救助别人,此即是'善知识',为世罕有。王之心意,我很感激。只是我之志趣,王不能解,请为申说。

"国,宝也。然而王位财宝不过是借来之物,本非己有。人之所需,本极有限。

> "假令王者,领无数城。其身所处,限居其一。寝一宫室,坐御一座……衣盖一形,食充一躯。出行游观,限驾一车。王所饮食,盖少少耳。其余荣动,以恣骄奢。(《佛本行经》卷三)

"取食为了充饥。喝水为了免渴。穿衣为了防寒。乘象或马,为了免除行走疲劳。坐于凳上,为了免去站立的辛苦。凡此种种,本为息苦。贪求执著,反至身心不安。

"人之贪欲,犹如风中烈火,投入薪柴愈多,愈加不能满足。人有五欲。譬如手中执火,火炬已经烧及手掌,为何不将火炬丢掉?

"世间苦乐,本无一定。衣服可以御寒,到了夏天反觉累赘。夏夜乘凉,清风明月;比及严冬,寒冷难耐。由此可见,世间八'法',地、水、火、风、色、香、味、触,都非常住不变之相。

"三界有为果报,决非我之所愿。一切诸趣流动之法,好比风吹浮萍,不可依赖。我之所以远道而来,为求真实解脱之道。我将继续远行,请从此别。王之厚爱,我甚铭感。希望你善护百姓,布正法于大众,祝贵国风调雨顺,国祚绵长。"

太子言讫,频婆娑罗王欢喜赞叹,合十拜谢:"如得正法,可否先来度我？"

太子恭敬回答："苟得正法，不负所嘱。"

太子离摩揭陀国王舍城，拜访阿罗蓝仙人。阿罗蓝仙人与太子接谈，云欲求解脱，须修习禅定，经过第一、第二、第三、第四禅天，进入"非想非非想"处。太子觉其言辞高妙，但未尽圆融通达，乃辞别离去。

太子又去拜访郁陀仙人。郁陀仙人较之阿罗蓝仙人，相去亦犹五十步与一百步耳。

太子遂入尼连禅河东岸，登钵罗芨菩提山，于优留毗罗那尼村苦行林中趺坐修行。

当太子到处跋涉时，憍陈如等随侍五人早已失散，及闻太子在尼连禅河畔森林中修行，即从各地赶来，跟随太子一同修习。

太子修行，不再乞食，只吃大象猿猴所献野果鲜豆。渐后连野果鲜豆亦不进口，每天只吃一麻一麦⑨，专心持修，忍人所不能忍，以致目陷鼻高，颧骨显露，身形消瘦，体中肋骨一一可数。

悉达多苦行六年，效果不大。烦恼妄想，不能断灭；情欲生死，不能解脱。乃自思维，我昔曾劝跋伽仙人等苦行无益，我今修习，与跋伽仙人等有何殊异？我当受食，然后成道。作是念已，即从座起。至尼连禅河，入水洗浴。洗浴既毕，身体羸瘦，欲起不能。幸有树枝，垂于水面，以手攀引，方得出水。甫能上岸，即时昏倒。

尔时有一牧女，名难陀波罗，正在草原放牧，见一年轻沙门，横卧沙滩，知他体力衰弱，心生怜惜，乃捧牛奶一杯。双手递上，供养沙门。

太子接过牛奶，一饮而尽。立时觉得五体通畅，体力恢复。

时憍陈如等五人，大为惊奇：太子勇猛精进，一心学道，为何见一牧女，便失道心？以为太子毕竟自幼娇生惯养，经不起考验，于是拔步奔逃，远离太子。

悉达多独自一人，渡过尼连禅河，走到伽耶山麓，见一毕钵罗树，枝叶繁茂，树下有金刚座，即于路边，拾取柔软树叶，铺于座上，一心正念，结跏端坐，发大誓愿：

"我今如不证到无上大觉，宁可此身粉碎，终不起此座。"

释迦牟尼成佛处古称"菩提场"或"菩提伽耶"。释迦牟尼于毕钵罗树下成道,毕钵罗树由此即名菩提树。

降　魔

太子于菩提树下金刚座上发大誓愿,上天诸神,皆极欢喜,祈愿太子,早启正觉大门。

时有魔王,名曰波旬,憎恶正法,心生恐怖。缘太子如证觉道,世人景从,魔王势力,将失其半。魔王乃将三个女儿,唤至跟前。魔王女儿,名欲染、能悦、可爱乐⑩,皆极美艳。魔王曰:

"释迦族净饭王王子悉达多为救度众生,出家学道。他有开启生死大愿之钟,执无我之弓,持金刚大智慧之剑,企图降服此生灭世界。他如降服此世界,即如破坏我之世界。魔道不两立,必须在他尚未达到正觉之前,毁坏其坚固志愿,折断其悟道桥梁!"

魔王即率领三个女儿及众多魔将魔兵,手执武器走向菩提树。

魔王于距菩提树一箭之遥处,扬声喊叫:

"悉达多太子,请你速离此树,舍弃解脱之法,回到王宫,继承王位,享受五欲,君临天下。自古圣王,莫不如此,你何独能例外?如不听从,我即开弓放箭。我弓力极强,箭镞涂蘸剧毒。凡中箭者,无不发狂昏乱,顷刻死亡。如不相信,即请一试,比时你的宝贵生命,将如水泡消灭。"

魔王百般恐吓,太子不为所动,心中寂静,如同秋水。

魔王即引弓发箭,太子安坐如初,眼不视箭。箭至菩提树前,停在空中,自然坠落,其镞下向,变成莲花。

魔王乃令其女儿,诱惑太子。三魔女皆被罗縠之衣,薰名香,涂膏泽,极为妖冶,走近太子,唇口翕合,细目流盼,现其腿脚,露其手臂,作出种种姿态(或云三十有二姿),发出凫雁鸳鸯哀鸾之声(出《受胎经》)。至太子前,深深敬礼,旋绕七匝,而发娇声:"太子仁德至重,为诸天所敬,应有供养。我等是诸天所献。在天上时,端正天女,莫有超出我等者。愿得晨起夜寐,供侍左右。我等善能按摩,愿为太子调理身体。太子久坐树下,一定疲倦,宜偃卧休息,饮服甘露。"即以宝器,献上甘露。太子心净,如琉璃珠,不受污染。

魔王计不得逞,乃麾动魔军,围攻太子。诸魔众互相摧切,各尽威力,欲摧破菩萨,或角目切齿,或横飞乱掷。菩萨观之,如童子戏。魔益忿怒,更增战力。菩萨以慈悲力故,令抱石者不能胜举,其胜举者不能得下。飞刀舞剑,停于空中。电雷雨火,成五色华。恶龙吐毒,变成香风。诸恶类形欲毁菩萨,不能得动。(见《杂宝藏经》)

尔时,天空发出巨响,护法天大将军叱责群魔:

"愚痴恶魔,云何欲害大修道者?如此恶行,譬如使千万人欲撼摇须弥山,徒劳无功。你应赶快舍去嗔恚怨毒之心,于大修道者座前忏悔。你们可使大地变成汪洋,使恒河之沙燃烧,要想动摇大修道者之金刚信念,亦无可能。众生堕大黑暗之中,茫然不知往处,菩萨为点燃大智慧灯,你云何欲吹之令灭?众生漂浮生死苦海,菩萨为修智慧宝船,你云何欲使之沉没?此大修道者,不久将达到真实解脱,你们应远离骄慢,生惭愧心,归顺于此大修道者之前。"

魔王闻天大将军训叱,即向悉达多太子顶礼而退。

太子之心,如无风湖水,更加澄澈;如日丽中天,更为光明。时天雨妙花,纷纷飘落;伎乐之声,缥缈云际。

成　　佛

悉达多太子战胜魔王之后,心中更加平静。已达到无念无想境地。光天化日觉悟世界,即在眼前。

一日,黎明之前,太子仰看天上明星,顿然大彻大悟,成就无上正觉。已知久远以来,自己曾生于何处,叫何名字,作过一些什么事情。百十万年,生死往来,清楚了然。他觉悟到自己以及一切众生,从无量劫以来,轮转在生死界中,有时作人父母,有时作人儿女,有时作人师长,有时为人弟子,彼此都是因缘。世人为现实所迷,不知相逢陌路,都曾是眷属,各为名利所累,于他人略不顾念。太子思维,冤亲平等,乃是真理,心生大悲,不觉泪下。太子又思:生死不二,何须执著? 此时太子心地广大,已与宇宙同参。

他此时觉得,烦恼之为物,实不可思议。何为而生烦恼? 烦恼原因,太子心中,俱已了然,不禁雀跃欢喜。太子反复吟味,知道自己已证得正觉。他忘记时间,忘记地点,忘记一切,一切无复分别。此即正觉,此即解脱。

于是他不再是太子,而是佛陀矣。

佛陀已经开悟,证得五眼、六通。五眼者:肉眼、天眼、慧眼、法眼、佛眼。六通者:天眼通、天耳通、神足通、他心通、宿命通、漏尽通。

佛陀所觉悟者,是缘起正法。仔细观察世界,流传经过是十二因缘(无明、行、识、名色、六入、触、受、爱、取、有、生、老死),流转主体是苦。由此主体展开,故有生老病死。

人何以会有老死? 因为有"生"。

生之原因,是行为的"有"业。

由"有"业,就生出"取"。

取从何来?

取生于"爱"。

爱从何来?

爱生于"受"。

受从何来?

受生于"触"。

触从何来?

触生于"六入"(耳、眼、鼻、舌、身、意)。

六入从何而来?

六入生于"名色"。

名色根源为何?

名色根源是"识"。

名色生于识,其间有一作用,为"行"。

行的根结何在？

在"无明"，即生死之根本。

佛陀证得宇宙人生真理后，复在菩提树下静思二十一日，发出正觉宣言："如想不死，唯有不生，唯断无明。无明灭则行灭，行灭则识灭，识灭则名色灭，名色灭则六入灭，六入灭则触灭，触灭则受灭，受灭则爱灭，爱灭则取灭，取灭则有灭，有灭则生灭，生灭则老、死、忧悲苦恼皆灭。诸垢既净，自心清净，则无碍光明普照，进入真实悟界，得不生不死解脱自在。"

佛陀既证十二因缘，智慧通达，无所罣碍。

> "于时大地十八相动。游霞飞尘，皆悉澄净。天鼓自然而发妙声。香风徐起，柔软清凉。杂色瑞云，降甘露雨。园林花果，荣不待时。又雨曼陀罗花、摩诃曼陀罗花、曼殊沙花、摩诃曼殊沙花、金花银花琉璃等花。七宝莲花，绕菩提树，满三十六逾阇那。执天宝盖，及心幢幡，充塞虚空，供养如来。龙神八部所设供养，亦复如是。"（《因果经》）

初 转 法 轮[①]

佛陀既成正觉，即离伽耶山菩提树下金刚座，怀大慈悲心，欲往救度众生。其首至处，为鹿野苑。

鹿野苑位于恒河与波罗奈河之间，有繁茂树林，鸟兽温驯，无喧闹声，寂静幽雅。佛陀旧日侍者憍陈如等五人，即在彼修习苦行。

佛陀近鹿野苑时，憍陈如等已经远远望见，相互议论：

"试觑来者，乃悉达多。"

"他已中途堕落，复何脸面，来至于此？"

"他或知悔，亦未可知。"

"他大概难耐寂寞，来寻我们作伴。不必招呼，不必起座慰问其长途劳顿。其各虔修，勿予理睬！"

于是五人皆紧闭双目，坚坐不动。

及佛陀走近时,五人又不禁微微睁眼偷看。一看之后,大为惊疑:分别不久,太子容貌何以变得如此威严圆满?五人不觉各从座起,礼拜奉迎,互为执事,或为持衣钵,或为取水供盥漱,或为洗脚,全都违背本来誓言。佛陀谓憍陈如:

"当我来时,你们曾相约不理睬我,有是乎?何以现在又恭敬若此?"

憍陈如惶恐谢罪,说:

"悉达多太子,此是我们罪过。"

"悉达多是我俗名,今后不要这样称呼。我已证得正觉,成为佛陀。"

"你修习苦行,未成正觉,何以舍弃苦行,竟成佛陀?即请开示,启发愚蒙。"

佛陀乃曰:

"憍陈如!凡是修行,不可偏执。偏于受苦,使心恼乱;偏于享乐,耽于爱著。舍弃苦乐,方是'中道'。

"要进正觉之门,须以正道修行,即正见、正思维、正语、正业、正命、正精进、正念、正定⑫,似此方能解脱无明集聚诸般烦恼,入清净寂灭境界。

"憍陈如!何以要修正道,正为离苦。水、火、风、震是苦。人情不平,事不如意,又使人身心不安。生此世间,随处皆苦。

"凡苦,皆以'我'为本。众生执著有我,由我而生贪、嗔、痴,此即是'集'。要解除苦,必须修'道',修道则入'灭'。今我为说苦、集、灭、道四圣谛⑬,你们应当谨记。

"此是苦,应当知;此是集,应当断;此是灭,应当证;此是道,应当修。

"此是苦,我已知,不复更知;此是集,我已断,不复更断;此是灭,我已证,不复更证;此是道,我已修,不复更修。

"若不解四圣谛,终不得解脱。"

尔时憍陈如等五人,合掌顶礼,而曰:"我们已经知道你是成就三觉圆满,万德俱备之佛陀矣,我们愿永远跟随,请收我们为弟子。"

佛陀曰:"善哉! 我收你们为弟子,作比丘僧。我和你们,将是世间第一福田。今也,佛(释尊)、法(四圣谛)、僧(五比丘)都已具备,是名三宝(佛宝、法宝、僧宝)。如是,则佛陀之教化可以广被天下,接引一切众生,都进光明大道,获得究竟圆满解脱。"

从此,憍陈如、阿舍婆誓、摩诃跋提、十力迦叶、摩男俱利,随侍佛陀,行化在罗迦河沿岸,暂住于此。

一天清晨,佛陀正在河边盥洗,忽见对岸一年轻人。狂奔涉水,口中高呼:"我苦! 我苦!"佛陀不觉注视,生慈悯心。此年轻人亦注视佛陀良久,然后匍伏在地,恭敬为礼,曰:"我曾闻听,此间住着大澈大悟佛陀,今见尔宝相庄严,想必即是,请发慈悲救我。我名耶舍,住迦尸城。白天追逐货利,夜晚欢宴歌舞,又多饮酒,疲惫不堪。昨夜辗转床席,不能入梦,欲往庭中散步,悄悄走入花园,乃见我所私爱之舞姬正与一男子于花丛中幽会,我极嫉恨,乃怒掴之,随即竟夜狂奔,不知所已,务望佛陀救我。"

佛陀见彼男子哀切凄苦,乃手抚其头,曰:"我即佛陀。你到我这里,自会安稳自在。试听我说:世间岂有不散筵席? 亲朋眷属岂能永远厮守? 人世本为虚伪,一切都是无常。自身尚不可赖,何能使一切皆属自己? 放下一切,自会心静。"

耶舍嗔恚怒火顿时为佛陀法旨甘露浇灭,全身舒畅,即请佛陀收为弟子。佛陀乃劝其先回家去,谓其双亲,正在焦急,到处寻找,何得使老人操心? 耶舍见佛陀身着袈裟,自己却是满身华宝,极感惭愧。佛陀即为说偈言:

　　虽复处居家,服宝严身具,
　　善摄诸情根,厌离于五欲,
　　若能如此者,是为真出家。
　　身虽在旷野,服食于粗涩,
　　意犹贪五欲,是为非出家。
　　一切造善恶,皆从心想生。

是故真出家，皆以心为本。

（《因果经》）

耶舍解悟，即请为弟子，皈依佛陀。

耶舍父亲俱梨迦长者，闻其爱子午夜狂奔出走，不知去向，焦急如焚。有一家人报告，有人曾见耶舍奔向罗迦河，俱梨迦即率诸仆人，渡河探听。

佛陀见一行人匆匆走来，知是为寻耶舍，乃令耶舍暂避，自往会见长者。

俱梨迦长者见到佛陀，当即恭敬为礼，问曾见一发狂奔走青年否。佛陀答云："令子平安，请毋焦虑。"随即为解释众苦，布施功德，持戒好处。俱梨迦长者闻此开示，如梦初醒，佛陀即唤耶舍，拜见父亲。俱梨迦长者见爱子无恙，神色平静，知已皈依佛法，当即请求佛陀允其作为在家弟子。是为皈依佛陀之第一优婆塞⑭。

俱梨迦又恳求佛陀，至于其家，接受供养。佛陀为其诚意所动，即于次日，率其弟子六人，如约前往。

耶舍之母，亦请皈依。是为第一优婆夷⑮。

佛陀所播菩提种子，渐次出土萌芽。耶舍之友，约五十人，受佛陀慈悲智慧感召，也都皈依座下，并遵照佛陀吩咐，分赴各地布教。

佛陀独自往伽耶山走去，于一苦行林中树下小憩。

见一妇人，提一大包袱，于佛陀身旁疾走而过。有顷，有大汉一群，匆匆赶来，问佛陀："曾见妇人，提大包袱，于此经过否？"佛陀乃问："你们寻此妇人，端为何事？"一汉答云："我们共三十人，结为伙伴，住在距此不远森林之中，互相帮助。我们之中，唯有一人，迄是独身。我们对他同情，设法为他觅得一个女人。初时亦颇安分。孰料此女人实为卖淫妓女，她以甜言蜜语，对我们挑逗，我们全被迷惑。今日晨起，发现我们所有重要财物，全都被她拐走。为此，我们合力追赶。"

佛陀默然半晌，遍视诸人，徐徐问道：

"试问君等，财物重要，抑是自己身体重要？"

咸曰："自是身体重要！"

佛陀乃曰:"君等应寻找者,非身外财物,乃自己的心。"于是为之讲述苦、集、灭、道四圣谛。此三十人,悉皆领悟,愿皈依佛陀为弟子。

佛陀告别诸比丘,即便思维:我今应度何等众生,而能广利一切天人?唯有优楼频罗迦叶兄弟三人,是其人选。他们在摩揭陀国,学道拜火,国王臣民,皆悉归信。拜火殊非正道,但他们都很聪明,易于解悟。佛陀欲往度脱三人。

佛陀至尼连禅河畔,已近黄昏,乃往见优楼频罗迦叶,言:"我从波罗奈国来,欲往摩揭陀国,日既晚暮,可否于你处借宿一宵?"优楼频罗迦叶言:"寄宿本不难,但诸房舍,俱为弟子住满,只有一间石室,尚颇洁净,只是我之事火用具,都在室中,比较窄逼,又有毒龙住在里面,恐相害耳。"佛陀即言:"只要见借,可不妨事。"迦叶又言:"你若能住,便自随意。"佛陀即入石室,结跏趺坐。

龙见佛陀,毒心转盛,举体出烟,浑身冒火,焚烧石室。迦叶弟子,看见火光,急报迦叶。迦叶惊起,即敕弟子以水浇火。火不能灭,火势更盛,石室融尽。天明之后,迦叶师徒俱往看视,则见佛陀,安然无恙,大为惊奇。佛陀乃言:"我心清净,不为外灾所害,毒龙今已降伏,收在钵中。"迦叶师徒,见此沙门,处火不烧,降伏恶龙,置于钵内,叹未曾有。

佛陀即作咒愿:

> 婆罗门法中,奉事火为最。
> 一切众流中,大海为其最。
> 于诸星宿中,月光为其最。
> 一切光明中,日光为其最。
> 于诸福田中,佛福田为最。
> 若欲求大果,当供佛福田。

（《释迦谱》卷四）

佛陀为优楼频罗迦叶说四圣谛,迦叶即言:"若论年岁,我较你为长,若论智慧道德,你较我为优,我愿拜在座下,作为弟子。"

优楼频罗迦叶本有五百弟子,见老师已皈依佛法,为佛陀威德所感动,也都发愿追随老师,永作佛陀弟子。于时优楼频罗迦叶及其弟子五百人,袈裟著体,须发自落,悉为比丘,将事火用具全部投入尼连禅河。

优楼频罗迦叶有弟二人,一名那提迦叶,一名伽耶迦叶,处在尼连禅河下游,亦皆修道事火,各有徒众二百五十人。忽一日,二人见河里漂来兄长事火道具,不知哥哥发生何种事故,为国王驱逐乎?抑为山贼杀害乎?二人放心不下,即起程往优楼频罗迦叶修道之苦行林。至,则大惊诧:兄弟及五百弟子都已除净须发,穿着袈裟,改为比丘,乃责问何以如此。优楼频罗迦叶乃云:"佛陀有大神通、大智慧、大慈悲,非我等所能及,你们千万不可心存我慢。"优楼频罗迦叶即为二人转述四圣谛义,那提迦叶、伽耶迦叶,并皆悦服。

过不几天,迦叶三兄弟及其弟子千人齐集林中,听佛陀施教。以其千人,皆曾事火,佛陀乃引火为喻:

"诸比丘弟子!种种妄想,譬如打火燧石,轻轻一敲,即会引起愚痴黑烟,燃起贪欲嗔恚猛火,愚痴、贪欲、嗔恚,即三毒烦恼之火,因燃三毒之火,即轮回于老、病、死苦恼中,在生生死死世界中无法解脱。诸比丘弟子!三毒猛火是苦之根,以'我'为本。欲灭除三毒猛火,首先要毁除'我执'。'我执'断除,三毒之火自灭,轮回于三界中之一切苦,自消失矣。"

一千弟子,聆听法音,无不欢喜踊跃,顶礼赞叹。

祇树给孤独园

佛陀为应夙约,率千余弟子往摩揭陀国,欲度频婆娑罗王。频婆娑罗王闻佛陀将来其国,已至灵鹫山,乃遣专使敦请,而自率臣僚于王舍城外竹林之旁迎迓,国王远望佛陀徐徐而至,法相庄严,态度安详,知道佛陀已成正觉。佛陀稍近,国王即率臣僚眷属趋前顶礼佛足,敬问安康。佛陀当即答礼。王与佛陀相偕入城。城内居民,夹道欢呼,顶礼膜拜,佛陀频频微笑招呼。

佛陀到达王宫，坐定之后，即问国王："分别十载，想诸事如意？"王答："托佛陀庇祐，一切尚好。唯有一事，尚祈开示，不知冒渎与否。"佛陀即言："有何疑惑，请即提出。"王曰："优楼频罗迦叶道长，修行事火，年高德劭，威望远播，向为国中崇奉，何以竟于一旦之间丢弃事火道具，皈依座下，愚诚不解。"

佛陀微笑示意，使迦叶自己回答。

迦叶以偈答言：

> 我于昔日中，所事火功德。
>
> 得生天人中，受于五欲乐。
>
> 恒如是轮转，没于生死海。
>
> 我见此过患，所以弃舍之。
>
> 又复事火福，得生天人中。
>
> 增长贪恚痴，是故我远离。
>
> 又复事火福，为求将来生。
>
> 即已有生故，必有老病死。
>
> 已见如此事，是故弃火法。
>
> 施会修苦行，乃以事火福。
>
> 虽得生梵天，此非究竟处。
>
> 以是因缘故，所以弃事火。
>
> 我见如来法，离生老病死。
>
> 究竟解脱处，是故今出家。
>
> 如来真解脱，为诸天人师。
>
> 以是因缘故，归依大圣尊。
>
> 如来大慈悲，现种种方便，
>
> 及诸神通力，而以引导我。
>
> 云何而复应，奉事于火法？

（偈引《释迦谱》卷四，出《因果经》）

频婆娑罗王闻优楼频罗迦叶现身说法，感动赞叹，转问佛陀："佛法精妙,我等缺乏慧根,亦可为说浅近法语,为可领受者乎?"

佛陀即谓:"人身中眼、耳、鼻、舌、身、意,都是生死起灭之因。苟能了解生死,即不会执著,于一切法生平等观,认识自身真相。此真相,即无常之相。

"当心与境相遇时,只是空与空相聚合。譬如石与石相碰,可以碰出火花。然而火花是石之质软?

"人间在生我之前,即已有我乎?抑或死后是我乎?睡时是我乎?抑醒时是我乎?心无罣碍是我乎?抑身有故障是我乎?凡此一切,皆与石块相碰而迸出瞬息火花相似。石可以迸出火花,水可以起泡沫,但石块并非即是火花,水亦并非泡沫。

"由于心与境相遇,而有六识,因此,由不如意之'我',即生出老、死、病,循环不已。凡贪、嗔、痴,一切无明,都源自'我',如石块相碰,或起火花,或不起。如石与石不相碰,则绝不会起火花。

"忘'我'而为一切众生,更忘我及一切众生而进入不动心境界,心与宇宙为一体,即'我'进入涅槃之时,此方是人间本来实相,于此处方无生死。"

频婆娑罗王及其臣属,闻佛开示,愚昧之心顿觉清凉,欢喜无比。

时摩揭陀国,有一长者,名曰迦陵,见佛陀徒众多,而无精舍,自思我有一片好竹园,可作精舍,欲用献奉佛陀,遂往诣佛所,稽首而言:"佛悯一切,如亲爱子,弃转轮王,不慕世荣,今无精舍。有一竹园,去城不远,愿以奉佛。"佛陀嘉纳,即与圣众,游处其中。

频婆娑罗王闻迦陵已献竹园,即下令于竹园中修起堂舍,计分十六大院,院六十房,更有五百楼阁,七十二讲堂,取名为"竹林精舍"。

佛陀迁入精舍,说"布施"之义:

> 若人能布施,断除于悭贪。
> 若人能忍辱,永离于嗔恚。
> 若人能造善,则远于愚痴。
> 能具此三行,速至于涅槃。

若有贫穷人，无财可布施。

见他修施时，而生随喜心。

随喜之福报，与施等无异。

（《释迦谱》卷五）

佛陀于竹林传道，收得二弟子，一名舍利弗，一名目犍连。后来，此二人辅佐佛陀教化，功劳甚大。

舍利弗本名优婆室沙，目犍连原名拘律陀，本从名师删阇耶学，觉所学不能满足，即离本师。此二人亦各有弟子百人，傲然以为世间不复有较自己更为聪明者。

一日，舍利弗见佛陀弟子阿舍婆誓于王舍城乞食，见其威仪静肃，知非常人，乃即前作礼问曰："我观比丘，似新出家者，何以有如此威仪？你住于何处？师从何人？他有何教诫？演说何法？"

阿舍婆誓谦逊作答："我住在竹林精舍，是释种出生佛陀弟子。他是具一切智慧人天导师。我出家日浅，根器不深，不能宣说老师精妙法理，唯可就浅知，略说一二。老师常说：'诸法因缘生，诸法因缘灭。'又说：'诸行无常，是生灭法；生灭灭已，寂灭为乐。'"

舍利弗闻此法语，如同慧日驱散疑云，得无上法乐。

舍利弗满心欢喜，即往见其老友目犍连。目犍连见他神采飞扬，惊问是何缘故。舍利弗即与复述他与阿舍婆誓之对话，目犍连即时解语，亦愿出家。

二人各唤其弟子而语之曰："我等今者，已于佛法得甘露味。唯有此法，是出世道。我今欲往求佛出家。汝等之意云何？"诸弟子云："我等有所知见，皆赖大师之力。大师若是出家，我等悉愿随从。"

二人即将二百弟子，往诣竹园，头面礼足，而对佛言："我于佛法，已得道迹，乐意出家，愿垂听许。"尔时佛陀便即呼言："善来，比丘！"于是舍利弗、目犍连及其二百弟子，俱成沙门。

或一日，佛陀出竹林精舍，登灵鹫山，在豚崛洞入定。时舍利弗舅父长爪梵志即住于近处。长爪梵志本异教仙人，极有名望，闻外甥改宗，知道佛陀莅灵鹫山，即往拜访。

355

长爪梵志劈头便说:"我尚未认识一切。"

佛陀微笑回答:"尚未认识一切,即已认识一切。肯定一切者,即否定一切者。肯定一事物之人,即否定一事物之人。肯定一切,易为贪欲拘因;否定一切,虽能远离贪欲,但固持否定,亦是执著。舍弃一切肯定与一切否定,方为真识。"

长爪梵志闻此名言,即时得度。

有一婆罗门,名大迦叶,住摩诃沙罗陀村,家极富有,一切书论,无不通达。娶妻甚美,举国无双。二人自然无有欲想,乃至亦不同宿一室。佛陀每在竹林精舍说法时,他必往听讲。一日,经过王舍城附近多子塔,见佛陀在大树下静坐。大树枝叶繁茂,皆一一垂下,荫覆佛陀。他见佛陀庄严相好,即恭敬走近,合掌顶礼,诚恳而言:"世尊今者是我大师,我是弟子!"如是说了三次,佛即答言:"如是迦叶,我是汝师,汝是我弟子。"佛陀即与迦叶,俱还竹园。

此大迦叶聪明精进,嗣后佛法流转,大迦叶之功甚伟。

舍卫国(应为㤭萨弥罗国舍卫城,下同)国王波斯匿有一大臣,名曰须达(或译须达多),居家巨富,财宝无限,好喜布施,赈济贫乏,及诸孤老,时人因行为其立号,名"给孤独"。而时长者,生七男儿,年各长大,为其纳娶,次第至六。其第七儿,端正殊异,偏心爱念,当为娶妻,欲得极妙容姿端正有相之女,为儿求之。即语诸婆罗门:"谁有好女,相貌备足,当为我儿往求索之。"诸婆罗门,便为推觅。辗转行乞,到王舍城。王舍城中,有一大臣,名曰护弥(或曰首罗),财富无量,信敬三宝。时婆罗门到家从乞。国法:施人,要令童女持物布施。护弥长者时有一女,威容端正,颜色殊妙,即持食出,施婆罗门。婆罗门见已,心大欢欣:"我所觅者,今日见之。"即问女言:"颇有人来求索汝未?"答言:"未也。"问言女子:"汝父在不?"其女言:"在。"婆罗门言:"语令外出,我欲见之,与共谈语。"时女入内,白其父言:"外有客人,欲得相见。"父便出外。时婆罗门问讯起居,安和善吉。"舍卫国中有一大臣,字曰须达,辅相识不?"答言:"未见,但闻其名。"报言:"知不?是人于彼舍卫国中第一富贵,如汝于此富贵第一。须达有儿,端正殊妙,卓识多奇,欲

356

求君女为妇,可尔以不?"答言:"可尔。"值有估客,欲至舍卫,时婆罗门作书,因之送与须达,具陈其事。须达欢喜,诣王求假,为儿娶妇,王即听之。大载珍宝,趋王舍城。(以上摘自《释迦祇洹精舍缘记》,出《贤愚经》。此记较他书曲折,因径录原文,未加改动,亦欲使读者窥见齐梁间译经风格之一斑耳。)

须达多(即须达)至王舍城到首罗(即护弥)长者家,为儿子求亲。首罗长者欢喜迎逆,安置卧具。须达多夜宿长者家中。

须达多见首罗长者家中仆人忙忙碌碌,到处打扫,备办饮食,便问:"府上如此忙碌,是将请太子、大臣欤?"答云:"不也。"——"将会亲戚好友欤?"——"不也。"——"然则是为何事?"——"将要请佛及比丘僧。佛陀一众,已至寒林。"——"何名为佛? 愿解其义。"于是首罗长者为说佛陀出身历史及佛法大义,须达多如有所得,心甚向往。当夜不能成眠,乃悄悄起身,走向寒林。

似见一人,于月光下散步。稍近,则见之威仪风采,朗朗照人,知是佛陀,即往顶礼。佛陀即问:"君是何人?"——"我名须达多,住舍卫城,薄有资产,常周济贫穷孤独人,与之金钱衣食,众人口顺,遂称为'给孤独'而不名。"佛陀即言:"善哉居士,乐善好施,仁者之心。广储钱财,决非持宝。济世利人,乃真储宝。不贪钱财,方能起慈悲恭敬心,嫉妒我慢,才会消除。此是布施之力,解脱之因。"须达即便进言:"我国嚷萨弥罗,土地广阔,民情淳朴。我意欲请佛陀往舍卫城说法,凡所需衣服、饮食、卧具、汤药,一概由我供养,务请佛陀慈悲允诺。"

佛陀沉思片时,语须达多:"我亦欲往北方,唯弟子众多,能得广大场所容纳尔许人否?"

"我拟在舍卫城建立精舍,规模与竹林精舍等。唯佛陀怜悯我国下愚众生,惠然莅临。"

佛陀微笑允诺。

须达多回舍卫城,四处察勘,寻求可建精舍地点,案行周遍,无可意处。唯太子祇陀有园,其地平正,其树郁茂,不远不近,地点合适,遂往诣太子,自言欲建宝殿,供养佛陀及其弟子,唯太子园林,极是理想,可否请太子出让。太子笑言:"我无所乏,此园茂盛,当留用游戏,逍遥散志。"须达多固请,至于三次。太子不能峻拒,乃故昂其值,欲其知难而退,曰:"欲买我园,须以黄金铺满园中地面。"须达多曰:"唯。"太子曰:"前言戏之耳。"须达多曰:"太子无妄言。"太子曰:"试将金来!"须达多即回家取金,以车载至。太子曰:"我言卖园,不言卖园中树。"须达多面有难色,太子笑曰:"卖园留树,焉有此理。你以园供养佛陀比丘,我当以树供养。"

于是须达多于园中大起精舍,寝室数百幢,礼堂、讲堂,乃至集会、休养、盥洗、阅读、储藏、运动,皆各有场所,无不具备,远胜竹林精舍,较之㤭萨弥罗国王宫,亦无逊色。

佛陀即偕比丘一众,住入此园。因须达多建园,太子祇陀献园中树,故此园取名为"祇树给孤独园",世称祇园精舍。佛陀于此说法。佛涅槃后,弟子集会,追记佛所说法,成经多部。今所传主要佛经,其开头都云:"如是我闻:一时佛在舍卫城祇树给孤独园,与大比丘千二百五十人俱……"即此园也。

长生童子喻

佛陀弟子众多,良莠不齐。群居终日,难免龃龉。每以细故,而致争吵。日久不和,遂成积怨。

佛陀在俱睒弥说法时,弟子中发生激烈争执。彼此汹汹,各不相下,佛陀乃集诸比丘,各使趺坐,为说故事:

往昔之时,有㤭赏弥国长寿王,宽仁爱民。其邻国波罗奈国梵豫王率兵来犯,长寿王与之战而生擒之。长寿王非仅不杀梵豫,反而将其释放,谓之曰:"我本可杀你,但非我之所愿。希望你今后不再有侵占他国野心,免致生灵涂炭。"

梵豫初甚感激,但回国后心有未甘,乃又率大军,前来报仇。长寿王想:战胜他本非难事,但他心中仍然不服。他之用心,无非是想吞并我之国土，我今即将国土让与，庶息干戈。于是长寿王派一大臣告梵豫王，请他接掌国政，自己则率同眷属，改装束，隐名姓，于梵豫王国境度清静生活。

居有间，有人密告梵豫王，言长寿王隐居在国中，梵豫即下令搜捕，于僻处囚禁。

长寿王太子名长生童子，向在别处寄养，闻父王被捕，化装樵夫，潜往探视。

长寿王心平意静，语长生童子曰："儿！忍即孝道。含凶、怀毒、结恨、惹怨，徒种万载祸根。千万不能结怨，要行慈悲大愿，否则即是不孝。诸佛慈悲，包含天地，冤亲平等，切勿为我起报仇结怨心。儿速去！"

长生童子谨遵严命，逃入森林暂避。

波罗奈国民众，悉同情长寿王。豪族王公，纷纷为之求情。梵豫王见长寿王有如此人望，嫉妒恐惧，即下令将长寿王斩首。

长生童子获悉父王被害，悲恸泣血，于半夜时，偷偷收尸，以香木密藏遗体，为父亲祈祷冥福，随即改名换姓，到迦尸城。梵豫王亦知有长生童子，寄养在外，百计搜寻，而无所得。长生童子本极伶俐，讨人喜欢。他在迦尸城拜师学艺，终成伎乐圣手。豪门贵族，每有宴乐，不得长生童子参与，则举座不欢。梵豫王发现，召之进宫，侍奉左右。长生童子善解人意，深受宠信，即梵豫之护身刀剑亦皆交与保管。

或一日，梵豫王出猎，于山中迷路，随行只有长生童子一人。时王疲惫，伏于石上，不觉沉睡。长生童子心想，杀父仇人，即在眼前。为父报仇，此其时矣。天赐良机，不可错过。他举刀欲杀梵豫王，忽然忆起父亲遗训，长叹一声，纳刀入鞘。

梵豫王突然惊醒，浑身出汗，语长生童子："可怕可怕！我睡梦中，恍惚见长生童子，前来杀我！"

长生童子从容言曰："大王知我为谁？我即长生童子。实告大王，我本想为父报仇，但记起父亲遗训，即放弃此念。"

"你父亲有何遗言？"

"忍即孝道；怀毒是万载祸患根源。"

"忍之意义，我亦能解。然谓怀毒为万载祸患根源，是何意欤？"

"我杀大王，大王臣子必将杀我。我之臣子又将杀大王臣子，如此杀来杀去，如同轮转，永无了期。今我不杀大王，大王亦原谅我，一场仇恨，到此为止，此非永断祸根耶？"

梵豫王闻长生童子言，羞愧万分，对往日作为，深自悔恨，喃喃自责："我杀圣者，罪孽深矣！"乃掬衷诚，语长生童子，愿将全部国土让与。长生童子谦虚庄重，合掌而言："波罗奈国，本属大王，只将我生身国土见还，则幸甚矣。"

梵豫王即偕长生童子寻路回城。适王之大臣亦来寻王，于路相值。梵豫王欲试诸臣，乃问："你们如遇长生童子，将如何对待？"诸臣纷纷答言：

"砍他手！"

"断他足！"

"要他性命！"

梵豫王以手指长生童子，曰："彼即是也。"

大臣尽拔刀剑，欲杀长生童子。梵豫王即时喝阻，并将长生童子所陈以德报怨道理说服大臣，吩咐无论何人，不许对长生童子再怀恶意。大臣等皆极钦服。

回城进宫，梵豫王命备香汤，请长生童子沐浴，衣以王者之衣，请长生童子坐于御座金床。稍后，并将自己女儿许配长生童子，派军队车马，护送长生童子回国。

说完故事，佛陀曰：

"诸比丘！你们聆此故事，作何感想？喷赏弥国长寿王行忍辱，具大慈悲心，施恩惠于其仇人。诸比丘！你们背井离乡，辞亲割爱，来此探求宇宙真理，人生实相，你们当行忍辱，赞叹忍辱；行慈悲，赞叹慈悲，布施恩惠，予一切众生，不应再有争执。"

佛陀讲后，即令弟子散去。多数弟子，皆有感悟，不再争执。有少数人,脾气极坏,仍好吵嚷。佛陀闻知,亦无如何。人无善根,只好听之。然佛陀亦不因此而不乐,缘佛陀心中无执著故。

摩 登 伽 女

佛弟子中,俊美第一,当数阿难。阿难面如满月,眼睛清净如莲花。(今中土佛寺释迦像两侧各有一侍者立像,佛左手年老者为大迦叶,其右手少年比丘,即为阿难。)

阿难因为聪明善解,深得佛陀喜欢,但也因其漂亮,给佛陀带来不少麻烦。

一日,阿难乞食归来,途中口渴,见一少女,于路旁井边汲水,视其衣饰,知为首陀罗女。阿难心中,无贵贱之分,并不鄙视,即请少女布施清水,以解焦渴。

此少女名摩登伽女,因是贱族,不敢与阿难水。云:"阿难比丘,我认识你。但我是首陀罗女,供养你水,于你王族身份不好。"

阿难摆手摇头,云:"我是沙门,于四种姓,作平等观。请惠水一钵,我实口渴。"

摩登伽女闻言欢喜,即以双手捧水,献与阿难手中。缘比丘守"不与不取戒",凡布施物,如不递交其手,便不能取。阿难风度翩翩,当饮水时,摩登伽女倾心注视,目不旁瞬。阿难饮水即毕,称谢而去,径还祇园。摩登伽女犹纵目视其背影,久久忘归。

从此以后,摩登伽女念念不忘阿难,在家终日忧郁凝思,不茶不饭,日渐消瘦。其母担心,再三诘问女儿有何心事。摩登伽女料瞒不住,遂向母亲坦陈:

"佛弟子中,有一比丘,名为阿难。数日之前,我见他后,朝思暮想,不能忘记。儿之全心,为他占有。如不与他共同生活,人生实无意义。伏望母亲,为儿区处。"

其母闻言,蹙然良久,云:"儿之婚姻,我亦萦怀。诸中意者,皆可措手。唯两种人,母亦无法。一为断除爱欲之人,一为已经死去之人。

闻佛陀是大德圣者,其弟子都已断除爱欲,你所思念,实是痴想!"

摩登伽女俯首捻裳,曰:

"我看阿难,非断欲人,他对女儿,亦似有情。"

母亲极爱女儿,左右寻思,乃告摩登伽女:"欲与阿难成亲,除非学会娑毗迦罗先梵天咒,使其智慧蒙蔽,舍此更无好法。"

摩登伽女即持诵魔咒。魔咒有效无效,非所知也。然而阿难于摩登伽女未能忘情,亦是事实。少年心性,殊难免耳。

复一日,阿难托钵过摩登伽女门前,摩登伽女即从门出,殷勤问讯,柔声启请:

"阿难比丘,我家中散花烧香,洒扫洁净,专为欢迎,请赏光至家中稍坐,受我供养。"

阿难若是拒绝,诸事都无。只是阿难犹犹豫豫,欲走不走。摩登伽女母亲亦从旁怂恿,恭敬有加。阿难身不由主,遂至其家。

阿难此时,迷糊恍惚,知道自己已受诱惑,但又挣脱不开。摩登伽女,娇媚横陈,抚摸阿难。阿难浑身躁热,不能自持。正当阿难将毁戒体,千钧一发之际,忽如为佛陀摄受,生智慧心,夺门而逃,回至祇园。

摩登伽女不能罢休,追求阿难,更为积极,用尽心思,图诱惑之。她身著华丽衣裳,浑身珠光宝气,徘徊于祇园左近,一心等候阿难。女人爱情一念,至为坚强,纯钢精铁,不能比也。

一次,阿难从祇园精舍出来。摩登伽女见状,非常喜欢,即跟在阿难身后。阿难走一步,她跟一步,不离不舍。阿难深耻此女,即刻回至祇园。适第二日是四月十五日,为佛陀规定"雨安居"之第一日。从四月十五到七月十五,三个月中,佛陀及弟子不会外出,摩登伽女痴痴等待。过七月十五,阿难出园托钵,她又跟随身后,如同影子。阿难无计,回祇园时,即跪于佛陀座前,云:

"旃陀利女子摩登伽女诱惑我。我到哪里,她跟随到哪里。望佛陀慈悲帮助我,怎样才能离开此女?"

佛陀微笑而言:"你怎会为一女子弄得这样没有办法?这都是因

你平日只重多闻,不重戒行故。一旦声色逼来,便觉无力抵挡。我可以帮助你,但你以后不可再惹此种麻烦。你且将摩登伽女引来,我当为区处。"

阿难奉命,走出祇园,见摩登伽女犹在园外徘徊,即问:

"你为何老是追随在我后面?"

摩登伽女闻阿难问话,大喜过望,娇嗔答言:

"你真是呆子,这样问题,怎可用口说出?你非真呆,乃是装傻。我之心事,你岂不知?当初你要水吃,说话几许温柔,态度又复多礼。后来你到我家,我愿以心相许,孰知你又不别而逃!我自信貌美,你正在青春,正宜同享欢乐。我心坚贞,君意如何?"

阿难羞缩,不敢直视,只说:"我师佛陀,要见你一次,你随我来。我师通达,将为作主。"

摩登伽女闻佛陀欲见彼一面。亦觉羞赧,但想到佛陀将为作主,遂挺胸随阿难走入祇园。

佛陀见摩登伽女姗姗而来,即问:

"你欲与阿难成婚乎?"

摩登伽女手置胸前,低声回答曰:"是。"

"男女婚嫁,应得父母许可。你能请双亲来一谈否?"

"双亲已经许可,母亲曾见阿难。佛陀不信,我即可将母亲请来!"

摩登伽女回到家中,即扶母亲至于精舍,行礼白佛:

"佛陀!家母拜见!"

佛陀即问摩登伽女母:

"你允许女儿与阿难结婚否?然阿难是沙门比丘,须使你女出家一次,然后再与阿难结婚,你同意否?"

母即答言:"可以照办,我甚欢喜。"

摩登伽女母亲走后,佛陀又对摩登伽女说:"你即一心与阿难成婚,我意拟与成全。唯阿难已是沙门比丘,你如愿嫁,也须出家一次。你须精进修行,待你之道心能与阿难相比,我当为你们主婚。"

摩登伽女满心喜悦,高高兴兴,剃发染衣,为比丘尼,精进修行,不敢懈怠。

摩登伽女逐日听闻佛法,心渐平静,服膺佛说,五欲乃众苦之源,犹飞蛾投火,春蚕自缚,愚痴自取。去除五欲,乃能清净。反思往日,迷恋阿难,乃不善不净业行。遂伏跪佛前,流泪忏悔:

"伟哉佛陀,我已从糊涂梦中醒来,不会再如往昔,愚痴胡为。我自觉此时所修证圣果,或已超过阿难比丘。佛陀为度化我辈众生,用尽苦心,与诸方便。请佛陀慈悲怜悯,许我忏悔,我愿生生世世,永循佛陀足迹,播种真理。"

佛陀欣然称善。

摩登伽女皈依悟道,在众僧中传为佳话,但反对者,亦颇有人。凡愚信众及异教人尤多非议,认为首陀罗族下贱女子加入圣人集团,实在不成体统。佛陀心平气和,不予置辩。

或一日,佛陀集合僧众,诲之曰:"你们皆我弟子。我,海洋也。你等皆是百川。百川既入海洋,既无昔日名称,概可称之海洋。你们之中,从前或为贵族,为婆罗门,为吠舍,为首陀罗,一旦出家,依我为弟子,以前名字及阶级身份,一概除去,一律称为沙门或比丘,千万不可再有贵贱之分。"

然而非难之声,未能息也。事为憍萨弥罗国波斯匿王所闻,心甚不安。乃率臣属往祇园,欲面白佛陀,进一忠言。佛陀知其来意,问讯之后,即开口说道:

"世俗评议,未必是真理,各依相习我见出发而已。首陀罗女子出家,如我昔允多人为比丘似,无足怪也。我是三界之导师,四生之慈父,无论何人,只要具善根,与佛有缘,我莫不摄受,不能丢弃。世间非难,犹如飘风,不久自息。"

波斯匿王,闻佛开示,心中豁然,恭敬顶礼而退。

摩登伽女出家不久,即证得阿罗汉果。昔日所非议之比丘,皆极惭愧。

因 人 施 教

笨 人 一 偈

佛陀走出精舍,见一比丘大声号哭。比丘名周利槃陀伽,是一笨人。佛陀亦知其人,即问:

"以何缘故,于此号哭?"

周利槃陀伽答云:

"佛陀! 我生性愚钝。我随哥哥出家,日前教我背诵一偈,我记不住。哥哥言我修道无望,命我回家,不准住在这里。我被赶逐,是以啼哭。"

佛陀曰:"有是乎? 你随我来。自己知道愚笨,即是智者。真愚钝人,乃自作聪明者。"

佛陀回至精舍,即令阿难教授周利槃陀伽。经过数日,阿难白佛:"他脑如石块,我实无法。"

佛陀乃亲教授之。佛陀教其持诵"拂尘除垢"偈语,他仍记不住。众比丘都说:"此人修道无望!"佛陀乃告周利槃陀伽:

"你用笤帚扫地,并为众比丘拂拭衣履及诸杂物灰尘,一面做事,一面持念偈颂。"

周利槃陀伽即认真工作,一心持颂。渐渐体味此偈意义,乃自思:"所谓尘垢,实有两种,一者为内,一者为外。外面尘垢,灰土瓦石,容易清除。内心尘垢,是贪嗔无明烦恼,须大智慧方能清除。人欲即尘垢,智者必除欲,不除欲,不能了生死。以欲生种种灾难苦恼因缘,人为束缚,不能自由。无欲,心才清净,得自由解脱。"周利槃陀伽渐息三毒之心,入平等境,爱憎好恶之念不起,脱出无明,如脱甲壳。他一时豁然开朗,生大欢喜,遂往顶礼佛陀:

"佛陀! 我现在已了解,已拂除内心尘垢。"

佛陀深为嘉许,谓诸比丘:

"诵经多部,不解经义,如鹦鹉耳。苟能力行,一偈已足。"

担 粪 尼 提

佛陀偕阿难在舍卫城行化,到城郊时,迎面走来一人,乃受雇为人担粪者尼提。尼提远远望见佛陀,非常恐慌。他崇拜佛陀,但不敢见佛。他觉佛陀乃人天师范,清净崇高,己所执役,至为秽贱,岂可与佛相近?佛陀知尼提心,即令阿难先行,自己绕道,来逢尼提。

尼提见佛,即想避开,然佛陀径直走来,尼提恐缩,东闪西躲,反将粪桶弄翻,污秽满途。尼提不知如何是好,即跪于道旁,合掌称罪:"佛陀佛陀,真对不起!"

佛陀即呼其名:"尼提——"

尼提不信其耳:佛陀会叫我名字?

佛陀又亲切与言:

"尼提,你今即随我出家,好么?"

尼提大惊,道:"佛陀!尼提是卑贱污秽之人,你亦许我出家耶?你僧团中都是刹帝利王子及婆罗门修道者,我能和他们一样,作伟大佛陀弟子?"

佛陀笑曰:

"尼提!勿尔!我法如清净水,能洗清一切污秽。我法如炽烈大火,无大小好恶,皆能烧毁。我法如大海,能包容万有。但受我法,即能离种种欲。于我法中,贫富、贵贱、种姓,皆无区别。贫富、贵贱、种姓,并是虚妄假名。肉体是四大五蕴假合之色身,若无智慧,不来修行,皆不能得救。"

尼提欢喜,即默默跟随佛陀,回至祇园精舍。佛陀令阿难带尼提到城外大河洗身洁心,然后换著袈裟。佛陀不舍众生,尼提从此出家。

闻二百亿修行

闻二百亿,亦名二十亿耳,其听至聪,善辨音律,乃著名音乐家。家本豪富,父母珍爱,幼年抚育,不使其足践于有土地上,致闻二百亿足下生出很多黑毛。一日,闻二百亿听佛陀说法,很受激动,发愿披剃出家,过头陀生活:日中一食,树下一宿。心愿偏激,急于证果。

闻二百亿本是娇生惯养,刻苦修行,身渐衰弱,仍不开悟。到后来他感到难以支持,即想还俗,为佛护法,以布施求悟。

佛陀闻知,即往见之,问曰:

"闻君善琴,夫奏琴者,安弦过松,则如何?"

曰:"过松则无音。"

"过紧,则如何?"

"过紧,则弦易断。"

"修行亦如张弦耳。不宜太松,不宜太紧,放得心地平和,自然有进。凡事都有程度,不可求之过急也。"

闻二百亿遂悟,不久证得阿罗汉果。

调　马　师

有调马师往诣佛陀,求指迷津。佛陀知其身份,即云:

"你善知马,我今问你,调服众马,究有几法?"

调马师率尔对曰:"我之调马,共有三法。一为柔软,二为刚强,三是刚柔相济。"

"设此三法,都不能调伏,更有何法?"

"更无法矣,只有把它杀掉。——敢问佛陀,有何方法,调御众生?"

佛陀答云:"亦用三法,一是柔软,二是刚强,三是刚柔相济。"

"或此三法,都不能调伏,则将如何?"

"尚有何法乎?亦只有把他杀掉。"

尔时调马师极为惊疑,乃问:

"佛陀,你教法中,杀生岂不犯戒?"

佛陀正色而言:

"诚哉言也。佛陀教法中,杀生是不净业,要受因果轮回。然我所谓杀,与你流血之杀迥异。众生如用柔软、刚强及柔软刚强办法,都不能调伏时,即不足与之交谈,不必教授,不必理睬。设若一人,不能教授,不听教诫,只得舍之,此于杀掉,非一样乎?"

调马师解佛陀意,俯伏低头,即请皈依佛陀。

鬼　子　母

佛陀在大兜国说法时,其国中有一女人,生子甚多。彼甚爱其子,但又喜偷食别人孩子。大兜国中,为父母者,悉皆忧虑,畏失其子。

诸比丘于街市闻知此事,即启白佛。佛陀早知此非平常女人,闻此国中有鬼子母,喜偷食人子。非用言语,即可使其改心也。即令一比丘,俟鬼子母不在家时,将其最小爱子嫔伽罗抱来精舍。

鬼子母回家,不见其最爱幼子,悲哀哭泣不止。不进饮食,状如发狂,已有多日。佛陀一日,遂寻机会,而往逢之。

鬼子母见是佛陀,暂止啼哭,擦泪而言:

"我不在家时,我子为人偷去。"

"当人盗取你子时,你何不在家看守? 其时往何处去,外出为何事耶?"

佛陀问迄,鬼子母心跳怦怦,缘她失子之时,亦她正偷别家孩子时,此是当然果报。鬼子母始知自己残忍错误,一时生悔改心,五体投地,顶礼佛陀。

佛陀复问:"你爱你子乎?"

曰:"嫔伽罗乃我所最爱者,若少此儿,我即难活。"

佛陀即开示曰:

"你爱你子,他人亦爱己子,你失去孩子伤心,独不知你盗食别人孩子,其人亦如你哭泣乎? ——你现希望能找到孩子否?"

"但能把嫔伽罗给我,教作何事,我皆愿意。"

佛陀知鬼子母改恶之心,即云:

"我能帮你找到孩子,然你是否懊悔盗食他人子是罪恶行?"

"我极懊悔,请佛陀慈悲教我,我当遵示照办。"

佛陀曰:

"你从今后,第一不要乱杀生,第二不要乱盗取,第三不要乱邪淫,第四不要乱妄言,第五不要乱饮食,并用慈母天性,照顾天下孩子。"

鬼子母诚恳接受佛陀教诫,佛陀即还其子嫔伽罗。鬼子母心中欢喜,匪可言喻。彼即发愿:从此作天下孩子之保护者。

目犍连故事

佛陀弟子,至为众多。在家优婆塞、优婆夷,不可胜数。出家弟子,仅证得阿罗汉果常随众比丘即有一千二百五十五人。其中最特出者,为十大比丘弟子:

智慧第一	舍利弗
神通第一	目犍连
说法第一	富楼那
解空第一	须菩提
论议第一	迦旃延
头陀第一	大迦叶
天眼第一	阿那律
持戒第一	优波离
多闻第一	阿难陀
密行第一	罗睺罗

是十人者,各有专长,帮助佛陀宣扬教化,其功甚伟,不可磨灭。十大比丘,各有事迹,今但述目犍连事。

目犍连亦名目连,即中土流传"目连救母"故事之目连也。

目犍连有过人的本领:耳闻声,不分远近都能听到。眼视物,不分内外都能看到。甚至人心念头,亦能知也。

目犍连过一园林,有莲花色女,虽已中年,美色无双,烟视媚行,而近目犍连,点头为礼,谓目犍连:

"目犍连尊者,得闲空否? 能否与我谈谈?"

目犍连谛视莲花色女,不但见其面,亦见其心。原来莲花色女是一卖笑女人,身有一段传奇经历,今受外道唆使,欲以美色,诱惑目犍连,坏其戒行。

目犍连洞悉莲花色女企图,即驻足而语之:

"可怜女人!你之遭遇何其不幸!你何不为自己的不幸而烦恼,反倒细心打扮,逞其妖色?你自觉美丽,然我看你的身体是丑的,脏的,且我知道你心中有非分想法。人之外表,皮囊而已。身体之中,骨与骨相连,筋与筋交错,扭曲如蛇。赤血黑血,于内流转。汗液泪水,泄出九孔。你不知人身不净,装饰冶容,自迷于虚妄之美,如象溺于泥沼中,愈陷愈深,实可悲悯。"

莲花色女闻言震惊,如浇冷水,心中忏悔,流泪而言:

"尊者!所言极是。我装饰污秽之体,以是惑人,实在我亦厌恶我身。然我无法,我终将为恐怖因果所缠。"

目犍连安慰之曰:

"你勿自暴自弃。往事不戒,但悔前愆,无不可救。衣服脏时,可用水洗。身体脏时,亦可水洗。心不净时,以佛法洗。任是百川污浊,只要流入大海,海水亦能洗清流入之水。我师佛陀教示,能洗净污浊人心,使皆悟道得救。"

莲花色女闻言欢喜,又似不信,云:

"佛陀教示有是慈悲伟大乎?尊者尊者!你尚不知道我之过去,我若说出,你必避面掉头,不愿一听。"

"你试说来。"

莲花色女挹泪而言:

"尊者!我名莲花色女,是德叉尸罗城中长者女儿。十六岁时,父母为我招赘夫婿。不久,父亲去世,寡母竟与我丈夫私通。我知道时,肝肠寸断。其时我已与丈夫生一女孩。我一气之下,即舍弃女儿离家出走。离家之后,转徙漂泊。数年之后,又改嫁另一丈夫。双栖有日,亦颇和谐。一次,丈夫出外经商,由德叉尸罗城回来,瞒我耳目,以数千金,纳一小妾。初守秘密,藏之于朋友家。我渐有闻,乃大哭闹,必要看看此女,长得如何娇艳,何以竟能夺我丈夫对我爱情!尊者尊者!不看则已,一看之下,当即闷绝:原来此女,是我与前夫所生女儿!

"尊者! 我能不悲伤乎? 我之罪孽何若是深重? 当初,母亲夺去我丈夫;今也,女儿又和我合争一丈夫。天捉弄人,至于如此! 复何面目,能见人耶? 我于是又离家出走。我讨厌世间,讨厌人类,遂为卖笑淫女。我欲游戏世间,玩弄人类,以泄愤懑。荒唐放逸,无所顾忌。但与我钱,任何事情,都做得出! 我言至此,尊者当知,我缘何来此,向你之戒行挑战矣! 我当如何向尊者忏悔?"

莲花色女述其身世,目犍连并未轻鄙,反倒看到莲花色女此时之心至真,至善,至美。乃容色慈蔼,与之言口:

"听你身世,我心恻然,此真一段恶因缘! 但能依佛陀教示而行,则此因缘终有了结。大海遥阔,大地无边,种种污秽,皆可藏纳。只要你能忏悔过去,精进佛道,种种业行,皆无痕迹。获佛救济,此其时矣。机缘已到,何不即随我往见佛陀?"

莲花色女欢喜无限。以是因缘,为佛弟子。

后在佛陀女众弟子僧圈中,莲花色女成比丘尼模范。在比丘中,目犍连神通第一;比丘尼中,莲花色女神通第一。

献身推动法轮,贡献最大者,为舍利弗与目犍连。佛陀倚之,如左右手。佛教隆盛,深为异道所恨。佛陀威德,为异道所惧,又畏其为国王所保护,乃蓄意先除佛陀两臂。

目犍连在弘法途中,经伊私阇梨山,方静坐时,为裸形外道所见,即集合多人,从山上投石,石落如雨,目犍连安坐不动,无常肉身,碎为肉酱,其色身竟与世长辞矣。

诸比丘闻目犍连殉教,或极悲伤,或极愤怒,群情激越,欲为报仇,咸往白佛:

"尊者目犍连,有大神通,除非业力现前,诸恶不能加害,今罹此惨,真是业报现前耶?"

佛陀安静如恒,示诸比丘曰:

"然。肉体本无常,业报须了结。夫生与死。在觉悟者,不成问题。有生即有死。死何可惧? 最要紧者,死时不迷不惑。今目犍连不迷而入涅槃,他的牺牲,无限之美。"

涅　槃

涅槃即逝世。

涅槃意为圆寂,即智慧福德圆满成就,永恒寂静最安乐境界。佛教以为此境界"唯圣者所知",不可以"有、无、来、去"观念测度,是不可思议解脱境界。

佛陀应身年龄八十岁时,传道不倦。一日偕阿难行化,至遮婆罗塔地方,适比丘多人,于此集会。佛陀语诸比丘:

"今得与诸比丘相遇,是好机缘。我要讲者,已与你们讲过。今我应身年老,譬如车之将坏,用心保养,亦不济事。我将在三个月后,于拘尸迦罗城娑罗双树间依法性进入涅槃,获无上安稳。我将永久照顾你们,照顾未来一切信我之众生。

"你们不要伤心,天地万物,有生即无常之相,此是定律,概莫能外。我昔不曾言乎:所爱必有散失时,会合必有别离时。人间心物所合身体,即是无常,即不能如人所想一样自由。

"欲佛陀之应身永住,是违背法性之自然规则。我固不能违背法性。苟欲我永住世间,而你们却不依我所指教法而行,即我活至千年万年,又有何用?若能依我教化而行,即我永久活在你们心中。我之法身慧命,当遍于一切处,和你们及未来众生同在。"

佛陀经波婆城阉头园,曾受金银匠淳陀所供养旃檀茸(一种菌类),食后即觉不适。佛陀于竹芳村处示疾,但尚能沿途行化,至拘尸迦罗城,佛陀吩咐阿难在娑罗双树间敷座设床,以左胁着床,累足而卧,头北面西。因佛法将向北宏传,亦将于西方兴盛。今世雕塑佛涅槃像,即俗谓"卧佛"者,皆作此相。

二月十五日夜,佛陀以吉祥姿势,静卧于娑罗双树间床上,时鸟兽无声,树不鸣条,佛陀心如止水,极为安静。至午夜时,月色皎洁,流星过空,佛陀进入涅槃。时娑罗双树变为白色,狂风四起,山川震动,火从地出,清流沸滚,天人擂鼓打锣,诸弟子椎胸痛哭,百兽自山中奔出,群鸟在林间乱飞,同为三界导师涅槃致哀。

佛陀示疾时,阿难曾问,涅槃之后,用何葬式。佛陀曾为说转轮圣王葬法:"先以香汤洗体,后用新净吉贝(即棉花)包裹,其上再包五百毛毡,装入金棺,棺内浇灌麻油,纳金棺于铁椁,外用旃檀香廓围绕,上堆名香,四面安布鲜花……"

佛陀沉思片时,接云:"佛陀可自用三昧真火荼毗(火化)。你们收取舍利(遗骨),于十字路口建塔寺,俾过路人思慕信仰。"

佛涅槃后,比丘弟子,葬之如其式。

一九九一年三月二十二日写讫

释迦牟尼大事年表

（约公元前 566 年—约公元前 486 年）

约公元前 566 年

吠舍佉月十五日(中国夏历四月八日),释迦牟尼诞生于迦毗罗卫国(今尼泊尔境内)蓝毗尼花园中。父亲为净饭王,释迦牟尼是长子,原名为乔答摩·悉达多,属刹帝利王族。母亲摩耶夫人生子七日后逝世。

乔答摩·悉达多太子由姨母摩诃波阇波提夫人养育。

约公元前 559 年　　　　　七岁

乔答摩·悉达多太子开始接受婆罗门学者有关文学、哲学、算学等方面的教育。

约公元前 554 年　　　　　十二岁

随武士学习击剑、骑射,成为文武兼备,天资聪慧的王位继承人。

悉达多太子幼年即有沉思的习惯,所读吠陀书(*Veda*,婆罗门经典)未能解决他的苦恼——如何解脱世界的苦痛,于是产生了出家的欲望。

约公元前549(或547)年　　　　　　十七(或十九)岁

悉达多太子纳天臂城主之女耶输陀罗为妃。

约公元前537(或547)年　　　　　　二十九(或十九)岁

悉达多太子出家。净饭王阻止不成,便派五名侍从憍陈如、摩诃跋提、阿舍婆誓、摩男俱利、十力迦叶跟从。

悉达多太子拜访了频婆娑罗王、阿罗蓝仙人、郁陀仙人,但仍未得到答案和解脱。

悉达多太子进入尼连禅河畔的森林中与苦行人一起苦修,历时六年,千辛万苦,却一无所获。遂决心重新选择。

约公元前531年　　　　　　三十五岁

悉达多太子渡过尼连禅河,向波罗奈城进发。在伽耶山麓(今印度比哈尔省伽耶城南郊)一棵毕钵罗树下,他面对东方盘腿端坐,思考解脱之道。经过四十九昼夜的苦思冥想,终于战胜烦恼魔障,大觉大悟,创立了佛教的基本教义,成为佛陀。

约公元前530年　　　　　　三十六岁

佛陀开始了长达四十年之久的传教生涯:

在波罗奈城的鹿野苑(今称那勒斯城),佛陀初转法轮,说服憍陈如等五名侍从皈依佛教。后又说服拜火教迦叶兄弟率弟子一千余人皈依佛门。

在摩揭陀国,宣教于频婆娑罗王及其臣属,后又在王舍城竹林精舍及灵鹫山传教,入教者众多,其中有三位弟子辅助佛陀,对佛教昌盛、发展做出重要贡献,他们分别是舍利弗(智慧第一)、目犍连(神通第一)、大迦叶(头陀第一)等。

在喍萨弥罗国舍卫城祇园精舍(又称"祇树给孤独园")传教,佛教影响日渐扩大,远播中印度各地。

回到故乡——迦毗罗卫国传教,佛陀的异母弟难陀,堂兄弟阿难陀、提婆达多,儿子罗睺罗,姨母摩诃波阇波提等人,皆皈依佛教。

佛陀传教足迹北至迦毗罗卫,南至波罗奈城,东至瞻波,西至俱睒弥,遍及中印度。佛陀弟子不可胜计,其中证得阿罗汉果并跟从佛陀的众比丘有一千二百五十五人,内中最为突出的为十大比丘。

约公元前486年　　　　八十岁

佛陀传教至拘尸迦罗(今印度联合省伽夏城),在河边娑罗双树的绳床上涅槃。火化后,佛的舍利(即遗骨)被摩揭陀国和释迦族等八国分别带去一部分,各自建塔安奉。

(说明:本年表依据中国佛教学术界的传统说法编成,与东南亚和南亚佛教界的说法有异。)

注　释

① 本篇是为世界名人画传《释迦牟尼》集所撰文,江苏教育出版社,1992年。初收《汪曾祺全集》第八卷,北京师范大学出版社,1998年8月。

② 佛家谓法音声震动世界,如狮子吼。

③ 佛家相信轮回转世,释迦牟尼生后即不再转世。

④ 一说"我于人天之中,最尊最胜"。

⑤ 铁鼓形制未详。

⑥ "相好"是佛教用语。三十二"相",《释迦谱》有较详的记述。七十种"好"(一说八十种"好"),尚未见具体记载。

⑦ 古印度人相信轮回,除首陀罗外,皆有一次又一次的前生,唯首陀罗乃是初次为人。

⑧ 释迦牟尼尚未成佛之前的称号。

⑨ 一麻一麦是一粒麻籽或一粒麦。诸经所说如此。有说日食半粒粳米者,有的经上甚至说七日一食。

⑩ 魔王女儿名字,诸经互异,亦有称其有四女儿者。

⑪ 轮是印度传说的武器。法轮,即佛法。执政治国,为转轮;传布佛法,为转法轮。《大智度论》云:"转轮圣王手转宝轮,空中无碍;佛转法轮,一切世间及天人中无碍无遮。"

⑫ 正见是正确的见解,正思维是纯真的思想,正语是净善的语言,正业是正当工作,正命是合理的生活所需,正精进是积极的精神,正念是对真理的信仰,正定是习于禅定。

⑬ 谛,即真理。

⑭ 优婆塞即居士,是在家男信徒的统称。

⑮ 优婆夷为在家女信徒统称。

附录

看书买书与写书[①]

——作家汪曾祺的书房

第一次我有自己的书房，还是有了这小孙女之后

1983年秋，这孩子生下前几天，我们就搬到这里来了。孩子多大，我们就搬来几年了。未搬之前，觉得这地名很怪，捕黄鱼？——北京怎么能捕到黄鱼呢？后来经过考证，才知道这是一个三角地带，"蒲黄榆"是三个旧地名的缩称。"蒲"是东蒲桥，"黄"是黄土坑，"榆"是榆树村。这就像"陕甘宁""晋察冀"。不知来历的，会觉得莫名其妙。我的住处在东蒲桥畔，因此，我把来这里写的几篇小说，总题为《桥边小说》。你说的《小说选刊》选进去的可能就是这几篇。

有人写文章，说我的小说开始了对传统文化的怀恋。当代小说寻觅旧文化的根源，我以为这不是坏事，我写旧题材，只是因为我对旧社会的生活比较熟悉，对我旧时邻里有较真切的了解和较深的感情。

我的小说的背景是：我的家乡高邮、昆明、上海、北京、张家口。因为我在这几个地方住过。我的以这些不同地方为背景的小说，大都受了一些这些地方的影响，风土人情、语言，包括叙述语言。

我写的人物大都有原型，戏班的名伶，敲钟的斋夫，出家的小和尚，中学的国文教员，开酱园的老板，八路军的骑兵营长……移花接木，把一个人的特点安在另一个人身上，这种情况是有的。为了表达我的一点什么意思，会有所夸大，有所削减，会加入我的假设，我的想象，但完

全从理念出发,虚构出一个或几个人物来,我还没有这样干过。

我写不了像伏尔泰、叔本华那样闪烁着智慧的论著,也写不了像法国蒙田那样的渊博而优美的谈论人生哲理的长篇散文。我所追求的不是深刻,而是和谐。我的小说,最长的一篇大约是一万七千字。有人说我的某些小说抻一抻就是一个中篇,为什么要抻一抻呢? 抻一抻就会失去原来的完整,原来的匀称。宋玉说东邻之处子,增之一分则太长,减之一分则太短,施朱则太赤,敷粉则太白。说的虽然绝对了,但是每个作者都应当希望自己的作品长短相宜,浓淡适度。

我的第一篇作品,是沈从文先生介绍出去的

大约是在 1940 年,在西南联大。那是沈先生所开"各体文习作"课上的作业。我写小说,是断断续续,一阵儿一阵儿的。

1958 年,反右那阵风已经过去了,谁知又来了一次补课,我给补上去了。下放到张家口地区一个叫沙岭子的地方。在农科所劳动。结束劳动后,我曾经画过很多马铃薯。因为我会画一点画。要请别人画一张至少付五元钱,让我画是白使唤,所以,我每天都从地里掐一把马铃薯叶子、花,回来照着画,配上薯块剖面图,集了厚厚一本《中国马铃薯图谱》,"文革"当中这批画稿全毁坏了。我这幅张大千的萱草图,夹在一堆烂纸里,没有被"破四旧"破掉,真是万幸。我写字、画画,都只是消遣。"文人画"而已,没有什么功力。中国美术馆现在正举办当代作家画展,收集了我几幅作品。(汪曾祺抱来一卷卷画稿摊在床上,特别指着一幅《野鸟新绿图》的题款让我看)"张家口人谓立春后刮四十天摆条风,树液流入枝条,树始苏醒,春始真到。"这地方的人真会起名,摆条风,听起来真美。我的好几篇小说都是写张家口的。1961 年写了《羊舍一夕》。少年儿童出版社约我出一个集子。听说是萧也牧同志所提议。三中全会以后,我写得多了些,有的是当时不能写,后来追忆的。这都是几个老朋友怂恿的结果,没有他们的鼓励、催迫,我也许就不会再写小说了。

去年，广西漓江出版社一位总编辑找到我，要出一本《汪曾祺自选集》，我说太厚了，你卖不出去，他们还要这样出。前些时，我刚刚编好《晚翠文谈》，浙江出版社准备出版。好些读者来信问我，哪里可以买到我过去出的书，我到书市上看过，都已售完。这几本书如出来，就可以满足他们的要求了。

第一次领薪水，就买了一套《昭明文选》

我读书没有系统，我不主张读书有系统。这与搞理论、文学史的又不一样。所以，我没有什么像样的藏书。比较精美的要算那套海绿轩本的《昭明文选》了。

1950年，我随第四野战军南下，在武汉接管文教单位，当了第二女中的教导主任。改成工资制后，第一次发薪水，我就跑到书店买了一套这个。这古书看起来并不方便，一尺多长，我就喜欢它的版本。白棉纸，三色套印，正文是黑色，注释是朱砂红和石绿。

桌上这些书是我经常翻的，《梦溪笔谈》《东京梦华录》《世说新语》，这其中记人的部分我都很喜欢，可当小说看。

我兴趣广泛，看书也杂。我爱读中国古代食谱，还能炒一两样菜。读书偶得，这本书还给我解答了长期弄不清的一个字义问题。《水浒传》第25回，郓哥戏谑武大说："你说没麦稃，怎地栈得肥艟艟地……"这个"栈"字，我怎么也弄不清是什么意思。东来顺的涮羊肉的羊，都说是栈过的，我原以为是站着的意思。正巧，这古代食谱《清异录》第25页，有玉尖面一节，说："赵宗儒在翰林时，闻中使言'今日早馔玉尖面，用消熊、栈鹿为内馅，上甚嗜之'。"……又问"消"之说，曰"熊之极肥者曰消，鹿以倍料精养者曰栈"。我这才弄清，"栈"是用精饲料圈养的意思。

右派摘帽以后，北京市知道我五十年代初写过剧本，得过奖。1961年，我调到北京京剧院当编剧。也是通过一书，我产生了要创作新编历史剧《梁红玉》的念头。以前，大家都认为韩世忠在金山黄天荡一战打了个大胜仗。其实韩临胜而骄，疏于防范，致使兀术凿河逃走，留下后患。梁红玉在皇帝赵构面前，奏了韩世忠一本。梁红玉能把老头奏一本，不容易，这倒合乎今天的大公无私。我在南宋人罗大经著的《鹤林玉露》一书中，查到了这个史实。于是，编写了《梁红玉》。春节期间，剧团正上演这个剧目，杨淑蕊演梁红玉。

我创作无计划可言。我是到处留连，东张西望。今后写什么，一点也不知道，但如果身体还好，总还能写点吧。

注　释

① 本篇访谈时间为一九八六年岁末最后一天，采访者武勤英，原载 1987 年 2月 21 日《光明日报》。

作为抒情诗的散文化小说①

对谈者:施叔青　女,香港作家。

一、中国的各种运动,我是全经历过的

施:你是江苏高邮人,出身当地的书香人家?

汪:祖父是有功名的,还是个会治眼病的大夫,我父亲种花养鸟,斗蟋蟀,注重生活情趣,自己有画室,从小我也学着涂鸦,日后把绘画里的留白用到小说里来了。

母亲去世得很早,记得父亲糊了全套冥衣,用各色花纸,单夹皮棉,讲究得很。启蒙老师就是高北溟。《徙》里写的都是真事,他教我们读归有光、“五四”时期作家的作品。

高中毕业,本想考杭州艺专,怕让人瞧不起。十九岁独自到香港,经越南坐滇越铁路到昆明。得了疟疾,差点没能参加考试。我读的是中文系,选了沈从文先生三门课,他教过我的事迹在《沈从文先生在西南联大》一文提过。记得沈先生曾把我二年级的作业拿给四年级学生去学去看,他也公开说我是他最得意的学生。

施:西南联大,的确出了不少人才……

汪:美国有人专门研究西南联大的校史,才短短八年出的人才比清华、北大、南开三十年出的人才都多。当时宿舍、教室条件都很差,宿舍是草棚顶,土墙,窗户上也没有玻璃,就是土墙上开个洞。抗战期间,大家生活都很不安定,学生穷得不可想象,裤子破了拿根麻线扎扎。为什么能出这么多人才?我想当时集中了北方几个大学最好的教授,学校校风自由,你爱讲什么就讲什么,谁也不管你。还有是很多教授对学生

380

实行天才教育。

施：像沈从文先生的作文课。

汪：还有闻一多先生。

教授当中，只有朱自清先生上课是很认真的，他很不喜欢我，他说我不上他的课。我当时在学校里经常不上课，老是晚上到系图书馆去看书到三四点钟，早上起来也不上课。

朱自清教宋诗，他的教书方法很正规，每次都带一叠卡片，照着讲，还留作业，月考。

施：记得你写的第一篇文章吗？

汪：前几年有同学找了出来，其中有一篇《花园》，写我们家废弃的花园，带点回忆性质，也有点描写景色气氛。最近编本集子，找出了一篇在二十四岁时候写的小说，叫《小学校的钟声》，就是写离开我们的县里，在小镇上遇到一个小学的女同学，含含糊糊一种情绪。当时很多人不同意我这种写法，说这有什么社会意义？我的女儿说我这一篇写得非常坦率。二十岁到二十三岁期间的作品，一个是不容易找，一个是太幼稚了。

施：《职业》是何时写的？

汪：大约一九四五年，已经毕业了。

施：你是一九五八年才被打成右派，这很不寻常。

汪：当时每个单位都有指标，算算不够，把我补上去了，就那么简单。我写过一篇很短的黑板报的稿子，对人事工作提出一点意见，这稿子还是当时党支部动员我写的，引蛇出洞嘛！

施：当了戴帽右派，让你下地劳动？

汪：嗯，到张家口附近农业科学研究所劳动，我主要分配到果园里工作。《看水》那篇东西里的小孩实际上就是我。

施：四年的下放，谈谈你的感受？

汪：从某个角度看当然是很倒霉了，不过，我真正接触了中国的土地、农民，知道农村是怎么一回事。晚上就在一个大炕上，同盖一个被窝，虱子很多，它们自由自在，从东边爬到西边的被窝去。农民和我无话不谈,我确实觉得中国的农民,一身很沉重的负担,他们和中国大地一样,不管你怎么打法,还是得靠他们,我从农民那儿学到了许多东西。

施:真正下去改造自己啰?!

汪:对,当时的右派言论,让我从心里觉得是错的,应当下放劳动改造。我体力不是很好,但尽力去做,能扛两百七十斤重的麻袋,现在要我扛二十七斤,我也扛不动。我这个人在逆境中还能感受生活的快乐,比较能适应。

施:你一直有亲民思想……

汪:主要是我小时候的环境,就是生活在这些人当中,铺子里店员、匠人、做小买卖的这些人。你发现没有,我笔下的小民百姓,没有坏人,有人写评论,说我将所有人物雅化。

施:你一生当中没遇见坏人?

汪:当然有,但我不愿去写他。为什么? 这跟我儒家的思想宗旨有关。我下放劳动,艰苦受难,也就是那么一回事,捱过了。

施:听说你还是个马铃薯品种专家?!

汪:我是治晚瘟病的能手,硫酸铜加石灰水喷在马铃薯叶子上,不能太稀,要恰巧留在叶子上,才能起作用。劳动是很辛苦的,克服了,也挺有意思。我有本书没出版,挺遗憾,我画过一本马铃薯图谱,现在还很怀念那种生活,每天天刚亮起来,地上全是露水,摘几片马铃薯叶子,采一朵盛开的马铃薯花,对着画。那时没人管我,也不用开会,也不用检查,自由自在,正巧碰到三年自然灾害,也没怎么挨饿,画完了就把它吃掉了。(笑)

施:"文革"时,你的遭遇尤其传奇。

汪:你也听说了,"文革"一开始,我是老右派,自然跑不掉,江青亲自下命令把我解放的。

施:为什么?

汪:因为她要用我,是在一九六八年,"文革"开始不久,所以我在牛棚里呆的时间不是很长。一九六二年初我到了京剧团,从张家口回北京,原来单位不接收我,恰巧我写了《范进中举》的剧本,京剧团有名额,我就去了。

后来,我写《沙家浜》,江青说唱词写得不错,她就记得我了。

我的解放是非常富于戏剧性的,白天我还在劳动抬煤,有人跟我说,你不用抬煤了,回去写个检查,下午开会,你讲一讲,我就回去。后来又说你不用检查了,上去表个态,几分钟就行了。"京剧团要使用我,我一定鞠躬尽瘁,死而后已,完了。"接着通告,你解放了,今天晚上江青要审查《山城旭日》这个戏,你坐在江青旁边看戏。(大笑)我当时囚首垢面,临时去买了一件新衣裳穿上。

施:那时候的感觉?

汪:只觉得如在梦中,不真实,弄不清楚究竟这是怎么回事,中国的各种运动,我是一个全过程。江青垮台之后,我还得检查一次。(大笑)审查我跟"四人帮"的关系,还给我立一个专案。我说,我是工作人员,她要我写戏,要我怎么写,我就怎么写,那时候我不写,不这样写,不可能嘛。

施:你对于"文革"的否定是从什么时候开始的?

汪:很明确的时候,还得是中央对"文革"的否定。

施:你比较后知后觉。

汪:那个时候有些现象你觉得莫名其妙,你也是跟它跑。另外,我一开头被关在牛棚里,外面什么事都不知道。

施:你的作品中,直接反映"文革"的,好像极少?

汪:写了一点,后来没选入集子里。写了一篇九百字的小小说《虐猫》,背景是"文革"搞运动,贴大字报,开批判会,孩子们也跟着起哄,学校的玻璃打碎了,路灯的灯泡打破了,能玩的大都试过了,后来想出法子去虐待一只猫,把胡子剪掉了,猫爪放入瓶子盖……最后想从六楼把猫扔下摔死,一看宿舍前面围了一圈人,其中一个孩子的父亲从六楼跳下去,尸体被搬走了,这几个孩子以后不再摔猫了,把猫放了。

施:这是写"文革"对孩子心理的一种摧毁,总的来说,你的作品还是远离政治的!

汪:我不会写政治,《虐猫》里政治只是 个背景,不是题材本身。

有些作家现在还误解，写改革文学，还是本末倒置。

你看我写作也是断断续续，一九四七年出版《邂逅集》；六十年代初期，写过一本《羊舍的夜晚》，以后停笔；一直到一九七九年。长期以来，强调文艺必须服从政治，我做不到，因此我就不写，逻辑是很正常的。

那时你要搞创作，必须反映政策，图解政策，下乡收集材料，体验生活，然后编故事，我却认为写作必须对生活确实有感受，而且得非常熟悉，经过一个沉淀过程，就像对童年的回忆一样，才能写得好。

二、《受戒》是写初恋的感觉

施：你写童年，写故乡，写记忆里的事物与人，是因为……

汪：因为印象深，记得很清楚，时间久了，慢慢琢磨，对人物掌握比较准确，对那个社会也有我自己的看法。

施：在这么冷硬的制度下，你的作品却令人感到温馨。

汪：这与个人的气质有关系。世界上都是悲剧作家也不恰当。有人说我从来没有对现实生活进行过严格的拷问，我是没有这个劲头，我承认这样的作家是伟大的作家，但是我不属于这类作家，这点我很有自知之明。我追求的不是深刻，而是和谐，但是我不排斥冷峻思考的作品。有一位学化工的大学生看了我的《七里茶坊》后给我写了封信说："你写的那些人就是我们民族的支柱。"我要写的就是这些东西，朴素的、有希望的。

施：沈从文笔下写的主要是农民、士兵，你从小在市镇上长大，你写的是——

汪：小市民，我所熟悉的市民。好些行业我真的非常熟悉。像《异秉》里的那个药店"保全堂"，就是我祖父开的，我小时候成天在那里转来转去。写这些人物，有一些是在真的基础上稍微夸张一点。和尚怎么还可以娶个老婆带到庙里去，小和尚还管她叫师娘，和尚赌钱打牌，过年的时候还在大殿上杀猪，这都是真的，我就在这小庙里住了半年，小英子还当过我弟弟的保姆。

施：想到《受戒》，你说过是写你的初恋，一个几十年前的梦……

汪：不是写我的初恋，是我初恋的一种朦胧的对爱的感觉。

施：你企图在《受戒》里表现什么？

汪：我有一种看法，像小英子这种乡村女孩，她们感情的发育是非常健康的，没有经过扭曲，跟城市教育的女孩不同，她们比较纯，在性的观念上比较解放。《大淖记事》里那些姑娘媳妇敢于脱光了下河洗澡，有人说怎么可能呀？怎么不可能，我都亲眼看到过。

施：农村妇女心理比较健康，摆脱礼教束缚。

汪：这是"思无邪"，《诗经》里的境界。我写这些，跟三中全会思想解放很有关系，多年来我们深受思想束缚之害。

施：《受戒》的和尚庙有无任何影射意义？

汪：有很多人说我是冲破宗教，我没这意思。和尚本来就不存在什么戒律，本来就很解放。很简单，做和尚是寻找一个职业。

我在张家口戴右派帽子下放劳动，当地的青年媳妇很多，经常跟小和尚有关系，那个地方有个口头语："石头垒墙墙不倒，大官跑了娘不找，和尚进门狗不咬。"

施：《大淖记事》里，贞操观念也颇淡薄，是不是和妇女从事挑夫的行业有关？

汪：可能是。那里娶媳妇没有拿花轿抬的，都是自己走来的。姑娘在家生私孩子，一个媳妇，在丈夫之外，再"靠"一个，不是稀奇事。

施：你这样写出，人家不会以为你在侮辱工农兵的形象？性开放的现象，在你小说里，只限于劳动阶层，对知识分子从不触及，为什么？

汪：读书人表面上清规戒律，没乡下人健康，其实他们暧昧关系还是很多。我写《受戒》，主要想说明人是不能受压抑的，应当发掘人身上美的诗意的东西，肯定人的价值，我写了人性的解放。有一个公社的书记，他说很奇怪，老中青三代都喜欢你的作品，还告诉我一件事情，有一天开公社干部会议，第二天整理会场准备再开会，看见桌上的胶台布上写的，是《受戒》里小英子跟小和尚的对话，一个人写一句，全能背下来,可见人人追求一种优美、自然的情绪。

施: 引发你创作的,是先有意象的触动,或是人物?

汪: 作家想写一篇作品,总有他创作的契机,不完全是一样的,可能是一句语言而引起,可能是某个时刻,可能是一个愿望。一般来说,引发我的还是人物,先有人物,可加上想象,没有情节可编情节,没有细节可编细节,最后决定作品的是作家的思想。

三、小说的散文化

施: 你说过"我的一些小说不太像小说,有些只是人物的素描……",谈谈你对小说下的定义?

汪: 一定要我下个定义,小说应该就是跟一个可以谈得来的朋友很亲切地谈一点你所知道的生活。

施: 散文也有这种功能,何必动用小说。

汪: 它总是有点人为的热情,有点故事,小说总是允许有些虚构,总是有些编造。

施: 你说过"散文诗和小说的分界处只有一道篱笆,并无墙壁"。

汪: 我一直以为短篇小说应该有一点散文诗的成分,把散文、诗融入小说,并非自我做古,屠格涅夫的《猎人笔记》有些近似散文,契诃夫有些小说写得轻松随便,实在不大像小说,阿左林的小说称之为散文未尝不可,小说的散文化似乎是世界小说的一种(不是唯一的)趋势。

施: 你的《钓人的孩子》、《职业》、《求雨》这几篇作品,真有散文诗的味道——印象派诗的写法。

汪: 这和我的气质有关。拿绘画来说,我也爱看金碧山水和工笔重彩人物,但我画不来,我的调色碟里没有颜色,只有墨,从渴墨焦墨到浅得像清水一样的淡墨,我的小说逸笔草草,不求形似。

施: 中国作家中,具有散文化的小说,近代废名该是始作俑者吧?

汪: 废名的《竹林的故事》可以说是具有连续性的散文诗。萧红的《呼兰河传》全无故事。沈从文的《长河》是一部相当特别的长篇,没有大起大落、没有强烈的戏剧性,没有高潮、悬念,只是平平静静,漫漫向前流,这是一部散文化的长篇小说。

如果说,传统的、严格意义的小说有一点像山,而散文化的小说则像水。

施:再往上推,跟中国古代的散文有渊源吧?

汪:对。我喜欢宋人笔记胜于唐人传奇,除了短,它还不像唐人传奇那样偏重讲故事。

施:你似乎很强调小说的重点不在于讲故事,因此情节的安排被认为很次要?

汪:我承认我不善于讲故事。散文化的小说最明显的特征就是结构松散,你拿莫泊桑和契诃夫的小说比较一下,就可看出结构上的异趣。莫泊桑、欧·亨利耍了一辈子结构,但他们显得很笨,实际是被结构耍了。这两个作家的小说,人为的痕迹很重。倒是契诃夫,他好像完全不考虑结构,写得轻轻松松,随随便便,潇潇洒洒,他超出了结构,于是结构转变多样。

打破定式,是这类小说结构的特点,古今中外作品,不外是伏应和断续,超出了,便在结构上得到大解放。

施:你不喜欢在小说里说故事,所以故意把外在的情节打散,而专写些你经历过的人与事。

汪:对。我觉得情节可以虚构,细节绝不能虚构,必须有生活的感受。

施:散文化的小说,还具有哪些特性?

汪:一般不写重大题材。在散文化小说作者的眼里,题材无所谓大小,他们所关注的往往是小事,生活的一角落、一片段。即使有重大题材,他们也会把它大事化小。

散文化的小说不大能容纳过于严肃的、严峻的思想,这类作者大都是性情温和的人,不想对这世界做拷问和怀疑。许多严酷的现实,经过散文化的处理,就会失去原有的硬度。鲁迅是个性格复杂的人,他的《故乡》、《社戏》里有一种说不出来的惆怅和凄凉,如同秋水黄昏,沈从文的《长河》,牧歌式抒情成分大大冲淡了描绘农民灵魂被扭曲的痛苦。

散文化小说是抒情诗,不是史诗,它的美是阴柔之美、喜剧之美,作用是滋润,不是治疗。

施:对人物的塑造刻画呢?

汪:这类作者不大理解,也不大理会典型论。我同意海明威的说法:不存在典型,典型是说谎。要求一个人物吸进那样多的社会内容,是很困难的,透过一个人物看出一个时代,这只是评论家分析出来的。

散文化小说的人像要求神似,轻轻几笔,神完气足,《世说新语》就是最好的范本,这类作品所写的常常是一种意境。

四、字里行间,无字处皆有字

施:"常常是一种意境",有人评你的小说没有主题?

汪:我没写过无主题的小说。我用散文式的语言来说明我的主题。作者完成一篇作品的深、浅色调,决定于作者对生活本身的思索。我不同意用几句话就把主题说清楚,我认为应该允许主题相对的不确定性和相对的未完成性。"文革"时我搞的样板戏,江青每一个戏都规定这个戏的主题是什么,必须明确,形成我后来对"明确"这两个字很反感,主题一明确就简单化了、肤浅化了。

施:都说得很清楚了,就表面化了,你好像要给读者留下回想的余地?

汪:作者写完了这篇作品,他对这段生活的思考并未结束,不能一了百了,只能说思索到这里。剩下的,读者可继续对我所提供的生活思索下去。作者不是上帝,什么都知道。我最反对从一个概念出发,然后去编一个故事,去说明这概念,这本身是一种虚伪的态度,作品要容许一定的模糊性,不是故弄玄虚。我这个说法可能两种人都不同意,正统派的那些人认为怎么可以说得不清楚;另外年青的也不同意,他们就是不要那个思想。

施：你说过"除了语言，小说就不存在"。谈谈对语言的要求？

汪：我是继承了中国传统语言表达特点，语言本身是一种文化现象，我也受到西方语法的影响，但更多的是晚唐诗的影响。

我愿意把平淡和奇崛结合起来，一般来说，我的语言是流畅自然的，但时时会跳出一两个奇句、古句、拗句，甚至带点洋味，叙述方法上有点像旧小说，但是有时忽然来一点现代派的手法。但我追求的是和谐，希望容奇崛于平淡，纳外来于传统，能把它们揉在一起。

施：你的文风很平淡——

汪：老年之后才逐渐平淡，但不能一味地平淡，流于枯瘦，枯瘦是衰老的迹象。年轻时的语言是很浓的，而且很怪。我要求语言要准确、朴素。我下去生活那段期间，和老百姓混一起，惊讶地发觉群众的语言能力不是一般知识分子所能表达的，很厉害，往往含一种很朴素的哲理，用非常简朴的语言表达出来。我觉得新潮派的年青作家，要补两门课，一门是古典文学的课，一门是民间文学。

施：民间文学……

汪：比如说佛经的文体，它并不故作深奥，相反的，为了使听经的人能听懂，它形成独特的文体，主要以四个字为主体，我尝试用通俗佛经文体写了一篇小说《螺蛳姑娘》，其实各种文体都可以试试。

施：你认为字里行间，无字处皆有字，是否太玄了？

汪：一点也不。清朝的包世臣，有个精辟的比较，他以赵子昂跟王羲之的书法来比，他说赵子昂的字写得很平均，好像是跟夫人过窄胡同，彼此互相依赖，但是争先恐后，扯着往前走。王羲之的字像老头带着小孙子，顾盼有情，痛痒相关。单独的语言是没有美的，必须组织在一起，产生一种运动，产生一种关系，产生内在的流动。

施：怎样才能使你的文字功夫达到那个境界？是否天生的？

汪：可能有天赋的成分，但主要是后天涵育的功夫，我妻子常说，怎么不把我这套功夫传授给我儿子，怎么传授呢？

我认为作者叙述的语言和他创作的气氛一定要跟人物本身协调。文学和绘画永远不能等同。我到桂林去，我觉得桂林"宜画不宜诗"，文字是靠感觉的,起的作用不一样,各有所长,各有所短。

施:你作品中不少是组合式的,一般都是三篇,是否有一定的联系?思想上或题材上?

汪:原来也不是有意识写那种组合式的小说,通常有内部的联系,就是三篇的思想有它一定的关系。比方说《钓人的孩子》、《捡金子》、《航空奖券》,其实都是写的货币,写货币对人的影响,这三个故事没什么关系。

施:三个故事都极短?

汪:我对短小说兴趣很大,也不是自我独创的。听人说,中国现在写笔记型小说的,一个是孙犁,一个是我。对这桂冠我不准备拒绝,真是可以这样说,而且影响了一些人。我希望小说不要写得很长,短并不只是篇幅上的问题,也不是说现在读者太忙了,读不了长的作品,这个逻辑不能成立。当代作家对小说形式希望有所突破,尝试新的文体、新的写法,写得少了其实是写得多,写得短了其实是写得长,短了容量就更大了,留给读者余地,读者可以在你的基础上进行他们的创作。作者跟读者共同完成的,应该留给他一部分创作的余地,你都给他说了,还要读者干什么,就没有用了。

施:小小说是——

汪:是短篇小说的边缘,和诗结合的杂交品种。短篇小说越来越讲究留白,像绘画一样,空白的艺术,小小说本来就是空白的艺术。

施:总结一下你小说、散文所传导的感情?

汪:归纳一下,可分三种,一种属于忧伤,比方《职业》;另一种属于欢乐,比方《受戒》,体现了一种内在的对生活的欢乐;再有一种是对生活中存在的有些不合理的现象发出比较温和的嘲讽。

我的感情无非忧伤、欢乐、嘲讽这三种,有些作品是这三种感情混合在一起的。

施:你写小说也编京剧剧本,两者异同在哪里?

汪:剧本、戏剧和小说不一样,戏剧是不容深思的艺术,它当场给人感受,不可能供人思索。"写诗文不能写尽,只能说二三分,写戏必须说尽,十分就得说出十分",这是很有道理的。戏剧的结构是属于一种建筑,小说的结构是树木。

施: 最近上演的京剧《一捧雪》,本子是你改的,因你不满意别人曲解这个戏,变成斗争什么的。

汪: 我改这个本子,目的很清楚。为什么莫成轻易从死,很简单,奴才应该替主人去死。我改的时候,基本没大动,只在莫成替主人去死,狱卒给他喝酒时,加了大段唱工,把莫成的心理层次一层层揭开。另外我在这戏里加了两个报幕,让他们对剧情有所评述……

施: 非常布莱希特的手法……

汪: 这样让看老戏的过瘾,也吸引年轻观众。京剧的出路,就是要吸收现代主义的东西,老的东西不能一下改,改得面目全非,我在演出之前的告观众书上写道:

"望你们一面看这个戏,欣赏唱腔、做工的同时,能思索一下历史,为什么会发生这样的现象,莫成为什么作出这样的决定?希望你们想一想过去,也想一想今天。"

结果上座很好,观众大叫好,这在改编的戏是少有的现象。京剧的问题很严重,编导人才太缺乏,艺术观念太狭隘,没有追求,一代不如一代,十分危险。

注 释

① 本篇原载《上海文学》1988 年第四期;初收《汪曾祺全集》第八卷,北京师范大学出版社,1998 年 8 月。

访汪曾祺实录^①

张：请先谈谈您创作经历的简单情况。记得八十年代初，我们这辈青年人首次读到您的《受戒》，印象很新鲜而深刻，而对您的名字却感到很陌生，似乎是"新"作者，但从作品本身看，又很有一股独特的"老"作家的功底在。后来才知道您确实是早在四十年代初就已从事创作的老作家……

汪：是的，大约在1940年，我20岁时，在云南昆明，上西南联大的中文系，从师沈从文先生。沈先生开的一门"各体文习作"，是必修课。我最早的创作就是这些习作，其中一些篇什，经沈先生推荐到一些文艺报刊上发表了。我的经历也不复杂：四十年代，在昆明生活了七年；46年到了上海，当过一年的中学教师；后来就到了北京，当过几年刊物编辑，很少写作了；57年"反右"时我先还没挨上，但后来还是逃不脱，补戴上了"右派"帽子，放到张家口去劳动，有四个年头。62年回到北京后，原单位不接受，后经北京市文联有关同志帮忙联系到了北京京剧团（现改称"北京京剧院"），干编剧工作，前几年退休，后又返聘回去，所以现在也还在京剧院工作……

张：不少读者似乎都以为您是作协的专业作家。

汪：我的作品不算多，当个业余作家就觉得很好，比较超脱些，不须太多介入复杂的文学界。

张：您在一些文章里说过"长期脱离文学创作"，想必就是指解放后二十多年时间里几乎都不搞文学（只写过很少的几篇小说、散文小品），而是搞起了戏曲。那么，这一段从事戏曲编剧的经历，对于您在七十年代后期重新搞文学创作，是否有些什么影响？

汪：影响是有的。从正面看，大概主要是：在创作时，腹稿考虑比较成熟。因为戏曲编剧在构思过程中花的时间很多,要反复酝酿,整体构思完全成熟后才能动笔。我现在写作,基本上也保持这一习惯。比较短的作品,几乎是可以通篇背得下来后才动笔写。我不习惯在草稿上改来改去,基本上是一遍稿。往往开头较难,写得不顺时我就撕去重写,直至开头写顺了,通篇就能一气写成。当然,构思完整了,但有些细节在动笔中也难免有所改动。我的作品,基本上都是在构思时间比较长的情况下写成的。

张:从一些文章中看到,您多次表示过不大同意"乡土文学"的提法。但在许多读者的印象中,您的作品里有着浓厚的乡土风俗味,似乎就属于人们观念里"乡土文学"的范畴。对此,您自己的想法如何?

汪:我是不同意"乡土文学"这个提法。当然,作品里有乡土风俗味,表现地域特色、民族特色等等,都是可以的、正常的,但这与"乡土文学"并不是一回事。现在文坛上人们说的"乡土文学"概念很含混。究竟什么叫"乡土文学",都说不清楚。但有一点似乎很明显:标榜"乡土文学"口号,往往是表示与文学中一些"新潮"的东西相对立的。"乡土文学"这个口号,排他性、封闭性很强,把自己局限了起来。有人说"乡土文学"在外国文学中也有的。依我看,中国的"乡土文学",与外国的"乡土文学"概念也不一样。如美国的斯坦贝克,他的作品是被称为"乡土文学"的,但他的"乡土文学",并不仅只是一个地域特色的概念。至少有两点:一是坚持现实主义,二是思想内容中表现人道主义的东西,如他的《人鼠之间》等作品。而我们这里提"乡土文学",似乎只是强调写地域特色,这样的"乡土文学"太简单了些。

张:不过,现在人们谈"乡土文学"在概念内涵上也有些新的理解,比如似乎特别强调它的"民族性"……

汪:实际上,标榜"乡土文学"者,也并不真正强调民族的传统文化,而只是强调宋元以后的市井文化。

张:是否可以说,它强调一种"民间性"的东西?

汪:市民性。是从宋元话本开始的市民文化的东西。

张:撇开"乡土文学"这个泛概念,现在文坛上似乎还有种种加上地域性标签的文学群体、流别之说，比如"京味小说""海派文学"等等。您认为自己是否属于"京味小说"作家之列？前不久举行的"京味"作品讨论会，以及即将出版的京味小说八家作品集，是把您已列入"京味"作家群的。

汪：我对"京味小说"这个概念也不理解。在讨论会上对这个概念的界定，说了半天也说不清楚。为什么要提出这个东西？我不喜欢把一些作品标上地域性的标签，称为"什么什么文学"的。至于把我列入"京味"作家，大概因为我有几篇小说写北京的生活，用北京话言，有点北京味道。其实这都不算我的主要作品。

张：您的许多作品都是写故乡江苏高邮的乡俗人情旧事的，也可以说是您创作的主要部分。似乎您的作品基本上都是写自己生活经历中的实有的人物、事件……

汪：大部分是有生活根据的，当然也有一些想象、虚构，而这也需要两条：一是靠生活的长期积累；二是要有对生活的独特看法，也就是现在常说的作者的主体性。我很同意法国一位心理学家说过的一段话，大意是：所谓想象，不外是记忆的一种重现或复合。我的一些作品就是写有关故乡旧事的记忆。如果在生活中没有真实的感受，从何想象？

张："现实主义"现在已经被理解成一种宽泛的东西。您自己也曾经认为，现实主义的基本规律就是从生活出发。在这个意义上，是否可以说，您的创作的总体追求，是属于现实主义的？

汪：可以大体上这样说。但也不绝对。因为现实主义这个概念是在变化发展的。十九世纪时，现实主义的对立面似乎就是浪漫主义，二十世纪以来，它的对立面似乎就是现代主义了。我坚持现实主义，但也不排斥现代主义。年青时开始接触文学，就曾读过不少现代主义的东西……

张：从您当时以至现在的创作中，似乎都不难看出现代主义的影响。在总体上看，您对现实主义确实有着自己的独特追求。

汪：在文学上我的经历也独特。对"伪现实主义"、"伪浪漫主义"

的东西体会尤深。在"四人帮"时期,现实主义和浪漫主义都被糟踏得一塌糊涂。我参加过搞"样板戏"的编剧,当时的创作,什么"两结合"创作方法,完全是说谎,无中生有,胡编乱造,我从这种创作经历过来,对这一点感受很深。也是"物极必反"吧。粉碎"四人帮"后精神上松了绑,我重新搞起文学来,就完全不信那一套了。我恢复了自己在四十年代曾经追求的创作路子,就是说,我在八十年代前后的创作,跟四十年代衔接了起来。

张:这么说,解放后二十多年里中断了您自己的文学创作,既是一种不幸,似乎也是一种"大幸"?

汪:中断那一段时期的创作,对我来说无形中是有好处。因为十七年时期和"文革"时期的文学中,是"左"的东西占上风的,写政策,写好人好事。这时期我不搞创作,受这些东西的影响也就不深。所以我就等于避开了这个时期,续接回到了四十年代的创作路子。

张:这很有意思。您自己独特的创作路子,显然是有自己独特价值的。对于您的作品的研究,如果撇开一些具体的角度(比如题材、内容、语言、结构、技巧等),而从整体上看,我觉得,您通过文学创作,更多地表达出了一种特定的生活态度,一种关于人生、关于世界的基本信念和价值观念。也就是您在《自选集》的自序中所表述的:"总起来说,我是一个乐观主义者。对于生活,我的朴素的信念是:人类是有希望的,中国是会好起来的。我自觉地想要对读者产生一点影响的,也正是这点朴素的信念。"在这之前,您也曾经说过:"一个作家总要使人民感到生活是美好的,感到生活中有真实可贵的东西,要滋润人的心灵,提高人的信心。"……是否可以认为,这些话基本概括了您的人生观念和文学观念?

汪:可以这么说。

张:您能否更具体地谈谈对文学观念基本方面的一些看法。比如:文学的本质特征问题("文学是什么?");文学的功能价值问题("文学有什么用?");作家在社会生活中的位置问题("作家是干什么的?")等等。当前文坛上作家们在这些观念方面似乎有两种极端的倾向一种是强烈参与型的,讲"责任感""使命感""忧患意识"等等;另一种是自觉或不自觉的超脱型,讲"纯文学""感官消遣",以至"玩文学"等等——您的看法如何?

汪:我同意说文学对社会是有作用的。同意作家讲"责任感"、"使命感"。有些人对此反感,恐怕是一种意气用事。但如果冷静地看,作家完成一部分作品后,只放在抽屉里,当然是自己的事。但一旦把作品拿出来,变成社会的东西,就不能不对世道人心有所影响。

当然,我也不同意像过去那样把文学的作用、功能看得那么浅近、直接,以前常常说"文学是生活的教科书",还有"灵魂工程师"等等,提法也不科学。我不同意说文学有直接的"教诲"作用,但也不主张没有一点"教诲"意义。一部作品所表达的思想感情是健康的、使人对生活有信心的,还是相反,这其中总蕴含一定的"教诲"意义。我觉得文学应该让人感觉到生活是有意义的,而不应使人们对生活有一种悲观绝望情绪。现在一些作品里表现人生的"痛苦"、"失落感"、"荒谬感"、"孤独感"等等,很时髦。其实在我们社会里,还不具备产生这么多"感"的条件。不过,也确实有些作家感到生活没有意义,很荒谬,如果这些思想感情是真诚的,我也不反对他真诚地表现一下。但问题是,现在不少人是"为赋新诗强说愁"。

张:这要区别不同情况。我想,在年青一辈的作家里,感到人生痛苦和荒谬并把它表现出来的,一部分确实来自真实的现实体验,另一部分则可能来自西方现代派的影响,比如卡夫卡……

汪:就我个人来说,我也很喜欢卡夫卡的作品,但我觉得,中国总不可能真正产生"卡夫卡"。中国现实里是有荒谬的东西,但问题在于对它抱怎样的态度。我很赞成一些作家主张要有"忧患意识",在荒谬的现实里寻找出路,我认为是好的。而对于那种完全在抽象概念里玩"荒谬感"之类的游戏,我不以为然。

张:那么,对人们议论的那种"玩文学",或者"探索文学"令人"看不懂"等现象,您怎么看?

汪:"玩文学",玩一下也未尝不可以。让他玩一阵,恐怕就不一定玩得下去了。对这种现象可以放松一点,不要把作家都"管"起来,现在文学界还是有些人总想当作家的"婆婆"。

"探索文学"跟"玩文学"恐怕不是一回事。我对"探索文学"了解也不多,但觉得,它作为一种艺术探索现象,还是值得尊重的。比如残雪的出现,不能说没有道理。

1988.9 北京

注 释

① 本篇原载《北京文学》1989 年第一期,采访者为张兴劲。

心地明净无杂质[①]

我是江苏高邮人,1920年生,属猴的。高邮是苏北属于里下河的县,不大。我的家庭是个地主家庭。我的祖父在清朝的时候考了个拔贡,最后一科的拔贡。他比较遗憾,没科举了。我从我祖父那儿没继承什么东西,他倒是挺喜欢我。小时候,他教过我论文,教我写过初步的八股文。他收藏了很多字帖,有的字帖他给了我,在孙子里他比较偏爱我。所以我小时候对书法有些兴趣。我父亲是个画家,画国画的,也会刻图章,大概我小时候对画画有兴趣受他的影响。他画画时我总在他旁边看。另外,他还收藏了很多画帖。

我从小时候喜欢画画,在学校里挺突出的。我到高中毕业时曾打算考美专。当时到昆明考大学,报考的是西南联大,当时想要是考不上大学就考美专,结果西南联大考上了,就没有考美专了。现在想也许我这个路走错了,如果考美专,也许我画画比写小说有名堂。那是1939年。

我小学和初中是在本县读的,高中是在江阴的南菁中学,这个学校很老,前几年是100年校庆。我后来搞文学,跟我小时候几位教员有关系。主要的是高北溟。我在一篇小说《徙》中写过高北溟。这是个真人,我没改他的名字。他当时已经死了。当然小说中不是所有的事情都是他的事情。从我小学五六年级一直到初中,语文都是高先生教的,那时叫国文。高先生在我们县里是很有学问的,他的思想当时还是受了民族主义思想的影响。他的脾气是很不好的,很怪,很偏,就像我写的,很落落寡合的那么一个人。他教书除了学校规定的教科书外,他自己编讲义,后来我长大以后,我归纳一下,他选的作品带有一点民主主义的倾向,比如《苛政猛于虎》,一直到后来的归有光的散文,他还教我们板桥家书。

他教书严格，初中还打学生，背不出来打手心。他对我一直比较喜欢。他也教一些新文学，比如朱自清的《背影》是他教的。甚至还有翻译作品，所以我很小就读了都德的作品。

我高中在南菁读了两年，江阴沦陷后就不能读了，就在苏北的一些中学借读。南菁学校到现在为止还是全国重点，比较严格，那个时候主要培养理工科的学生，教员、课程全偏重于理工科，学生毕业以后理想是考上海交大。

我那时对文学有兴趣，因此在那个学校里不是好学生，我的理工科勉强能升级，有时还要补考，面临着留级的危险。那个学校没有人画过画，我是唯一的画家，壁报都是我画的封面。

后来我就考大学，从上海取道越南（那时叫安南），去昆明考。那时候考没把握。千里迢迢离乡背井。我去考西南联大，我的第一志愿是中国文学系，主要是那里有闻一多、朱自清。屠格涅夫的《猎人笔记》和沈从文的小说对我的影响最大。考取了真像是做梦。跟家里后来就完全断了音讯。考试之前还得过一次恶性疟疾。越南那里蚊子很厉害，我发高烧，快40度了，护士给打了强心针，我还开玩笑说要不要立遗嘱。考试那天，我要考试医院还不让我出院，我说我来考试你不让我出院那怎么行！后来居然还真考上了。

西南联大是个很好很好的学校。这个学校是特殊的学校，在中国的教育史上很值得研究。现在美国有一个人专门在写西南联大校史。他搞了很多年，占有很多材料。他说西南联大是个很怪的学校，这个学校是抗战时候北京大学、清华大学、南开大学三个学校联合起来办的一所大学，他说这个学校前后不到10年，1938年至1945年，8年，后来三所大学又恢复了。这8年出的人才比这三所大学30年出的人才都多。他要探讨这个原因在什么地方。而且那时条件非常艰苦。那时住的房子都是土房子，房顶都是草顶，木料都是没刨过的，很简陋，40个人一间屋子，吃的是"八宝饭"——那时候国民党政府对大学生还比较照顾，吃饭给学生发贷金，那个"八宝饭"是很红很糙的米，里面有小石头子,耗子屎,什么都有,所以叫"八宝饭"。菜就是魔芋豆腐,学生都很不爱吃。

当时教授生活也比较清苦。物价飞涨通货膨胀,薪水越来越不值钱。据说在延安时周总理替这些教授们算过,现在拿那点钱能过什么日子。闻一多先生起来革命,有很多种原因,跟教授生活太艰苦也有一点关系。因此他们也容易跟人民生活感情相通,原来他们多少有点精神贵族。但是在那种艰苦的条件下,西南联大的很多教授和学生还是安贫乐道,求学问孜孜不倦,乐此不疲。拿穿衣服来说,那些教授原来在北京的时候,一个个都是西装革履的,后来穿几年的衣服穿破了,我记得闻先生就穿一件灰色的夹袍,很过时的,当时已经没有那种样式了,领子很高,袖子很窄。还是亲戚送的。我记得有一次开校委会的时候,闻先生大骂蒋介石,就穿着那件夹袍,大骂:"蒋介石,王八蛋,混蛋。"朱自清先生原来爱穿大衣,大衣穿破了,他就弄了云南人赶马的人爱穿的毡子,在领子上拴一根绳,像西部电影的侠客。

但是大家都在做学问。另外西南联大的学风是学术自由。那时候教授教书你爱怎么教怎么讲,没有谁来干涉你,真是百家争鸣,不像现在还有教研室,统一的教材。

有一位教授叫刘文典,他教庄子,好像是安徽人。他说:"庄子嘛,我是不懂的了,中国人也没有谁能懂。"他讲《昭明文选》,讲了一个学期只讲了半篇文章。他讲《昭明文选》,一会儿讲到法文,一会儿引用英文,其实是一种比较文学的讲法。

钱锺书讲宋诗也是经常引用外文。钱钟书博闻强记。我没有上过他的课。他是无锡学派。

教我们词学的是唐兰,后来故宫博物院的副院长,前几年死掉了,古文字学家。他本来是教古文字学的,他忽然开始讲词学。他也是无锡人,他讲词学不讲经文,就用无锡话吟诵一番,说"好,真好",不讲了。学生从神态里理解这首词。

我们的教室很简陋,比住的地方稍微好一点,是铁皮顶子,一下雨哗哗响。除了一年级的学生,比较老老实实上课,工学院的理学院的学生,老老实实上课,文学院学生很多课是不上的。那时候也没点名这一说,我们西南联大从来没有点名册。我们上哲学概论,文学院的学生都要选,听讲课的时候没多少人,考试的时候大教室坐不下。有的学生把考卷拿出去,到附近的茶馆去做。这门课也没人不及格。极其自由的学风。学生也是各种各样。很多课学期终交报告就可以了,不考试。老师也有比较严格的。比如朱自清先生。这种老师很少。他教宋诗。闻先生教楚辞,基本上不考试。

有个现象很奇怪的,工学院理学院的学生都来听文学院的课。包括李政道、杨振宁都来听课。完全是修行靠自己。闻先生讲读〔课〕,他的笔记本这么大,毛边纸,写的工楷,一笔不苟。他写字喜欢用别人用过的秃笔。闻先生讲《楚辞》第一句话:"痛饮酒,熟读《离骚》,乃可以为名士。"闻先生讲课很戏剧性。

我写东西受沈先生影响大。人家说我是沈先生的弟子,我是沈先生的入室弟子。沈先生教课也挺有意思,他很不会讲话,因为他自己没有受过正规教育,他在我们系里开三门课,各文体习作、创作实习、中国小说史。创作能不能教是世界性的争论。一般说起来不太好教。原因很简单,教创作的他自己不创作。沈先生教创作,他的办法我觉得还是比较对的。他每个星期叫学生交一篇东西,有时出题目,有的题目比较怪,比如《我们的小庭院有什么》《记一间屋子的空气》。人家问他为什么出这样的题目,他说你先得学会车零件,然后才能学会组装,我觉得这个道理挺对的。有些作家说功力不够,其实是基本功不够。他根据学生的作品——我那个班 14 个人——来谈问题。而且往往对你的本文写很长的读后感,甚至读后感比你本文还长。有的是针对这个作品,有的是生发开去,谈一些普遍的创作问题,受益很大。再一个他还根据学生的作品,去找一些类似这种写法的作品,中国的外国的都有,带来给你看,让你看看人家这种作品怎么处理。这种办法是很好的办法,比一般地看作品受益大。我记得我写过一篇作品,也许是我发表的处女作,写一个小店铺上灯以后各色各样的人的活动,题目好像叫《灯下》,这个小说跟我以后的作品有相似之处,就是没有主要人物主要事件,就是一些人,大家在那儿活动讲话,散点透视。沈先生看完之后,他就介绍我看这种没有主要人物主要事件写法的小说,好多篇,包括他自己写的叫《腐烂》,写上海靠黄浦江边的镇子里的人物,小偷、流氓、下等妓女、警察、猜字先生,各色各样人的活动,整个一个大的乱糟糟的生活画面。我觉得这两种办法,都是教创作的最好办法,除此之外,我想不出还有什么好办法。现在讲了半天就是福楼拜怎么说,托尔斯泰怎么说,学生挨不着。

沈先生的三门课我都上。另外沈先生上课,学生有很便宜的地方,就是沈先生自己给学生找参考书,所以他每回上课都抱一大摞书,给这个两本给那个三本,学生很方便。所以他的藏书不是为了藏书,他就是为了给学生看。有翻译的书,有当时的书,借给学生的时候,书上签名上官碧,用淡墨。很多学生离开昆明的时候,连同有上官碧签名的书一块带走了。他从来也不登记。他讲中国小说史,有些个材料也不大容易找到,他就把这些比较难得找的材料给你抄一份。昆明那时候有一种纸叫竹纸,很长的,沈先生用蝇头小楷写得密密麻麻,给学生。我跟沈先生学了几年,受他的影响很大,应该说我是他的得意高徒。

我发表作品时间较早,大概是1940年,就是一篇作业,沈先生拿去发表。沈先生鼓励学生的创作兴趣,他的关系很多,他是一个经纪人,他介绍很多作品出去发表。他这一辈子给人寄稿子用的邮费加起来是相当可观的数目。那时昆明东西很贵,邮费也很贵,他把学生的稿子的边剪掉,只留当中的芯儿,这样可以少花点邮费,这也是不得已的事情。

1940年,大学时候,我陆陆续续发表了一些作品,我自己一篇没有保留,前些日子我一个老同学他居然还保留了几篇,问我想不想看,我说不想看。

后来大概到1945、1946年,我写了一些东西。1947年我到上海去了,1948年时在巴金先生的文化生活出版社出了一个集子叫《邂逅》。

解放以后我做了相当多年的编辑工作。我1948年到了北京,在午门的历史博物馆就是现在历史博物馆的前身,在那儿工作了一个时期。守着那点破铜烂铁实在没意思。那时候的历史博物馆跟现在的不能比,真是破铜烂铁,没几件东西,成天在午门楼上守着。那个里面没什么人住,到晚上一关上大门那安静极了,午门前面除了有两个工友在那儿住,就我一个人在那儿住,有时候我晚上在前面广场一站,我觉得天底下哪儿都是凉的,就我这是热的。我想这样不行。而且那个时候的确感到,你要想写点东西,不介入生活是不行的,脱离人的环境不行。

刚解放不久我就下决心参加南下工作团,参加南下工作团应该说动机不纯,想随着军队一直打到广州,可以得到一点生活素材,可以写作,我不是想解放什么。结果到了武汉,因为领导、组织知道我在中学教过书,在历史博物馆工作过,结果让我接管文教机关,完了让我当一个中学的教导主任,我说那不行。后来就回了北京,调到北京文联,从那以后,就搞编辑工作,一直在北京文联。后来中国民间文艺研究会把我调到那儿去,为什么把我调那儿去呢,因为那时候那里办一个刊物叫《民间文学》,现在还有那个刊物,那个时候没有一个人的编辑工作是比较内行的,连画版样的人都没有,字号也不清楚。我还是多少搞了几年,我对民间文学还是感兴趣,编了几年《民间文学》。

我现在写作还受益于民间文学,而且我还认为作为中国作家,如果对中国的民间的东西、民间文学不稍微熟悉一些,应该说不能成为好作家。我在那儿编了几年刊物,后来打成右派。我这被打成右派是后来补上的,1957 年本来已经过了,1958 年指标不够,又把我升格上去了。

1958 年我就戴了帽子下放劳动在张家口地区,我下放的地方很怪,不是下放到大队,而是下放到一个农业科学研究所去劳动。这个农业科学研究所有地有菜园果园,农业工人其实哪就是农民,不过那是拿工资的农民。在那儿生活了 4 年。1958 年冬天才去的。这个下去的年头,我认为是有好处的。真正一放到底,什么也没有了,也就真正接触了中国的农民,中国的实际。什么是中国的实际,中国的农村农民就是中国的实际。你想不了解也不行,整天一块劳动一块睡,一个屋子里头,很多木床联在一起,成一个大炕,大家睡在一个炕上,枕头挨枕头,最东边的一个虱子想跑到最西边那是很方便的。

当时带有一些情绪。虽然可能是错划,但是当时自己从心眼里是觉得该划,我就是错了。所以中国的知识分子这点很可爱。但是我有一点很深的感受,这么大的一个中国,这么穷的一个中国,这么落后的一个中国,想要让它富起来,社会环境真是不容易。

我在下去的几年没受过什么苦,除了在劳动上体力有点招架不住外。不过当时我能扛 180 斤的麻袋。某一方面挺愉快的,在果园,在菜地劳动,有它的乐趣。

那个所长是一贯右倾,所以我就很舒服。我第一年下去劳动,春节不让回北京,他知道我们右派分子每逢佳节很难受的,他把我们几个右派分子搞到他屋里打麻将。他没有宣布我们是右派,他只是跟组长以上的人说了一下,一般的农民根本不知道这哥儿几个是来干什么的。前几年我还回到那地方去看了一下。因为我会画点画,农业科学研究所有时候需要画点画,要是拿出去画,虽然是植物标本,画一张要 5 块钱,我这白使唤。后来到坝上去了一次,为画一本马铃薯图谱。我对中国的马铃薯很有认识,因为坝上有个马铃薯研究站,我就在那儿画马铃薯,那里集中了中国全部品种的马铃薯,各种各样的马铃薯。花很好画,很简单,然后画几片叶子,画薯块。薯块画完了,我就把它扔到牛粪火里烤烤吃了,所以中国像我这样吃过这么多种马铃薯的人不大多。

后来就回北京。为什么我会在北京京剧院搞京剧呢?是很偶然的。因为我在 1954 年写过一个剧本是《儒林外史》的《范进中举》。怎么会写那个剧本呢?因为当时我还在做编辑工作,那个时候还想搞创作,但是做编辑工作下不去,比较苦闷。当时要写东西,不下去是不行的,所谓写作反映生活,实际上是写政治,你不下去坐在编辑部怎么写?有人说你不下去写东西你就写剧本吧。那年正好赶上纪念世界名人吴敬梓多少多少周年,他说你从《儒林外史》中找个题材写个戏。我就写了京剧剧本。这个京剧剧本后来还上演了,四大须生之一奚啸伯主演,还得了个一等奖,因此我就在北京市委挂上号了,此人可以写剧本。所以我结束了劳动摘了帽子以后,当地张家口也没法分配我工作,后来我就想办法回来,北京京剧团缺人,后来有人说这个人可以写剧本,就把我调进去了,所以从 1961 年底,一直在北京京剧院。现在我的编制还在那儿。很多人问我，愿不愿意把关系转到北京市作协或者中国作协当专业作家，我说不，在京剧院挺好，这儿没人管我，拿着北京京剧院的工资，写着我的小说和散文，他们对我也无可奈何，我每年向他们交一个剧本就行了。写完剧本，我就扬言，不希望上演。他们有的人对我写剧本不想上演不太明白。后来他们明白了，你写了剧本不上演，他们该着你的，你写的剧本上演了，你该着他们了。所以他们现在也不好催我。

我的创作生涯大概就是这样。有的人说我原来是写剧本的现在改行了写小说了，我说这个不对。我应该是原来写小说的，后来的工作是写剧本的，现在写小说应该是归口了。重新拿起写小说的笔应该是1962年，有了点生活，就写了《羊舍的夜晚》，在《人民文学》上发表，在当时说起来这个小说还是比较不那么概念，不那么"左"，当然现在看起来还是有一些"左"的东西。发表之后他们就继续约稿，后来把三篇小说编了一本小册子出版了。这本书很奇怪，是中国少年儿童出版社出的。我说怎么会是少年读物？他们有一位编辑叫肖也牧，他看了我的小说，说此人的作品很值得注意，你们去组织组织让他再写几篇，出一本书。叶至善在那里主持工作，他也同意，就在那儿出了书。

因为在北京京剧团，后来成立样板团，我就成了御用编剧，直接在江青的领导之下，搞假大空。《芦荡火种》就是那会儿写的，高大全嘛。写了差不多10年吧。"文化大革命"10年，我差不多搞了10年样板戏。这个样板戏搞得简直是，唉呀！后来我就知道样板戏那个创作法是绝对不行，绝对脱离生活现实。到了后来公然就是主题先行了。

我对高大全思想摆脱得比较早，所以我也应该感谢样板戏的创作方法，给了我一个反面的教训。

后来也很痛苦，而且在江青的控制之下写戏，担惊受怕，真是伴君如伴虎，不知什么时候江老太太发了话，吃不了兜着走。这个人出尔反尔。今天对你很欣赏，明天就对你控制使用。"文化大革命"以后，一些原来的老朋友都劝我，为什么不再继续写小说，林斤澜，邓友梅，因为他们知道我文笔还可以，总劝我为什么不再写小说，在他们的一再劝说之下,我又开始写小说。有人说我写小说是三级跳。解放前跳了一跳,1962 年左右跳了一跳,"文化大革命"以后又跳了一跳。人家说我是大器晚成。很奇怪,因为一般人到 60 岁就不怎么写东西了,我主要的东西是在 60 岁以后写的。我写东西主要是刊物约稿,后来有一阵写得比较多,是因为北京出版社决定出我的选集,我说不够啊,他说不够你就赶写点,所以为了凑书的字数我就赶写了一些。

如果从 1940 年算起,我写作的经历应该是不短的,但写的东西不多,而且我写东西,小说只写短篇,不写长的,连中篇也不写。

我一开始写小说,除了受沈先生影响之外,也受西方现代主义影响。我有一个时候读了一些个现代主义的东西作品,受了意识流的影响,所以台湾介绍我时说我是中国当代最早的运用意识流的作家。其实在我之前也有,比如林徽因,废名。林主要受英国沃尔芙影响,她的东西不多,但很有意思。写法比较新。我的《小学校的钟声》,那是完全的意识流。年轻时也写过现代派的诗。有一次听两个学生在聊天,这个问,谁是汪曾祺,那个说,就是写别人不懂,他自己也不懂的诗的那个人。

完全搞现代主义,应该说我曾经是个过来人。我觉得中国人不可能像外国人一样的思维。文化不一样,每一个作品或是每个作者本身都是一个文化现象,总是跟祖国的传统文化分不开的。西方的作者是西方的文化积淀、背景,中国作家用中国话写。西方的作者包括现代主义作家,他们对自己本国的语言也是很精通的。语言必然影响思维,语言决定一切。因此我觉得文学是不可能全盘西化的,除非你是用法语思维,你可以写出地道法国味儿的诗,你用汉语思维、中文写作,想写出法国味儿的诗是根本不可能的。

注　释

① 本篇作者口述,杨劼整理。采访具体日期不详,应在 1988 年前后。收入《名家口述中国文艺》,廉静主编,文化艺术出版社,2007 年 7 月。

关于"当代文学四十年"的回答[①]

　　我认为文学四十年,最重要的经验是放弃了"文艺为政治服务"的口号。最重要的教训是提出这个口号,并且坚持了很长的时间。

　　不取消这个口号,就不可能有文学的"新时期"。

　　随着这个口号的放弃,就自然地带来一个公式的消失:政治标准第一,艺术标准第二。

　　因此就带来文艺理论和批评的解放。

　　但是,有一些人并未真的放弃这样的口号、公式,他们认为,这样一来,岂不是就"乱了套"么?

注　释

　　① 本篇原载《上海文论》1989 年第三期,题目为编者所加。《上海文论》拟了十个"关于当代文学四十年"的问题,如"您认为当代文学四十年,最宝贵的经验和教训是什么?",本篇为作者的回答。

听沈从文上课①

李：四十年代你在昆明西南联大时，给你上过课的有朱自清、杨振声、闻一多、沈从文，他们上课的特点是不是不太一样？

汪曾祺（简称汪）：杨振声先生这个人资格很老，他当时是文学院院长，给我们讲汉魏六朝诗。他上课比较随便，也很有长者风度。对我他好像挺照顾，期末考试前他说，汪曾祺可以不考了。朱自清先生上课最认真，规规矩矩的。给我们上宋诗，每次他都带上一叠卡片。他要求学生按期交读书报告，考试也要求严格。他对我不满意。说：汪曾祺怎么老是缺课？

李：沈先生给你们上什么课？

汪：他开三门课：各体文习作，是二年级的必修课。创作实习和中国小说史则是三四年级的选修课。他只上过小学，对中学大学的课怎么上一点也不懂。讲起来没有系统，而且他还是湘西口音，声音也小。但他讲写作有他自己的一套办法。

李：他给你们出题目吗？

汪：很少出题目。他一般让大家自己写，然后他根据我们的作文来具体分析，找一些类似的名作来比较，用现在的话说，就是参照。他还喜欢在学生的作业后面写读后感，有时他写的感想比原作还要长。记得我写过一篇《灯下》的作品，描述小铺子点灯之后各种人的活动，没有主要情节，也没有重要人物，属于写情境的。他就找来类似的作品，包括他的《泥涂》给我看。这给我的印象很深。我后来的小说《异秉》便是以此为雏形的。当然，有时他也出一些题目，给我们出的我都忘记了，但我记得给别的年级出的两个题目。一个是为我的上一年级出的，叫《我的小庭院有什么》。另一个是为我的下一年级出的，有点怪，叫

《记一间屋子里的空气》。因为怪,我才记住了。

李:他这样出题,好像是避免空泛,避免雷同,让学生从小的角度来描写,这可能和他自己当初练习创作相似。

汪:他有一个说法:先要学会车零件,然后才学安装。他强调的是对生活片段的仔细观察。

李:那时你常去他那儿吗?

汪:当时他住在昆明郊区乡下,每个星期在上课的日子就进城住两天,学校安排有房子,我经常去那里。每次去都是还上一次借的书,再借几本,随便聊聊。他的书学生都来借,其他系的同学也来借。他的许多书都是为了借给学生看才买的,上面都是签他的笔名"上官碧"。人家借书他也从不立账,好多人借走也不还,但这毫不影响他对学生的慷慨和热情。

李:你在大学毕业后与沈从文接触多吗?

汪:我一九四八年到当时北平的历史博物馆工作,就是沈先生和杨振声先生介绍的。北京解放后,我参加了南下工作团,大概一九五〇年秋天回到北京,又见到了沈先生。

李:听说沈从文当时精神状态很不好,对自己的前景比较悲观。我还听说他有一种恐怖感,成天疑神疑鬼。严文井、陈明、刘祖春等先生,都曾对我谈到这一情况。

汪:我当时也看到了。他老是觉得别人在批评他。记得《文学杂志》上发表了一篇《放刁》的文章,本来与他没有关系,可是他认为是批评他的。他住的中老胡同后面有一条小路,他疑心每时每刻都有人在监视他。

李:许多人认为,他的这一精神状态与郭沫若的那篇《斥反动文艺》有关。在文章中郭沫若批评他为"粉红色"的作家,政治上也是"反动"的。你在纪念他的文章中,提到过此事。

汪:我听说在北平还没有解放时,沈先生所在的北京大学就将郭沫若的文章抄成大字报贴在校园里,这使他感到很大压力。但他没有离开北京到台湾去,其中一个原因,他过去曾资助过一些学生到延安去。

另外,他还有一些朋友如丁玲、何其芳、严文井等也在延安,而且有的是文艺界的领导人,他认为他们会帮忙说话的。

李:他是一个真正意义上的作家,虽然也曾发表过一些议论政治的文章,但他基本上还是从文学的角度看社会。他从一个只有小学程度的文学青年,成为北京当时高级知识分子圈子中的一员,我想就是他的艺术天性起了主要作用。

汪:我看徐志摩、林徽因这些新月派或京派文人欣赏沈先生,一方面他们重视艺术,另一方面还因为他们对他的经历和他所描写的边民、士兵生活很感兴趣。这些文人受西方文化的影响,都有人道主义倾向,他们感觉到自己身上的弱点,觉得和劳动人民存在着距离,他们本身负有一定责任。记得林徽因写过一篇文章《窗子以外》,就写高层文化人想要理解劳动者而不能。

李:在"五四"时代,这种知识分子的忏悔意识还是比较普遍的。

汪:对于他们,沈先生的生活经历是新鲜的,他与文学的结合也具有传奇色彩。

李:你以"寂寞"论述过沈从文的散文作品和性格,很多人也常常都谈到他的淡泊,他的温和。我也曾在一篇文章中强调他总是以平静的态度对待人生,对待社会。最近我觉得这一看法并不全面。从他在三四十年代引起的多次文坛论争来看,他其实并非总是甘于寂寞的,我看他还是很热闹的。除了创作,他写了不少作家论,评述一些同时代作家,还喜欢对文坛现象发发议论,文章也常带有锋芒和不冷静的情绪,结果往往招来许多麻烦。我找不出一个合适的词来概括他的这一特点。

汪:好管闲事。

李:对。他有时是这样的。

汪:他对凡是不合他的意的,他就要发些议论。譬如,他并不了解中国妇女运动的背景,就出来谈论一番。四十年代有一次在上海,我见到巴金和李健吾。巴金就对我说:你告诉从文,别再写那些文章,写自己的小说就行了。

李:这大概就是人的性格的复杂性吧?

汪:但他在文学上没有派别观念。他与上海作家的关系都不错,但也批评穆时英的作品。

李:我觉得,一谈到文学,沈从文似乎就只有艺术这一个世界出现在他的眼前。人世间的种种关系、纠葛,他根本抛在脑后。像一个不悟社会的人天真地谈论文学。譬如他认为郭沫若的小说写得太差,就在文章中说:郭沫若可以是一个革命家、诗人,但就不能是一个小说家。话说得非常坦率。

汪:我觉得沈先生有时写文章考虑问题是太简单。记得在抗战时,我们都在昆明,他给余冠英编的刊物《国闻》写过一篇文章《鲁迅与周作人》。他说周作人如秋天如秋水,看世界不隔,而鲁迅看世界隔。当时周作人已经是汉奸了,他还像过去一样谈他印象中的周作人,当然不合时宜,难怪一些左翼作家批评他。

李:这大概也显出他的一股迂劲。你比较喜欢他的哪些作品?

汪:我喜欢他中年的作品,也就是《边城》前后的作品,包括后来的《长河》。我认为他的主要思想贯穿着一个主题:民族品德的发现与重造。他强调人性,是真正关心人,重视对人的描述。他的《贵生》《丈夫》对普通人命运的关注和揭示,就不是一般左翼作家所能达到的。他对社会一贯关注,也有呐喊式的东西在。《湘西》《湘西散记》两部作品有集中表现。

李:他是一个很特殊的、很深刻的人道主义者。

汪:我还觉得,在创作上他描写边民,但却较早地带有现代意识,那些北京的受西方文化影响的文人欣赏他,这可能也是一个原因。他的有些小说带有性描写的痕迹,而当时西方文化正强调回到人本身。他对施蛰存说,他很懂弗洛伊德。他的《八骏图》,完全是用性压抑来解释那些高级知识分子。《看虹摘星录》也受到弗洛伊德的影响。他的这些特点,老人认为违反传统,而左翼作家则认为违反文艺的政治原则。

李:沈从文对文体好像特别有兴致,而且各种文体的尝试都很成功。譬如作家论,短篇小说的各类结构,写得与众不同。他对佛经故事也作改写,我认为这类作品不太成功,不能体现他的文学风格。

汪:那是他的拟作,受《十日谈》的影响。当时他主要给张兆和先生的弟弟编故事,就拿此作内容,属于试验。但从文体角度来看,他把佛经翻译注进了现代语言,应该说有所创新。这些小说,语言半文半白,表现出他的语言观,我看还是值得重视的试验文体。

李:说到试验文体,你是否认为他有的作品可以看做纯粹形式上的尝试?

汪:偶尔有这种情况。在西南联大教书时,他曾为了教学的需要而创作一部分作品。另外,他有时还有意识地模仿一些名著。我想他是在揣摩各种体验。他的《月下小景》中有些民歌,我不大相信是苗民歌,完全像《圣经》里的雅歌,像《鲁拜集》中的作品。他也受到外国作家的影响。他说受过狄更斯的影响,我看不出这一点,我倒觉得他有些叙事方式有点像梅里美。他受到契诃夫的影响。《烟斗》,他说这才是学契诃夫。《顾问官》也很像契诃夫的风格,但比契诃夫写得调侃意味更浓一些。

李:一九八四年,有一次我同沈先生谈到他和外国作家的关系。我问他主要读了哪些翻译作品,他说他读过鲁迅兄弟俩翻译的日本小说,对他有些帮助。他告诉我他读得最多的,最喜欢的是契诃夫、莫泊桑的作品,还有李青崖等翻译的都德的作品,他承认这些人对他都有影响。你认为在现代文学史上,沈从文究竟占据一个什么样的地位呢?

汪:除了鲁迅,还有谁的文学成就比他更高呢?

注　释

① 本篇访谈时间为 1990 年 9 月,采访者为李辉;收入《和老人聊天》,大象出版社,2003 年。

闲 话 散 文①

卫：作家都希望自己写的是"史诗"，至少要"概括"一个时代，《晚翠文谈》的序中却说："我永远只是一个小品作家。我写的一切，都是小品。"这不是谦虚吧？

汪：不是。我写不出"史诗"。我没有那样的生活。我的气质也不具备那样的魄力。但巴尔扎克的《人间喜剧》，可以说是时代的"概括"吧，我宁是不喜欢。就画家说，范宽、王蒙的山水画是大家的，气势恢宏；倪云林只能画平原小景，画些小品。他们都有自己的位置。

散文不像小说、诗，能负载更多的东西，只能写点身边琐事。

卫：那您指的是狭义的散文。

汪：是。

卫：广义地说，东西方传统的思想、艺术，主要表现在散文里。

汪：散文也奇怪。最近，我的《蒲桥集》要再版。以前，房树民同志给我说过，我也没往心里去。我想，散文怎么能再版呢？现在真要再版；这大概有社会和文学的原因。

卫：听《散文》杂志的同志讲，他们明年的订数增加了两万。

汪：看，看！这说明读者不是对我一个人的散文感兴趣。这种现象，生活不安定是一个原因；生活使大家变得很浮躁，很疲劳，活得很累，需要休息，需要安慰，需要一点清凉，一点宁静，需要"滋润"。心里有不如意的事，想找人聊聊；听人说，也等于自己说。我始终认为，读者读作品是参与其中的。

卫：阅读也是一种对话。

汪：散文情况好转，也说明读者对人，对习俗、饮食，还有草木虫鱼的兴趣提高了；对语言、文体的兴趣提高了；文化素养提高了。当然，我也不希望我的书成为"畅销书",像流行歌曲一样。不少流行歌曲,词儿也不通,就唱,品级不高。

卫:您很推崇明清小品,桐城派的散文,还说归有光像契诃夫,这个比较有意思。

汪:桐城派讲"文气"。我认为这个是很先进的概念。我的文章怕人胡改,就怕文气断了。戴名世、刘大櫆、方苞的文章,我小时背过不少;我现在的作品里也有桐城派的影响。当然,我并不同意他们的正统观念。

归有光的《先妣事略》、《寒花葬志》、《项脊轩志》,写得平易、自然,像谈家常话,结构"随事曲折",好像没有结构。他的写法和现代的创作方法相通,观察和表现生活的方法像契诃夫。

卫:说到这里,我就想起作品容量和篇幅的关系。契诃夫《带叭儿狗的女人》,不管是思想,还是艺术,都不亚于托尔斯泰的《安娜·卡列尼娜》。作品的容量和分量不在篇幅长短。

汪:我的《大淖记事》,人家说,再抻一下就是个中篇。我说干吗要"抻"一下?我只能写成这个样子。写短了,从艺术上说,上算。作品不要写得太满。

卫:要"留白"。

汪:这样才有余味。

卫:您的散文属于哪种类型?

汪:上个月,《文学报》一个女记者访问我,说我是"文人文学"或"学者文学"的一个代表。过去我只知道有"学者小说""学者散文",没听说过"学者文学"。"学者小说"大都是大学教授写的,在小说里谈学问,生活气息比较少,往往深奥难懂。我读书少,没有学问。我的小说大概不是"学者小说"。"学者散文"的名声比"学者小说"要好一些。英国的许多 Essais 都是"学者散文"。中国的许多笔记,也是"学者散文"。鲁迅的《二十四孝图说》,周作人的大部分作品,都是"学者散文"。朱自清的《论雅俗共赏》等一系列论学之作,都可当作很好的散文来读。

卫：您推荐的《秋天的钟》，我读了，确实写得好。

汪：那是用意识流的方法写的。能发表这样的作品，说明我们的文学还有希望。我最近要给黑孩的作品写序，她受了日本新感觉派的影响，写得不错。一种写作手法，不能说"过时了"。

我常感到一些青年作家有我不及的地方，所以提出老年人要向青年人学习，不要这也看不惯，那也看不惯。哈尔滨那个阿城，写得就很特别，句子短，有自己的特色。

我在文学院带三个研究生。读他们的作品，我常惊叹：怎么写得这样绝！总之，这一代青年作家，在创作的准备上，比任何时代都强。

卫：他们像您说的一样，"赶上了好时候"。只要有生活，有思想，总要说话，什么也挡不住。

汪：孙犁以前的作品，就写得和人不一样。《铁木前传》，像西班牙小说。那个女的叫……

卫：小满儿。

汪：那是"卡门性格"。他抗战时写的小说，不像别人就是摸岗哨，端炮楼；也不能说仅仅"反映抗日"。他写的是"人"。概念框不住作品。赵树理的作品，也不能说就是"乡土文学"，《小二黑结婚》也不光是"反映婚姻自由"。有个外国学者说，《小二黑结婚》里唯一的正面人物，是三仙姑。

卫：这就是文学的现实功用和超越价值吧。赵树理的《催粮差》就很精彩。

汪：像契诃夫。

卫：曹禺的《日出》里，那些介绍、分析人物的文字，我认为是很好的散文。

汪：所以弄得导演不好下手。

卫：我没有看见过谁能成功地扮演陈白露。"散文"里，她是个有哲理味的女人。

汪：昆曲《夜奔》的念白也好，"男儿有泪不轻弹，只因未到伤心处"。

卫:我感到您有一个基本的思想,就是从生活出发。

汪:是这样。你要让我写打仗,我一句也写不出来。我不会编故事。

卫:您一"编",我就能看出来。像十一子下水救巧云,处理得就一般化,是"英雄遇美人"的老套。

汪:哈哈!不那样……我想他们之间怎么发生关系?谁编的,也能看出来。

卫:锡匠游行示威就真实、感人。我设想,要拍电视的话,人物不要说话,只有动作、脚步、衣服摩擦的声音就行了。那种场面,是您亲自看到的吗?

汪:亲自看见的。

卫:生活挖尽了,创作生命也就结束了。一些在大陆生活过的海外华人作家,他们最好的作品,就是写旧生活;这一截儿写完,就没什么东西了。

汪:还可以补充一些。

卫:补充也得与自己的心灵相对应。

汪:反正,写散文,像宗璞说的,要有真情实感。

1990 年 12 月 21 日

注　释

① 本篇采访者为卫建民,收入《八十名家谈散文创作》,作家出版社,2002 年
　6 月。

汪曾祺谈沈从文①

巨:汪老,您四十年代在昆明西南联大中文系读书时,沈从文先生给你们开什么课?

汪:沈先生当时给我们共开了三门课:一门是各体文习作,一门是创作实习,还有一门是中国小说史。每门课各学一学年。

巨:沈先生课讲得很好吗?

汪:不,讲得很糟,可以说沈先生不会讲课。

巨:听说您发表的第一部作品,是当时沈先生给你上课时您写的作业,您从事文学创作受了沈先生的启发和引导,您在西南联大时同沈先生来往很多,常到他的住处去看书,你们许多同学也常去沈先生那里借书看,沈先生平易近人,和蔼可亲,很容易接近,是吗?

汪:是的。

巨:沈先生受哪些外国作家影响较大?

汪:沈先生讲他不是单一地接受了某个作家的影响,是总体上受了一定影响。沈先生受影响较大的外国作家有契诃夫、屠格涅夫、狄更斯。沈先生的小说创作受契诃夫影响较大,散文更具有屠格涅夫的风格。

巨:张兆和老师也有这样的看法。沈先生离开湘西前在沅州熊希龄的旧公馆,就阅读过林纾译的狄更斯的小说《贼史》、《冰雪姻缘传》、《滑稽外史》、《块肉余生述》。初到北京时,沈先生说他的身边有两位老师,一个是中国的太史公写的《史记》,一个是西方的《圣经》。

汪:沈先生常看《老子》、《庄子》。

巨:老庄的"清静无为"、"虚静"滋润了沈先生的创作心理,老庄哲学的"自然"观深化了沈先生对自然与生命的理解。沈先生小说中的人物有老庄对世俗传统观念的超越。

沈先生曾在给一位中学教员的信中,让那位青年教员读一读《性心理学》,并指出了解除青春苦闷的多种方式,沈先生是否读过霭理斯写的《性心理学》?

汪:沈先生读书很杂、很乱,他读过霭理斯写的《性心理学》。

巨:沈先生早在二十年代末和三十年代就接触了弗洛伊德的精神分析学说和霭理斯的性心理学。沈先生读过张东荪写的《精神分析ABC》。沈先生接受霭氏的性心理学主要是通过周作人对霭氏性心理学的介绍。在中国现代文化史上,对霭氏性心理学在中国传播做出重大贡献的有两个人:一位是周作人,一位是潘光旦。这两个人可以说是最了解霭理斯的学说。二三十年代,周作人在《语丝》、《晨报副刊》、《现代》、《新女性》等杂志上发表了评介霭理斯性心理学的许多论文。周作人认为霭理斯的生活的艺术的理论就是"欢乐与节制二者并存",是"纵欲的禁欲",既反对禁欲,也反对纵欲,在禁欲与纵欲之间寻找微妙的取舍,求得"中庸"。沈先生的艺术创作情感节制论正是承继了霭理斯的生活的艺术论的火炬,用来照亮自己"周围的黑暗"。

汪老,您的作品有自己独特的艺术风格,自然、清淡、典雅,赢得了读者和评论家的很高评价,人们也常把您作为沈先生的传人,您的创作是否受沈先生很大影响?

汪:沈先生对我的创作影响很大。

巨:您是否在创作中有意仿效沈先生的创作风格?

汪:有有意效仿,也有无意效仿。

巨:您的《受戒》中引用的民谣:"姐儿生得漂漂的,两个奶子翘翘的。有心上去摸一把,心里有点跳跳的。"还有您的其他作品中引用的一些民谣,在沈先生的作品中多次出现过,您是不是从沈先生作品中移用过来的?

汪:我的作品发表以后,就曾有人说这些民谣在沈先生的作品中出现过,我创作这些作品引用的民谣,是我在"文革"中从事收集、整理民歌、民谣工作中发现的,不是直接从沈先生作品中移用的。

巨:汪老,您的《大淖记事》的结尾与沈先生《边城》的结束很相像,都含有对男女主人公未来美好生活的希望,这种结尾方式,您是不是受了沈先生《边城》结尾方式的影响?

汪:我是受了沈先生《边城》结尾的启发。

巨:早在三十年代沈先生就被文坛誉为"多产的文体作家",沈先生对多种文学文体进行大胆尝试,他愿意在章法外接受失败,而不愿在章法内获得成功,他勇于创新,他重视文学独特的审美特性,以文学重构人的灵魂,以文学构建人的理想的生命形态,以文学激励人们追求美、追求自由、创造光明的未来。沈先生强调文学技巧,反对艺术的商业化、政治化倾向。中国文人(包括古代的和现代的)影响了沈先生,沈先生同时也影响了中国现代作家、当代作家。沈先生对中国现代文学做出了自己的贡献,沈先生推动了中国现代文学的发展。汪老,请问您如何评价沈先生在中国现代文学史上的地位?

汪:中国现代文学史是一本糊涂账,"鲁郭茅巴老曹"这种排列法,并不能真正展现中国新文学的发展全貌。我们若一味单一地用"典型论"来评判文学作品,沈先生的作品很难算上好作品。过去好长一段时期,许多人只是简单用"典型论"撰写中国现代文学史,沈先生在中国现代文学史上根本没有地位。《人民日报》社记者李辉曾来访过我,我就说过:"在中国现代文学史上,除了鲁迅,还有谁比沈先生成就更大?"我的观点在《人民日报》上发表后,也没有人来找我麻烦。

巨:您对国内沈从文研究现状与前景有什么看法? 有什么意见?

汪:陈腐的思想、观念是对沈从文研究,乃至整个现代中国文学研究的一个极大限制,真正地摆脱极"左"思想的束缚,解放思想,更新观念,才能使沈从文研究有新的突破,取得更大的成果。文学有其自己的特性,有自身的规律,沈从文研究有许多问题有待开掘,有待深化。

巨:一位伟大作家的艺术创造性集中体现在其对文学内部规律的理解与创造性运用上。沈先生作品独特的审美特征是他对文学内部规律深刻思索与创造性运用的成果。深入研究沈先生作品独特的审美特征,有助于我们更进一步理解文学的内部规律与作家主体创造性的关系,也有助于推动、繁荣当前的文学创作。

汪老,您听了我对我自己硕士论文《沈从文的生命哲学及其小说创作》初稿的基本观点的阐释,并翻阅了我的初稿,您有什么意见?

汪:你从哲学的角度来谈沈先生的文学精神特征,我觉得选题很新颖。对于哲学我不太懂,我也不很明白。我感到你谈得很抽象。你探讨沈先生与尼采的关系,这很好,过去好长一段时期,谁敢提沈先生与尼采、柏格森、霭理斯的关系?鲁迅早期的民主思想、个性主义,也受了尼采的影响。《野草》、《狂人日记》明显带有尼采思想的印迹,这是不可否认的。倘若你能够将鲁迅所接受的尼采与沈从文所接受的尼采再做以比较区分,会更有意义。

巨:汪老,谢谢您了,耽误了您这么长时间,我以后有机会一定再来看您。

注　释

① 本篇访谈时间为 1992 年 10 月 25 日,采访者巨文教,原载《中国现代文学研究丛刊》1994 年第二期。

与马原、张炜对谈^①

杭州·西湖国宾馆
1992 年 11 月 16 日

马：我们都离家大老远地到杭州来了。这个片子的情况你们已经知道，还是先给观众们谈谈个人创作情况吧，当然主要是新时期的这段。您到西南联大是哪年？

汪：1939 年到 1943 年，我的创作是从 1940 年开始的，20 岁开始发东西。我开始很早，但中间缺了一大块，所以大家都说我是大器晚成。40 年代到现在写东西的人不多了……

马：您好像是唯一的一个，实际有创作能力的人已经没有了。

汪：我年轻的时候一开始写诗，我念的中文系受西方现代派的影响比较大，当时写的那些诗受象征派的影响比较明显，所以有一次我在我们西南联大的校园看到前面两个人说：谁叫汪曾祺呀，另外一个人就回答：就是写那首别人不懂他自己也不懂的诗的那个人。虽然我读的是中文系，但主要是受西方现代派的影响，也受唯美的新感觉派的影响。台湾有个杂志介绍我的作品，他说我是中国最早用意识流方法写作的人，写得最好的是我，其实不是。用意识流方法写作绝对不是从今天，从王蒙开始的，老早就有了。废名的小说就是意识流，林徽因的小说也是，她是中国的绝代才女。意识流这个东西，是人类对生活的认识发展的必然结果。

马：那时候很多人都说您是沈从文弟子，在西南联大听过他的课。

汪：应该说我是他的入室弟子，不仅上过课而且是得意高徒。

马：在当时就跟沈先生关系非常好，是他得意的学生。

张:沈先生批改过他的作业,看他的小说。

汪:后来我问沈先生我是不是你的得意弟子呢?沈先生说,就认我一个。这个确实,我们过去听过他的课,后来还写东西的人确实没有了。

马:张炜,汪老是20来岁写东西的,你差不多也是这个年龄吧。

张:我写东西早,发是1980年,23岁,汪老,他那时候搞京剧呢。

马:你当时1980年时已经写过几年了?

张:我从17岁开始写的。

马:就是连续不断地写。

张:我写过二三百万字才开始发表第一篇作品。

马:咱们俩情况有点一样,写了许多年才出来,我快30了才发表作品。汪老,您40年代的小说总共有多少?

汪:不知道了,保留下来的,收在我集子里的只有两篇,一篇叫《复仇》,一篇是在台湾一个集子里面,其他就没了。据说他们有个什么地方选散文篇,居然找到了我20多岁写的一篇散文,我说你们在哪找到的呢,我都不记得了。

马:汪曾祺是您的本名吗?

汪:是,我是行不改名,坐不改姓。

马:张炜也是本名,我还听你说过对你的本名不太满意,因为用的人比较多。

张:但发表文学作品的就我一个,有个体育记者叫张炜。

汪:你这个名字看起来好像你命里八字五行缺火,一般用火字旁这个炜就是八字里缺火。

马:您没有再想办法把40年代散失的作品收集一下?

汪:香港有个人不知道他怎么把我早期的作品收集了一多半,他说要在香港出个集子,我是不愿出。

马:这个从整个文学的大角度来考虑还比较要紧。

汪:我40年代到解放前到1948年,我出了一本集子,是巴金办的文化周刊出的,是我的第一个集子。

马:那这个集子现在还有吗?

汪:原来我手里有一本,很难找到了,但是有些人手里有。有十二三万字。

……我写东西有个三级跳,40年代写一些东西,也是现代派味道的,当时我还没到上海,上海就有一些人知道有个汪曾祺写这样的作品。有一本刊物就是郑伯农和李健吾编的,叫《文艺复兴》,我的老师沈从文就把我的两篇小说寄给郑伯农,当时这种写法的小说还是很少的。

马:那就等于中间断了几十年,这中间搞些别的。

汪:从1949年到1962年或1963年,20多年吧。当时我那种写法的人不多,郑伯农看了很激动。那个稿子都放在那好多年了,上面都有蛀虫的眼了,而且是毛边纸,是用老笔写的……

……我为什么和年轻人在精神上比较相通呢,他们也有一些搞现代派的,我说过搞现代派我是过来人,我现在也在搞,他看不出来。

马:我对新时期文学是唱高调的,有的人觉得并没好到哪去。我觉得80年代的中国小说是哪个朝代也没法比的。你是以《古船》闻名新时期的,能不能稍微谈一谈……

汪:……我是到60岁开始重新写小说的。

张:但汪老一开始就不是问题小说,接受起来不习惯。

汪:我这里也是个尝试,大家都知道我搞了十年样板戏,我认为此路不通简直没法写下去,这个笑话很多,这里不谈了,简直弄得我苦不堪言。当时我们搞样板戏的好像钦差大臣似的。另外有人很奇怪,你怎么这么大年纪又想写现实性小说了。我说我是受党的十一届三中全会感召而写作的人。人家说和这有什么关系。我说有关系的,十一届三中全会主要精神就是解放思想创作自由,要是当时没有这样一个大环境,我是不可能想起写东西的。当时有人问我,你写这个往哪发表,我说自己写着玩嘛。后来《北京文学》的主编李清泉,他听说有人写幽默小说,当时有人汇报是作为一个文艺创作中一个值得注意的不好倾向在会上提出来的,他说想看看这样的小说。这个李清泉是很有眼力的,他看了以后他不用通过什么一审、二审,他是主编嘛,他马上写个稿签就发表了……

马:张炜,你读不读同时代同行的作品?比较喜欢读哪几个人的?

张:我读得不多。我读得相对多一点是张承志的、韩少功的、王安忆的。

马:汪老您读不读?您在新时期文学里是个主将,又是前辈,新时期比较活跃的作家更多的是50多岁的、40多岁的和30多岁的,您比这些人都大出一截,您读不读他们的作品?

汪:总的说起来,新时期这些作家的作品我觉得成就是很大的。有的人说新时期这个十年文学是群魔乱舞,我觉得这是非常不对的,我认为新时期的作家,新时期这十年的文学成就,特别是一些中青年作家的起步比30年代的作家的水平要高,而且高得多。

马:那么您比较喜欢读谁的作品?

汪:我现在不读,因为我现在没多少时间。偶尔碰到我的眼睛前我才看看。我总写序,人家要我写序,我得看一看,很难有一个公平的看法,我是东看一点西看一点。我觉得铁凝的小说写得还不错,我觉得她那个《玫瑰门》挺好。《玫瑰门》的座谈我参加了,她从《哦,香雪》到最近发表的很短的《尴尬风流》,我觉得她的小说很有特点,她的小说你说不出她到底表现什么。

马:要让您推荐一本书,您一生中哪本书对您影响比较大或者说您愿意把哪本书推荐给读者?

汪:我是很有偏见的人,有些历史上很有名的巨著我是望而生畏,包括像《战争与和平》,幸亏我打成右派了,在那种时候我才把《战争与和平》通读一遍,但是我还是不大喜欢。我比较喜欢的,也是我受益不浅的两个作家,一个是契诃夫,还有一个西班牙的阿左林,这个作家中国人不大了解。我年轻时受过一点意识流作家的影响,我很喜欢英国那个女作家弗吉尼亚·沃尔夫,她的一些书应该重印,她的讲文学问题的长篇演讲,还有一些很短的小说,有一篇小说从一个狗的眼睛看到的这个角度写白朗宁跟白朗宁夫人的恋爱,非常别致的。

张：要说一本的话是《卡拉玛佐夫兄弟》。

马：差不多，可能我们俩的选择差不多。现在文学中有大量的关于性的描写，因为性观念开始逐渐开放，你对性进入文学怎么看。

张：我觉得搞文学不可能回避性描写，这个很重要，往往是那些很有深度的严肃的作家写得更好，但是它需要更大的才能来理解和处理，而现在我们出现的写性的作品恰恰相反搞得比较肤浅，更多的形象是向读者妥协的……

马：汪老您怎么样看？

汪：我投赞成票。我觉得性有很多写法，可以写得很粗俗、很丑恶，也可以把它写得很美，英国劳伦斯的《查泰莱夫人的情人》，我年轻时看觉得很抒情、很美。有的不是性文学，是性交文学。

马：在新时期众多的文学刊物里，张炜你觉得哪本办得最好？

张：这在不断地变化，总体上看还是《收获》。

汪：我也同意。只有《收获》一直到现在还坚持自己的主张。

张：我要是再添一本，就是《上海文学》。

汪：要是不得已而其次，我倒是觉得长春那个《作家》作为一个省级刊物办得真不错。

张：尤其是它在北边，在关外。

汪：我和《作家》的关系是不错的，我是他们经常的撰稿人。

马：对，汪老的很多散文都是在《作家》发的。要是让你重新选择的话，你还会干作家吗？

张：还干这个，还写小说。我觉得现在离开文学这些人，轻易离开的不多。按说是好事，在社会里面各种冲击比较大，有的人本来就不觉得做个作家更好，大家都拥挤在这里也没意思，还不如下海，而真正热爱文学的人反而更坚定，我想我是个很坚定的人。我们很多人其实是做一个作家，我对作家这个要求是很高的，从人格力量到他的才华和成就，是综合的。

马：那么现在商品大潮的冲击，大家都在想下海赚钱，你有没有想法？

张：没有，一点也没心动。好多动了，写得真正好的没有一个动的。当然我也不能说动的都不好，也不是这样，我觉得在这个时代，在社会的转型期更需要好多优秀分子来思考问题，我觉得好好思考是我们这一代作家非常重要的使命，也是我们最高的道德原则，我讲的不是一般意义上的道德。

马：你心里要是还有文学偶像的话，你觉得谁是你的偶像？

张：托尔斯泰。

马：单独拿出一本书，你是《卡拉玛佐夫兄弟》……

张：再推荐一本就是《复活》。

马：那么就是说你希望你写得像《复活》一样。

张：在高度上。

马：有没有信心，觉得自己行不行？

张：不一定，不一定是我。

马：（笑）我问得有点咄咄逼人。

张：有点不好回答。

马：但是我说艺术家内心里总有一些愿望，这种愿望在你能达到一种什么程度。

张：这不太好回答。但是起码我能承认，我不是那种作家。我的要求蛮高的，但是不能具体化，具体化没法讲。

马：你对同时代还在写作的作家信心足不足？

张：我觉得蛮有希望的，我觉得我们的文学到现在才真正走到了一个有希望的时期，这个时期对我们每一个作家构成了真正的刺激条件，我个人很乐观，对文学本身很乐观，对文学乐观并不表示我对其他的也很乐观。

马：但是你能低估商品大潮的影响吗，很难吧？这个时代文学这么不景气……

张：我觉得文学很好，没有发生什么足以让作家胆战心惊的事情，就文学本身来讲是这样。

马：但事实上文学显得不太重要了，在公众的社会生活当中。

张：像过去那么重要也是不正常的，我觉得每一位作家总是对社会上的一部分人是重要的，这个事实本身就很重要。

马：你这么说我特别高兴。我故意说了些让你很难回答的问题，我想这样话题有点挑战性。汪老，您对我们这一代比较年轻的作家的状况是不是满意，您作为一位前辈作家比我们大那么多……

汪：我是很满意。我最讨厌上了岁数对年轻人横加指责，而且是非常无知的指责。我觉得上了一点岁数的人对年轻人不仅是一般说的关心、爱护、培养，我觉得是废话，上了岁数的人首先应承认不如年轻人，我说对年轻人不是教育人家而是从年轻人那接受教育，对年轻人的态度首先应该是折服，自己老了不行了，你还……现在很多毫无自知之明。

马：我以前跟您没有太多接触，我听说好多年轻的作家跟您私人关系都非常好。……

汪：比如说过去的阿城，就是钟阿城，黑龙江的王阿成、何立伟，还有他们硬说是我把他提起来的曹乃谦、刘云龙。我这个人的感情是很真实的，只要发现一个有才华的人、有奇才的人，"君有奇〔才〕我不贫"，你有奇才我就不穷。我是很真实的，我确实是从心里愿意这些人前途无限。我在鲁迅文学院讲课，我说前途不在年轻人身上难道还在你六七十岁的身上，这也真太无自知之明了。

注　释

① 本篇收入《中国作家梦：马原与110位作家的对话》，长江文艺出版社，1996年。

关于汪曾祺 40 年代创作的对话[①]

——汪曾祺访谈录

被访者:汪曾祺,当代著名作家,中国作家协会顾问
访问者:杨鼎川,佛山大学中文系教授,北京大学访问学者
时　间:1994 年 12 月 13 日午后 4 时至 8 时
地　点:北京蒲黄榆汪老寓所

　　杨鼎川(以下简称杨):您曾在一篇文章中说过,您最早的创作是 40 年代初在西南联大中文系上沈从文先生的课时的习作,先是在一本内部刊物上刊登,后来由沈先生介绍正式发表。可否谈谈那份刊物的情况? 是不是学生自己办的刊物?

　　汪曾祺先生(以下简称汪):那是《文聚》。《文聚》是当时西南联大的同学办的一个土纸本的刊物,背景是什么,经费从哪儿来,我也不太了解。主持人应该是凌(林?)文远,他后来叫凌(林?)远,他办的那刊物刊登的主要是同学的一些作品。《文聚》这个名字很可能是我取的,把一些文章聚在一起。

　　杨:为什么您在 1944 年左右想起来写《复仇》这么一篇小说? 您说如果看您的早期小说的话,《复仇》可算是代表作。我理解代表作可能主要指表现形式,比如说意识流,比较现代的手法,但是它和您的其他早期小说还是不太一样,它是一篇寓言体的小说。

　　汪:写这个东西,跟当时的局势有些关系。尤其是 1944 年对 1941 年那篇同名小说的重写。那时内战快要打,人们已经预感到内战将是一场灾难。国共两党老打什么呀! 你打我我打你。(杨:记得您在一个地方曾说到,如果谁知道 1944 年左右那种事情,那种政治形势的话,

428

应该不难理解我当时"复仇"的意思。)原来我是地主家庭出身,后来沦落了,所以对当时造成这种情况有一种悲凉的感觉,也受了一点佛家思想影响。

杨:您在小说前面引了庄子的话"复仇者不折镆干",本来后面还有一句"虽有忮心,不怨飘瓦",有些版本上有,有些就没有了。

汪:两种不同,后面那句不要。

杨:不要好一点。杨义的《中国现代小说史》说,这篇小说令人联想到日本菊池宽的《复仇的话》。您当时是否受到菊池宽影响?

汪:跟菊池宽没有关系。这篇东西在写法上,是受了一个日本新感觉派作家谷崎润一郎的影响。谷崎润一郎他更现代一点。在我很小的时候,刚刚接触文学的时候,我看了他的一篇作品,印象很深,不但是它的那个技巧,还包括它的思想。

杨:您还记得起作品叫什么名字吗?

汪:什么题目我不记得。其实它讲的道理很简单,就是人应该为了一个崇高的目的去走他自己的道路,而不应该让一种杀人的复仇思想去充斥一生。

杨:这里头有一些具体的问题,比如说《复仇》一开始写了蜂蜜,而且把蜂蜜跟和尚连在一起,说主人公想干脆把和尚叫做蜂蜜和尚算了。用这个蜂蜜是不是要构成一个意象,或者只是随手抓来的一个什么东西,因为蜂蜜那种浓和稠的气味。

汪:蜂蜜本身有一种香甜。

杨:后来小说写主人公走到一个小山村,看到一些山村里的景象以及物件,包括青石井栏以及在井栏边穿银红衫的村姑,那里有一段联想:他真愿意自己有那么一个妹妹,像他在这个山村里刚才见到的,可是他没有妹妹;然后写到母亲,先是黑头发后来是白头发的年轻母亲;最后写他遇见杀父仇人,正要复仇但终于放弃了复仇的念头,把剑重新入鞘的时候,您在小说里写了一句话:"忽然他相信他的母亲一定已经死了。"这个地方我想恐怕是有意为之。为什么会数次出现关于母亲的幻象呢?

汪：他一生的复仇是秉承了他母亲的意志，现在母亲已经死了，他这个复仇的意念已经不存在，他不必再去完成他母亲的遗愿。

杨：北京大学博士解志熙在他的学位论文中对此做过分析，说后来复仇者感到自己已经变成他人而不是自我了，这个分析还是有道理的。所以您小说中写，"有一天找到那个仇人，他只有一剑把他杀了。他说不出一句话。他跟他说什么呢？想不出，只有不说"。后来他甚至更希望自己被仇人杀死，甚至觉得自己就是那个仇人。表明复仇导致了人的异化，自我的丧失。那么，有没有一点恋母的情结在里面？写那个主人公。

汪：有一点，但不全是这个。

杨：另外我想作为一篇寓言体的小说，"复仇"具有不断指涉、多重指涉这样一种潜能，甚至对现实可以进行重构。也就是说，不同时代的人读这篇小说都可以结合自己的现实体验去理解它。因此，它的主题可能是多个，不同的人能读出不同的意义来。

汪：也可能吧。

杨：因为它是寓言体嘛。有一个女学者，她认为鲁迅先生的《狂人日记》是寓言体，但后来有些小说，像《子夜》《桑干河上》就不是。她说《子夜》虽然也有象征的含义，但跟现实的对应关系太清楚了。作者实际做了些不太必要的工作，就是把毛泽东对社会阶级分析时作的结论用形象演绎了一下而已。但是鲁迅的《狂人日记》不一样，你永远都可以从里面读出新的含义。这是一种重构能力，对现实多重指涉。我感觉《复仇》也有同类性质，当然不一定有《狂人日记》那么深刻。后来您在有一个地方说，有一个批评者说（这篇作品）是不是受到佛教思想的影响。您当时说去年读了一下佛教的书，发现和佛教讲的冤亲平等，确实有些关联。冤亲平等，我理解就是不管亲爱的人也好，仇恨的人也好，在佛教徒心目中都一样。

汪：是同等看待……朝鲜有人把这篇小说看成佛教小说，要选入佛教小说选（笑），他所取的就是冤亲平等这个思想。

杨：那么您暗示那个庙里实际上有两个和尚，因为有两个蒲团，有两个经卷。他住的可能也不是那个老和尚的居室。后来他走进绝壁里，也开始用锤凿凿起山洞来，最后他们两个人同时凿在虚空里，迎来了第一线光明，把山洞给凿通了。老和尚在这个小说里代表什么？

汪：他是代表佛教的教义。

杨：《邂逅集》收了八篇作品，为什么早期小说里头《异秉》没收进去？

汪：《异秉》晚了一点。

杨：《绿猫》也是早期创作，为什么没收《绿猫》？

汪：《绿猫》呀，在当时看见的人都觉得这个小说太怪了。

杨：汪先生，我谈谈我的一些想法。我觉得《绿猫》是很有意味的作品。其中"栢"也是"柏"的异体字，您当时写的是木旁加一个百花齐放的百，这个"栢"实际上就是柏树的柏。我把其中那个柏也看成是您自己。小说中有一个我，还有一个柏，就是写绿猫的那位……

汪：我现在都忘了，这个《绿猫》具体写了什么都不记得了。但是我还记得为什么写一个绿猫，绿猫表达了什么我大致还有印象。应该是写当代知识分子有点茫然的情绪，找不到生活的道路，同时用一种调侃态度对人，有点玩世不恭。

杨：但这篇作品比起《礼拜天早晨》来，含义要丰富得多，因为我发现这个小说怪在——至少是您在《绿猫》里头表达了很多自己的思想和艺术感悟，夹杂了很多谈创作方面的文字。就是说它不是纯粹的小说。比方说关于张先生那一段，就是柏收到张先生的信，还把信给"我"看，接着就发表了一些不平之论，人家写了几十年，现在给他出文集了，为什么还要骂他，还要说他怎么怎么的。我理解张先生指的是沈从文先生。（汪：是！）这么一个大作家受到不公平的对待。后来小说里引述了张先生文章里头关于"深挚"这样一些概念，你自己觉得是用心深挚的地方，读者反而觉得很平淡。

汪：这篇我自己是有意识不把它当做一个小说写，在很多地方是夹叙夹议的。

杨：还比如谈到韩昌黎的"气水也"，这一点您后来在《关于小说语言(札记)》里面做了发挥,当时您只提了这一句。还有关于写作的动机是快乐;关于灵感,引用《文心雕龙》里面关于灵感神思的那样一些话;关于心理小说的写法。还有拿带白兰花树的云南小院子和那时"我"所在的这个充满汽车和嘈杂的都市的对比,这段写得很有意味。那个安静的小院子,还有一个念经奉佛的老姑娘带着两个女孩子在做针线,很安静,使人的心灵很妥帖,那么现在"我"居住的可能是上海了,满世界都是汽车,充满了嘈杂,我觉得是个对比。还有关于下雨,您说有些下雨是毫无雨意的,所以干脆把它叫"下水"得了。我觉得这些都很富于意味。那么"绿猫"象征什么东西? 为什么要用这样一个东西做篇名?

汪:这个东西很难确指它象征什么,绿猫的来由是我上小学时,小学三年级画的一幅图画。

杨:您谈到说理发店也有这个绿染料,但是觉得很奇怪,怎么把猫染绿。这个柏啊,他受了很多冤枉,他并不是一个有养猫癖的人,但大家都说他是。他受他伯父的影响会养猫,但他并不是爱猫成癖,可众人一说,他也就戴上那个帽子,也没办法。人和人之间好像也不是很容易相通。

汪:另外还有一点就是对这个世界的认识。我小时候画画还画得不错,小学三年级的时候,画了几张猫,有一张猫就是涂了绿颜色,也许是无意识的,我们那个图画教师说,猫哪有绿的! 所以我印象很深。后来我对整个世界的看法自然有所改变,猫也可能有绿的。有一次我去理发店理发,这个理发店可以染各种颜色的头发,其中包括染绿色,我说猫的毛也可能染成绿的(大笑)。这本来带点荒谬的意味。

杨:您的小说最后问了一个问题:把猫染成绿的,那猫的眼睛应该是什么颜色呢? 我现在甚至这样想,您40年代写了一些怪怪的东西,比如说受了阿左林、伍尔芙影响的那样一些小说。您40年代小说大体可以分为两大类:一种是可以和后面对接的那种写家乡的题材,像《戴车匠》《老鲁》。但多数还是带有明显的西方小说的影响,当时好像是比较怪。您后来说,《受戒》发表以后,有一个青年作家瞪大眼睛:"小说还可以这样写。"因为他从来都是那样写。40 年代可能人们也有这样的问题:"小说还可以这样写。"

汪:40 年代……

杨:还没有这么惊喜,没有这么多。

汪:没有。因为 40 年代,那个时候中国的文学受了很多西方的影响,比方艾略特的影响,奥登的影响,还有里尔克的影响。实际上阿左林并不很怪,当时里尔克影响比较大的,是卞之琳或是冯至翻译的《狙击手的爱与死》,那时影响很大,另外中国当时还没有后来那些清规戒律。本来文学是非常自由的。国民党他不管这种文学的,爱怎么写就怎么写,他没规定一定从主题思想出发,没这种要求。这种要求是延安座谈会讲话提出来的,规定各种戒律。

杨:解志熙那篇博士论文,谈到他对您小说的理解,认为您的那些小说,像《复仇》、《落魄》、《礼拜天早晨》,共同的主题是人在存在上的自欺和扬弃,说您给他的信里头有一句话说,《落魄》中对那位扬州人的厌恶也就是我对自己的厌恶,还说到您的小说尤其是对自欺的存在状况做了深刻解剖,格外有力地突出了逃避自由对人自身存在的深重危害。萨特您当时也读过的,还有存在主义创始人基尔凯哥尔,他当时的东西您有没有读过?

汪:没写。萨特刚好介绍进来不久,当时影响比较大的是纪德。

杨:在《绿猫》这篇以外,《囚犯》也引起我的特别注意。那天在北大的"批评家周末"讨论会上,我发言时就谈到这个问题,我说像汪老这样的作家,他确实很多时候是在写回忆,这个并不奇怪。像散文,它应该很多时候就是写回忆,它很少前瞻,它就是把回忆当中的很多东西作为题材,小说也是。汪先生自己说他始终处在边缘状态,跟文学若即若离。但是他一旦介入现实的时候,并不是完全超脱的。他自己在一些文章里谈到,他也不是不关心现实问题或者很超脱,不是那样的,他是一个食人间烟火的生活在现代的中国人。我举了两个例子,一个写《天鹅之死》(汪插话:那是一篇愤怒的作品),作者校读以后"泪不能禁"。这个他们都知道,主持"批评家周末"的谢冕老师说,是是是,他读了以后很感动。我说还有一篇可能谢先生你没读过，就是他的《囚犯》。《囚犯》在杂志上发表时标的是报告，但我把它当成散文。作品在谈到父亲的时候，写父亲对自己的关注，在父亲的关注之下长成了人，但是是个平凡的人。我觉得这些地方都给人以很强烈的情感的感染。在这方面它并不亚于朱自清的《背影》。但这不是小说的主要指向。小说主要写对三个囚犯，大概是抓回的逃兵吧，写对这几个囚犯的关注，体现一种很深的人道主义精神。我把那故事给他们叙述了一下。"我"在一辆车上，看到车上的人都不关心囚犯，车又晃得厉害，这三个人没地方抓牢，最后一下子抓到了旁边的"我"，开始"我"心里头也有点不高兴，但后来反而迎上去让他们抓住，而且叫他们蹲下。当时有一个粉团大脸的小市民妇女想要我挡住他们，那时我心里起了一种恶意的念头，就是要让你不高兴不舒服，哪怕你下车把你早上吃的粥吐光了，跟我也没有关系。但随后"我"又有很严肃的省察、自省，我现在可以让他长满疥疮的手抓住我，但是如果让我躺在他们俩中间，或者不是半小时的行车而是一天或者更长时间我能不能做到。我想这是表现了作家一种非常严肃的人生态度。介绍完以后，参加讨论的人都很感动，因为大家都没有接触过这样的东西，可能他们关于您的很粗糙的印象里头就是超然，实践证明您并不完全是对什么事都很超然。

汪：这个题材得来我记得很清楚。因为首先有个前提，就是我对人尽管充满人道主义，但是我的人道主义是虚伪的（杨：当时写这文章时有一种自省、自我批判），你觉得自我完成了，实际上真正的这个人的痛苦你不能感同身受。

杨：最后您下车以后还表示了对他们三位逃兵的关注。我觉得这篇文章是很动人的。文末引了一位躲到禅悟中去的诗人，被大家认为是最不关心人生的最漠然的躲到禅悟中的诗人的话，"世间还有笔啊，我把你藏起来吧"，这位诗人是谁？

汪：废名。

杨：我从这句话中读出了这样的想法：您的笔同那个（押送逃兵的）班长身上佩带的左轮枪以及左轮枪背后强大的国家机器比起来是

苍白的(汪插话:是无力的),所以要把笔藏起来。

汪:是无可奈何的。

杨:看来我的理解没有错。既然写作不能解除人间的疾苦,那么写了有什么用呢?所以要把笔藏起来。读完您早期的小说和散文,我有这样一种感受,我觉得您的文学创作里头有特别敏锐的感觉能力和很强的一种感觉意识,所以在作品里头您比较喜欢品味自己的感觉或者琢磨别人的感觉,有时候干脆就沉浸在对世界的感觉之中。比如《礼拜天早晨》中躺在浴盆里头关于抽烟的感觉,《牙疼》中关于牙疼的感觉等等。我看了一本书,北大教授曹文轩写的《思维论》,他说中国人有很好的感觉能力,但通常都缺乏感觉意识,也就是缺乏对感觉不断回味、省察和沉思的这种习惯;西方的感觉学比较发达,西方艺术家喜欢品味和去描写感觉。所以我想,您在您早期作品里就比较善于去表现感觉,是不是主要受了西方作品的影响?还是我们中国原来传统的文学中也有很多感觉的东西?或者跟您能画有关系?

汪:可能还是受日本文学影响多一点。

杨:30年代的中国新感觉派实际上也是受日本新感觉派的影响。您当时也读了很多日本的文学作品。

汪:我写牙疼,写牙疼的感觉,舌伸出去,上面开了一朵红花(杨:这很奇特),真是很奇特,可是我的感觉是真实的。

杨:您写文章回忆西南联大的生活,说您经常不去上课,朱自清先生就不高兴您不上他的课。

汪:朱自清这个人值得研究,(杨:他为人很拘谨)很拘谨!而且他讲课是完全没有才华的,不像闻先生讲得充满了戏剧性……

杨:口若悬河。徐志摩讲课也是,天花乱坠,在他讲英诗的时候。朱自清可能适合于写作,不适于口头表达。他很紧张,我看到一个西南联大学生回忆,哪怕只有两三个学生上他的课,一到了上课时他的脸就涨得通红,而且直冒汗。

汪:而且他每次去都带一沓子卡片。这个人是个非常……

杨:他是个正人君子,没有一点野气,更没有匪气。

汪：他很不喜欢我这个学生。朱先生那时是系主任，闻一多先生提出，是不是可以让我在大学当助教，朱先生不同意："我不要他，他不上我的课。"（笑）气质上不同。

杨：您去年在《小说家》上发表的几篇小说，《小姨娘》那篇我看了，心里久久搁不下。写那个小姨娘，当时高邮城里头很有名的一个漂亮姑娘，嫁给了宗氏兄弟的哥哥。还有《仁慧》《忧郁症》。《小姨娘》里，后来写小姨娘离家毅然出走，跟包打听的儿子到上海去，再见到她时已经有点俗气，抱着孩子一只手打麻将已经非常熟练了，这是真的事吗？

汪：这好像是真的事。她这个人，当时她应该说很大胆。她不是很成年，因为她跟宗毓琳两个人，也就是情窦初开（杨：都是十六七岁），十六七岁，发生性关系了。

杨：那一段写得非常生动，很好。

汪：写小说这事，每一篇都有点苗头，我这个人写东西总得有点苗头，有个原型。有人能看出这写的是谁。

杨：《忧郁症》那个云锦，是不是姓裴，她爸爸叫裴什么坡？

汪：裴石坡。他原来姓费，叫费石坡。我的小说改成裴石坡。我这次到台北去，还看到了。我以为他们家的人都已经不在了，想不到他们都还健在，像我写的那个女的后来不是上吊死了吗，她没有死！（杨：没有吗？）这就麻烦了，因为费跟裴距离太近了，小姨娘家里也会引起麻烦。

杨：不过年代比较久远，不至于像有些作家靠得很近。

汪：不过我对她嘛，也没什么太大的褒贬。

杨：有人问您还写不写戏，您说不写了。戏不写了，小说还在写，慢慢地重心是不是会移到散文那边去？多样化。

汪：不会。我认为文学里最主要的还是小说，散文不能成为主要的文体。有人说国外没什么散文史，它确实也有这个问题。

杨："五四"的时候，那些第一代作家，他们倒是把写散文作为好像是一种兼职的、业余的事情。写小说的，写诗的，写戏剧的，他们都弄散文。我有一次在会上发言时说，不管多么新潮的小说家或者诗人，一到弄散文的时候他就自然回到传统上去。

汪：我写过一篇文章，也得罪了一些人。我说有新潮的诗、新潮的小说，还没见过有新潮的散文，新潮散文到底怎么写，我也不知道。后来我修正我的话，我说散文还是可以用现代派的方法写的。

杨：可以用一些现代派手法，象征的、意识流的。还有从内容上来讲，比如现在一些女作家，也被很多人所批评和否定，说她们太真实了，不断把自己拿来展示。

汪：现在的女作家们，她们的散文就是写她们自己的事，这个东西我觉得不行，包括像舒婷，也是讲她自己的事。

杨：对，太琐碎了一点。想念孩子，想念丈夫啊，这是一种；还有一种情况，一些女作家在文章中，过于真实地袒露自己：怎样从少女成为女人，初吻、新婚、怀孕、怎么给儿子取名字，怎么搞胎教，最后怎么生下孩子，说写了整个生命系列。有人很欣赏这类散文，说是深入到了生命的深层。但是我看了也有一点想法，作为年轻女性来写，过了一点吧。

汪：这事我觉得有两种，一种女作家，一种老头。我觉得对女作家的散文，可以原谅。对老头这样写散文就不感兴趣。

杨：孙绍振先生说得很坦率，他说我们也不排除有一些年轻作家自以为写的是什么正宗散文，实则虚假造情；也不排除有一些老作家写一辈子散文还没有真正摸到散文的门在哪里。另外，像巴金那样过于地相信和依靠直觉，以为无技巧就是最高的技巧。（汪：不可能）孙绍振认为巴金的随想录被捧得太高，他说，巴金艺术上这样一种观念给他带来了艺术上不小的损失，完全不讲究，随意而写。不是像您那种苦心经营的随便，而是真正随便。

汪：周作人写的，看起来很随便，但他是下了工夫的。

杨：像您这样，不但有很好的感觉，而且有明显的感觉意识的作家确实不多，在中国作家里头不是很多，而这种感觉成分在您的作品里头起了很重要的作用。我们试想，如果把这些感觉的描写都抽掉的话，作品剩下的东西就不多了。意识流实际也是写一种感觉。我想写一篇文章专门谈一下感觉问题。另外我还想专门分析一下《绿猫》的文本，因为我感觉有很多您的创作观念在里头。如果我说,把您40年代的作品加在一起,在当时中国现代文学的整体当中,它就是一只"绿猫",我这个看法荒不荒唐? 就是说一般人好像不是很习惯,但是"绿猫"有它存在的理由,而且它确实很别致。

汪:这个东西我自己写。解放以后,我自己认为,我是一个比较荒诞的作家。

杨:《绿猫》里的柏,当时您写的时候,有没有一个原型啊?

汪:没有。

杨:可不可以把他的有些意思实际理解成您的意思,他对张先生的看法啦,还有其他一些看法。

汪:可以。

杨:最后我想问一下,我想同陆建华先生联系一下,或者同出版社联系,如果他们同意编一个您的研究专集,您有什么意见?

汪:我不同意。

杨:为什么呢?

汪:我这个人没什么研究头,不值得。我这是很真诚的,(杨:我理解)不希望有人去写研究我的书。

杨:但是您不觉得您的小说和散文一方面确实为中国文学开辟了一条路径,这是一;更重要的我觉得在我们这个人心浮躁的时代,它确实营造了一种精神境界,一种精神向度,这对世道人心是有益的。您也多次强调,文学作品要对世道人心有益,希望人的情感能够升华,能够大家更善良一些,能够更高尚一些,不是完全没有目的去写,为创作而创作,不是那样。这样,不管您本人愿意不愿意,势必会有人要研究您的。但是我觉得研究应该要实事求是。您在有一篇文章说"研究"这个词很可怕,我是可以理解的。如果像有些人那样断章取义,为我所需地把这个作家的东西拿过来,实际上最后昭示给世人的根本不是这个作家本人,他已经不知道偏离到哪里去了,这样的研究确实很可怕。这事以后再说吧。您是不是觉得我根本不应该把您那些解放前的作品翻出来,慢慢地咀嚼?

汪:那没有什么!已经写了嘛,爱怎么说就怎么说。好好一个人,研究他干什么呢?

汪夫人:(插话)研究你,研究你的作品,主要从你的作品来。

杨:您主观上不希望大家太细致地研究您,但是作家的作品公之于世以后,它就被作为社会的一种文本了,那么但凡是愿意研究的人都可以去研究它,只是希望能研究得比较实事求是一点,不要拔高,更不要歪曲和贬低,这就可能是作者的心愿了。实际上目前研究您的人已经很多了,要是我开一个研究您的论文的篇目,可以开出几大页,恐怕百十篇是有的。您在《汪曾祺文集·自序》里也谈到了,(出文集)这个事您是不愿意的,说了几年了,有些朋友他一再坚持,最后想到最初的一些版本都没有了,给一些愿意读您的读者和一些研究者造成不方便,找来找去找不到,基于这种考虑那就同意出了。与其大家都像大海捞针那样去捞,不如一两个人找来以后方便大家。当然出不出文集肯定要征得您同意,但研究您作品这件事已经不以您的主观意志为转移了。因为您的作品具有影响,确实别具一格。这是客观存在,这个趋势已不可避免。您看杨义那本《中国现代小说史》中,关于您这一节,他说您在史上已经占有那样一种地位了。

(韦旻君根据录音整理,杨鼎川校订)

后记:也许因为同是高邮人,"文革"前上高中时我已在家里的藏书中阅读过汪曾祺的《邂逅集》,解放前的版本。1981年秋,因为撰写硕士论文去北京,在甘家口一栋旧楼里第一次拜访汪曾祺先生,谈话内容已很模糊,只记得谈及当时刚出现的"意识流"手法,汪先生说王蒙的意识流还流得不够美。90年代我开始研究汪曾祺40年代创作,正好1994年秋有机会去北京大学语言文学研究所做访问学者,在京生活一年,其间曾三次访问当时住在蒲黄榆的汪曾祺先生和他的夫人施松卿先生,做过一些访谈记录和录音。1995年底将录音带回佛山,因忙于写另一本书稿,未及整理。不料就传来了汪先生逝世的消息,此文因此失去请汪曾祺先生过目订正的可能。今年暑期始在韦同学协助下将录音整理完毕,并由我依据录音校订数次。以上访谈系依据 1994 年 12 月 13 日的录音整理,对涉及家常的话题做了适当删节。访谈内容的真实性,当由我负责。

注　释

① 本篇原载《中国现代文学研究丛刊》2003 年第二期。

汪曾祺访谈录^①

受访人:汪曾祺
采访人:陈永平
时　间:1995 年初秋
地　点:北京蒲黄榆　汪曾祺寓所

陈:汪先生,我们从家乡给您带了一样礼物:两只野鸭。您写了许多跟水有关的作品,对野鸭一定不陌生。

汪:是。《大淖记事》里不是有个沙洲吗,沙洲上面可以拾到野鸭蛋。野鸭在美国很受尊重的,过马路,车都停下来,让它过去。

陈:这是家养野鸭。养鸭人很厉害,把野鸭放出去养,晚上唤回来上窝。

汪:野鸭拔毛是个麻烦事。野鸭皮嫩,不能拿开水烫,一烫皮就掉了。高邮人卖野鸭子,代人拔鸭毛,干拔,弄个麻袋,(做手势)这样薅。他不收薅毛钱,鸭毛值钱。杀鸽子是用铜钱,就是制钱,往嘴上一套——憋死了。

陈:把这些写下来就是文章,像陆建华先生(文学评论家,《汪曾祺评传》作者,高邮籍)说的:动人的风俗画。

汪:第一次提出风俗画的,是老作家严文井。他说:"你这种写法是风俗画的写法,这种写法很难。"因为几乎都是白描。

陈:所以高邮有一句话:古有秦少游,今有汪曾祺。

汪:文游台四贤祠里头,有一位孙莘老,黄山谷(庭坚)的老丈人,是很有名的大人物啊,高邮没人研究他。这几年对王西楼(磐)比较重视了,以前高邮人不知道。我也觉得是个谜,王西楼写散曲,散曲是北方话,他是高邮人(南方人),怎么能写散曲呢?他不去押那个韵,我不知什么道理。现在高邮就知道那句话:"王西楼嫁女儿——话(画)多银子少。"他是南曲——实际是北曲——之祖,南曲之冠。

代表高邮学术水平的,有一个叫孙云铸,他是搞古生物的,三叶虫之类,有些地质上的命名是由他定的。我考上大学时,他已经是教授了;还有一个是我的堂弟,叫汪曾炜。他在沈阳军区医院,是全国有名的胸外科专家,经常参加国际会议。小时候皮得不得了,老挨高(北溟)先生打手心,他贪玩啊,什么都玩!掏蛐蛐,抓叫油子——蝈蝈,放风筝。他踢毽子比赛得过高邮冠军。他后来发奋读书,立刻改变形象。

陈:我们回忆儿时的经历,总是经久不忘,历历在目。

汪:小时候最兴奋的日子是"迎会"。把城隍菩萨抬出来,热闹地转一个圈儿,安置在另一个庙里,他们叫行宫,再用八人抬的大驾接回城隍庙;泰山庙现在没有了,就在文游台前面。好多地方对泰山非常敬畏,我写过《泰山片石》,泰山神就是《封神榜》上的黄飞虎,黄飞虎管人的生死,具体是管人的死的,人死后先得吊销户口(笑),人的善恶,一生的所作所为,他清清楚楚。所以香火很盛。

陈:您提到文游台。您曾经引用鲁迅的话,调侃国人有八景癖,您还是写了高邮八景,《文游台》《露筋晓月》《耿庙神灯》。

汪:高邮八景里最有名的当然是文游台。八景里有些故事本来很美的,高邮人把它传讹了,就是《鹿女丹泉》,我发表时把故事重新处理了。我跟朱延庆(文学评论家、鉴赏家,高邮籍)说,我对"露筋晓月"的故事最没兴趣,这是一个非常残酷的宣传贞操观念的故事,而且从宋朝就有人怀疑,蚊子是吸血的,又不吃肉,蚊子叮,你拍打拍打嘛,没听说把筋咬露出来。

陈:您写几十年前的故事,把过去的生活积累,通过回忆,再加工,再创作,最后以文字的形式表现出来。就像牛反刍,不停地咀嚼。

汪:有些是生活积累,更重要的是对生活本身思索的结果。我觉得,作家对生活要有独特的感受、独特的认识,对生活进行不断的再思索,看看这段生活到底有什么意义。

我写作品的题材以几个地方为背景，一个家乡的，一个昆明，另外张家口，还有北京，上海只有一篇。一家出版社要出我的所谓作品精选，我写了个自序，我说我写的篇数最多，写的时间跨度比较长的，是以家乡为背景的作品。现在看，写得比较多，而且写得比较好的，还是写高邮的东西。

我生活最久的，高邮人称"东头街上"，就是东大街，人民路。我们家大门和后门都开在科甲巷。

陈：那个巷子应该有人出过功名。

汪：小巷子，也没人出过大功名。我的曾祖父是举人，祖父是拔贡，我家算是个科甲门第。也可能原来就叫科甲巷。

陈：那一带还有一个汪家巷，应该跟您有关。

汪：汪家巷是我们家祠堂所在的地方，后来由我的叔祖父两房住，四房和六房。

我流连得比较多的，是从草巷口到新巷口，我每天上学放学都要经过这儿。我有一个特点，喜欢东张张西望望。有人问我："你怎么成为作家呀？"我说就是东张张西望望成为一个作家。也的确是这样，所谓东张张西望望，说明你对生活充满了兴趣，生活本身是很有意思的。

你说的对，对自己童年时候的生活，回忆起来总是很生动。我十七岁以前在家乡，没想过以后会写作，会写以家乡为题材的作品。有人问我那儿子："你爸爸是不是随身带个小本儿，有什么事记下来，不然他怎么记得那么清楚？"那时候没带小本儿的习惯，那时候的小本儿，是作文本儿，毛边纸，怎么能揣身上呢。用不着记，就是忘不了。我对家乡的记忆，有一点是别的作家不太多的，我写了很多市民层、小人物的生活，一般都是店员啦，做小买卖的啦，和尚道士。当时我不感觉这些人有多大缺点，当然今天看市民层，它有很大的封闭性。到后来，《鸡鸭名家》以后，我有意识从这些人身上发现美，不把市民写成市侩，这些人有它非常可贵的地方。

要能记住当年的生活，记住你的生活原型，首先要接触生活，从生活中感受吸引你的东西。我在台湾发表小说《仁慧》，写尼姑的。那是观音庵的尼姑,有这么个人。观音庵管事的尼姑无能,仁慧把观音庵管起来,让一个没落颓败的庵振兴起来。我跟她比较熟,我祖母经常上观音庵去,观音庵好像我们家的家庙似的,我祖母上观音庵都是我陪,能记不住吗?仁慧非常漂亮聪明,过去尼姑只念经,她学着放焰口,学成了。越塘到科甲巷之间,有一个侉奶奶,靠纳鞋底子过日子。她种了十来棵榆树,她不卖,结果她死以后,——她也没什么亲人,别人还是把树卖了,替她打了一口棺材。这看起来是很普通的生活,但内在有悲剧性,这就是能够吸引你的地方。我根据那段生活写了小说《侉奶奶》。

陈:您执笔改编了京剧《沙家浜》,恕我直言,那是"三突出"的东西,很难想象,《沙家浜》的作者会写出《受戒》。

汪:这有个大的政治背景。十一届三中全会以后,四次作代会上有一个祝辞,鼓励解放思想,鼓励创作自由,许多作家已经开始摆脱样板戏的影响。在这样的大背景下,我写出了《受戒》。我的同事也问我怎么写这么一篇小说。

陈:已经发表了吗?②

汪:还没有。我为什么要塑造小英子这个形象?我感觉农村的小姑娘,在思想上比城里富庶人家的女儿少一点束缚,比较爽朗,她另有一种健康的美。我的表姐表妹、女同学,都忸怩作态。农村的女孩儿没这一套。我说我要写,我要把它写得很健康,很美。发表以后人们问,你这篇小说写的是什么,我说,就是写的人的美,人的健康的美。

陈:《受戒》里的庵赵庄我知道,在东墩乡,现在叫昌农村。

汪:庵赵庄有点特别的,是因为有和尚庵。很小,当时就住了两家人,一家是我们家,一家住着沙铁汉的儿子。沙铁汉也很怪,他每天喝那个回龙汤,就是自己的尿。日本人信这个,早起第一件事是把夜里排的尿喝了。——沙铁汉留一把胡子,精神很好。

《受戒》里老和尚住的禅房刻了一副对联:"一花一世界""三藐三菩提。""一花一世界"的哲学感,我小时候就有,一朵小花里一个世界,但是,"三藐三菩提"我就不懂。直到解放以后,遇到武昌归元寺的方丈,这个和尚读过三个佛学院。我请教他"三藐三菩提"什么意思,他说这是个咒语——和尚不是念咒吗——你不能用汉语去写实。

陈:您在《受戒》的最后,注上年月日,特别加了一句:"记43年前的一个梦。"这个梦是否指您的一种朦胧的情感?

汪:就是我的初恋感情,或者说是爱情的初步萌发。我住那儿的时候,也就是《受戒》里明子那个岁数,跟她(小英子)一起去打场,一起插秧,"崴"荸荠。

陈:您在文章里说,您作品里的人物几乎都可以找到原型。

汪:让我(凭空)编出个人物、编出个故事来,我没这个本事。当然虚构的成分可能比较大,《大淖记事》很多地方属于移花接木。我上次回去,到大淖看过,我写的沙洲,可以上去捡野鸭蛋的沙洲已经不存在了。大淖河水污染得一塌糊涂,很难想象,那河水已经不是黄的了,像一条流酱油的河。大淖原来有几个炕坊,包括我写的浆坊,后来没有了——现在谁还浆衣服。从大淖河边往上走,有一条小巷,还有当年的痕迹,没弄清具体哪儿像,感觉那儿的空气跟过去像,呼吸带着原来的味儿。

陈:大淖原来跟澄子河通,所以才可以到一沟、二沟、三垛。我老家在农村,我小时候回去,走水路也从大淖乘船。

汪:《大淖记事》里有些不完全是大淖的生活。那个锡匠被保安队打死过去,巧云拿尿碱(救锡匠十一子),这个事情有,当时比较轰动。

陈:锡匠们把担子挑着,不声不响地在大街上走,像带有中世纪色彩的群众游行。

汪:不知道怎么一个风俗,认为老百姓有冤屈,县政府不管,他们闹几天,可以把县大堂烧掉。

巧云这一家倒是生活在大淖,我小时候特地去看这个女的,去的时候,她家里黑乎乎的,她一个人在床上坐着,也没看个所以然来。她那种坚强执着的性格,不是那个女的,不是那个原型。我们家这边过来(做手势)不是越塘嘛,越塘起头的地方有一家人姓戴,丈夫是个轿夫,他后来得了血丝虫病——象腿病。靠腿脚吃饭的人,腿脚不灵了。轿夫的老婆平常看也不怎么精干,她当起挑夫。女挑夫跟男挑夫挑一样多。我把这两个故事结合到一起了。

陈："移花接木"，大概是您小说创作的常态。

汪：《岁寒三友》的故事是三合一，靳彝甫、王瘦吾、陶虎臣，这三个人跟我父亲是朋友。我父亲跟王瘦吾、陶虎臣特别好，陶虎臣在草巷口拐弯的地方开店卖鞭炮。陶虎臣的原名叫陶汝，陶汝的女儿卖给人，他自己上吊，这个故事有。这些人里他们的子女，其中一个就是朱延庆。本来这三个人的故事并不在一起，我通过他们的遭遇，特别是通过陶汝女儿的遭遇，把它捏合在一起。靳彝甫这个名字没有改，王瘦吾好像也没改。

有的完全是一点印象，就像《八千岁》。八千岁这个人我倒是认识，他的穿戴很特别，穿二马裾的长袍，到这儿（将裤脚撸至小腿部位），他说下边没用（笑）。我经常从他家门口过，（看见他）穿得很朴素，吃得也很简单。不知他怎么发的家，人们认为就是靠八千钱，就是八吊钱，靠八吊钱发家不可能啊！叫他八千岁带有很大的贬义。《八千岁》没有现成的故事，八太岁敲他的竹杠，也没有。

陈：您仅仅认识这个人，然后就能"敷衍"出一篇故事来。《八千岁》是高邮几十年前的生活，《皮凤三楦房子》是今天的生活，您怎么写了高大头？

汪：我回乡在高邮一招住，每天出来遛弯，都要经过高大头的门前。

陈：您跟他聊天？

汪：没聊过。他告房管局的局长，局长给撤掉了，这个事儿是高大头干的。他还给我寄材料，希望我写个续篇，我说这个事儿不能干。他在高邮大家对他都很关注，他的女儿是个体户中的劳模，人家介绍她，说她的父亲就是汪老所写的老大头（笑）。

陈：有的作品里有您自己的影子。比如《云致秋行状》里的老汪，《昙花》里的李小龙。

汪：李小龙就是上初中时候的我。

陈：我认识一位老太太，年轻时候在您家做过事。她印象最深的是，您的一个亲戚的房里，珠子灯的珠子往下掉。您的小说《珠子灯》

是写实。

汪：我写的我的二伯母，她那盏灯是真有。我二伯比较革命，他崇拜的革命人物不是孙中山，是黄兴。他那个脾气！有次上历史课，教员批评了几句黄兴，他走上去"咣咣"打了教员俩耳刮子（笑）。他的死跟他性格有关，镇江码头敲竹杠很厉害，他一赌气，把几个箱子挑上肩，受了内伤。对传统礼教下的妇女来说，丈夫去世，她也就死了，双重悲剧。

陈：您小说里人物的生活原型大多不健在了。

汪：小英子还在（小英子的生活原型于此次专访后一个月去世——作者注）。《徙》里面，高雪是死了，汪厚基还在。高雪小时候长得也不怎么好看，女大十八变，她上师范以后就很好看了。金实秋（文学评论家，楹联专家）听说汪厚基还随身带着高雪的照片，他好奇，他还要来看过。汪厚基80多岁了，比我大几岁。

陈：看您的小说《金冬心》，光看里边的菜名，就已经垂涎欲滴了。

汪：（大笑）我们原来的邻居，父亲是新华社记者，也写小说。儿子看《金冬心》，看那么长的菜单儿，对父亲说："瞧，人家汪叔叔能够写出那么多菜，你就会粉条炖肉，那你能写出什么来。"他父亲是东北人，东北人饮食很"粗放"的。我说你们不是"精饲料"喂养（笑）。

陈：我听说很多作家喜欢您做的菜。

汪：中华文学基金会，有个作家出个馊点子，让能做菜的作家轮流挂牌，今天谁主厨，明天谁主厨，第一个就让我主厨。我说："你饶了我吧。"我在美国煮过一次茶叶蛋，后来新西兰的一个诗人问我，那个鸡蛋是怎么做的，他很难想象，茶叶可以跟鸡蛋煮在一起。聂华苓在北京，她说老吃馆子，（腻了）叫老汪做，我给他们做了。其实很简单：煮干丝。北京没有干丝，我就用豆腐片儿做，切得很细，配料很好，聂华苓端起大碗都喝掉了（笑）。你要注意，做的菜要引起他（她）的联想。还有一个作家叫陈怡真，跟陈映真差一个字，她也让我给她做菜，那时正好扬花萝卜——北京叫小萝卜——上市，就是一个烧扬花萝卜，但配料是干贝，煨的汤。

陈：这一段您的文章里谈到过，她没吃完，带回饭店去了。

汪：那是另外一个菜，一个云南菜。

陈：您写小说，也写散文、随笔，而您的职业却是编剧。

汪：《上海文汇周刊》的编辑梅朵，文艺界人士最怕他：梅朵梅朵没法躲。他盯上你，又是电报，又是长途。他见到我说："我的印象你是写小说、散文的，而且你的小说比较现代派。你一个搞现代派的人怎么搞京剧？"搞京剧是非常偶然的。我在《民间文学》编辑部，下不去。当时要求反映现实，配合任务。所谓反映现实，实际不仅是政治的主题，作品就是政策的体现，图解政策。我下不去怎么写？王亚平——也是我的老师了——他当时是秘书长（北京市文联），他说你下不去就改编个京剧剧本吧。那一年正好纪念吴敬梓诞辰，我就写《范进中举》。我把范进作为一个扭曲的人来写，一个不正常的、变态心理的人。虽然是老形式，思想还是比较现代的。写完了，就放（编辑）那儿了。北京市分管文化的副市长王昆仑，他跟（剧院）创作室的人说："你们老说没有剧本，把你们的抽屉打开，拿几本我看看。"一看之后，他说："这个戏（《范进中举》）就可以演嘛！"然后他约我跟戏的主角奚啸伯见面。奚啸伯是票友出身，唱得很讲究，但那里边要求有舞蹈动作，（奚啸伯不行，）演出效果不是我原来想的样子。这个戏在北京市戏曲汇演中得了一等奖，朋友跟我开玩笑，说我是斯大林奖金获得者。

我对京剧这种形式是熟悉的。我的父亲拉胡琴，我小时候也能唱几句儿，我是在京剧环境里长大的。1958 年我被打成右派，下放到张家口沙岭子劳动，我摘帽子摘得比较早，摘了帽子就想调回北京——我妻子、孩子不是还在北京嘛，原单位不要我。当时把我打成右派，就是有些人要"拔白旗"。我是《民间文学》的执行编委，实际是副主编，这个位置在刊物上是有实权的，弄一个党外人士在那儿，他们就"拔白旗"，现在还是不要我。北京市委的一个领导是个票友，喜欢唱戏，他说："这个人可以用，把他调回来。"我的户口已经调下去了，调回来很不容易，我当时饥不择食，有个地方安插我就行。后来就搞了京剧。江青从上海带来两个本子，一个是《革命自有后来人》，就是后来的《红灯记》；一个是《芦荡火种》，就是后来的《沙家浜》。江青要抓革命现代戏,那时还不叫样板戏,找几个人,北京京剧院的党委书记、院长,一个主任,还有我,四个人成立一个小班子,改编江青推荐的《芦荡火种》。江青不能说在艺术上完全无知,她看了说:"这个唱词写得不错。"问谁写的。然后就由我主写了。

陈: 其他革命现代戏您有参与吗?

汪: 还有一个《杜鹃山》,别的没有。我有个正统观点:小说才是正统文学,其他都是边边沿沿的东西。

陈: 但是您写了大量散文。

汪: 我的散文、小品、随笔写得很好的很少。

陈: 评论界认为您的散文不让小说。

汪: 那怎么认为都行。

陈: 我们读您的散文作品,包括《七十书怀》《随遇而安》,都有一个共同的感受:淡泊。

汪: 文艺界都说我是个淡泊的作家,包括文风、人品。我也不清楚怎么叫淡泊。不淡泊是很难想象的。淡泊的对立面无非是热衷名利,这个我是不怎么太追求的。

陈: (二十世纪)80 年代以后,您三回故乡。您还有回乡的计划吗?

汪: 如果回去,我想住得时间长一点,写点东西。现在看起来,我的创作源泉还是高邮,而且还不到枯竭的时候,还有得可写。

陈: 谢谢先生接受我的采访。

注　释

① 本篇为接受高邮电视台记者陈永平的访谈,摄像为刘军;原载《翠苑》2014年第六期。

② 此处指的是汪曾祺同事问汪曾祺怎么写出《受戒》时,《受戒》发表了没有。编者加。

"写作时，我才活着……"①

——访作家汪曾祺

记者：一个人的成长总是受诸多因素影响，您能谈谈您走上文学创作道路是受了哪些影响吗？

汪曾祺：小时候，从我家到小学要经过一条大街，一条曲曲弯弯的巷子。我放学回家喜欢东看看，西看看，看那些店铺、手工作坊、布店、酱园、染坊等等。我到银匠店里去看银匠在一个模子上錾出一个小罗汉，到竹器厂看师傅怎么把一根竹竿做成筢草的筢子，到车匠店看车匠用硬木车旋出各种形状的器物，看灯笼铺糊灯笼等等，真是百看不厌。有人问我是怎样成为一个作家的，我说这跟我从小喜欢东看看西看看有关。这些店铺、这些手艺人使我深受感动，使我闻嗅到一种辛劳、笃实、轻甜、微苦的生活气息。这一路的印象深深注入我的记忆，我的小说有很多篇写的便是这座封闭的、褪色的小城中的人与事。

当然，我父亲对我的影响也很大。我父亲是个随便的人，比较有同情心，能平等待人。我十几岁时就和他对坐饮酒，一起抽烟。他说："我们是多年父子成兄弟。"他的这种脾气也传给了我，这不但影响了我和子女、朋友后辈的关系，而且影响了我对所写人物的态度以及对读者的态度。所以我想为人父母者不可不三思而后行，孩子们未来的道路有可能就掌握在我们做父母的手中。

记者：就像是一只苹果掉下来，砸到了牛顿的头上，使他发现了万有引力定律一样，生活中是存在着机遇和意想不到的转折点的，您的生活中是否也具有这样的偶然性？

汪曾祺：当然喽，而且这种偶然性对我的一生起了很大的作用。日本人当年打到我们家乡的时候，为了逃难，我跑到了一个和尚庵里。当时,身边除了带着准备考大学的教科书外,就带了两本书,一本是屠格涅夫的《猎人笔记》,另一本就是《沈从文选集》。说得夸张一点,这两本书定了我的终身。

记者:"鱼,我所欲也;熊掌,亦我所欲也。二者不可得兼",假如一个人的面前只有两种职业可以选择:一种是有利可图,另一种是他所钟爱却无利可图的。那么,您觉得该选哪一种呢?

汪曾祺:当然是后者了。一个人如果不喜爱自己的职业,或对此并无专长,那他在这种职业上无前途可言。我们那个时候许多学生都选理工科,因为学理工的将来生活比较有保证,而文学是个虚无缥缈的东西,在我们那个兵荒马乱的年代,文学也没有多大的用武之地。当时也有人劝我学理,但我对文学有兴趣。上中学时,每天沿着城东的护城河上学、回家,看柳树,看麦田,看河水,我觉得它们很美,应该把它们带入我的散文、小说,让我的读者看到生活是如此的美好,如此的充满希望,如此的富有诗意。所以,我想成为一个作家。虽然当时我连读中文系的出路是什么都不知道,但我还是选择了西南联大的中国文学系。

记者:现在的年轻人比较热衷于经商、下海,甚至在大学校园中,有些学生宁愿荒废学业去赚钱,您对这种现象怎么看?

汪曾祺:我听说过,有的同学在宿舍里也成交、做买卖,我觉得这样很没意思。当时我们读大学时,穷得真是吃不上饭。有的男生裤子破了,又不会补衣裳,就去找个橡皮膏贴上,或者是找个线头把破了的地方结个疙瘩。教授也穷得厉害。化学系有一个很有名的教授叫曾照抡,一天黄昏,我老伴走到一个胡同里,听到后面"提里趿拉"的声音,以为是遇着坏人了,回头一看,原来是曾教授。为什么会"提里趿拉"呢?因为他那个鞋子"空前绝后",前面破了一个洞,后面又没有底儿了,所以连提都提不起来了。即便是这样,那个时候的教授、学生也不想去赚钱,对于自己所从事的事业,对于自己所学的东西,仍然是尽心尽力的。而现在学生下海,是把自己的价值贬低了,不是一般地贬低。

记者:您不仅是沈从文先生的高足,而且与他有忘年之交,您觉得令您受益终生的是什么?

汪曾祺：沈先生不长于讲课，而善于谈天。他谈徐志摩上课时带了一个很大的烟台苹果，一边吃，一边讲，还说："中国东西并不都比外国的差，烟台的苹果就是好！"谈梁思成在一座塔上测绘内部结构，差一点从塔上掉下去。谈林徽因发着高烧，还躺在客厅里和客人谈文艺。他谈得最多的大概是金岳霖。金先生养了一只大斗鸡，这鸡能把脖子伸到桌上来，和金先生一起吃饭。他还到处搜罗大石榴、大梨，买到大的，就拿去和同事的孩子的比，比输了，就把大梨、大石榴送给小朋友，他再去买！沈先生谈及的这些人有共同特点：一是对工作、对学问热爱到了痴迷的程度；二是为人天真到像一个孩子，对生活充满情趣，不管在什么环境下永远不消沉沮丧，无私心，少俗虑。这些人的气质也正是沈先生的气质。一个人如果能具有这两点品质，那他不仅可以在本业上有所建树，而且生活上也会怡然自得，不会被太多的烦人琐事困扰。

记者：生活永远都是五味俱全的，您在文学创作的道路上，遇到比较大的挫折是什么？

汪曾祺：那就是我很"荣幸"地被打成了右派。我不是 1957 年被打成右派，而是 1958 年"补课"补上去的。当时，右派的"指标"不够，所以把我"补"上去了。

被打成右派了，就没有必要哭哭啼啼，更没有必要去自杀。生活有时会为难你，但你不要和生活过不去。我当时被下放到一个农业科学研究所里当农业工人，实际上就是农民。我和农民一同劳动一同吃饭，晚上睡在一铺大炕上，枕头挨着枕头，虱子可以自由地从最东边一个人的被窝里爬到最西边的被窝里。这四年让我比较切实地看到中国的农村和中国的农民是怎么回事。我认为一个文学家应该观察生活，但更重要的是思索生活。这四年我写作中断了，但对生活的思索并没有中断。所以，人不要拘泥于自己的痛苦或一时的困境，跳出来，超脱一点，你会觉得海阔天空。

记者：您在二十几岁就出了一本短篇小说集——《邂逅集》，当时是否觉得自己已经拥有了成功？

汪曾祺：没有，太少了，《邂逅集》其实是我 20 岁时写的一些东西，后来在 28 岁时,在上海一个全国最大的刊物《文艺复兴》上发表了。一个作家写得太少,是不称其为作家的,应该像契诃夫那样。

任何人在本业上有所建树,才活得有价值。我写东西,是因为我自己想写东西,我觉得只有写东西的时候,我才活着,才能表明我的确存在,才能表明世界上有一个人叫汪曾祺。

注　释

① 本篇原载 1996 年《中国青年报》,访谈者为李春宇。